왕과 왕비님의 신혼일기 ◉ 3

왕과 왕비님의 신혼일기
◉ 3
유오디아 장편소설
결
BESIDE

차례

왕의 눈물

화사한 봄꽃들이 한성에 만개한 시기. 평안도에서 봉기군을 진압했다는 소식이 전달되었다.

"평안도 순무영에서 올린 장계이옵니다."

비변사의 고위 대신들이 모인 자리에서 우부승지가 왕의 옆에 서서 장계를 낭독했다.

"이달 3일. 정주성 북쪽의 흙을 파기 시작해서 18일에 이를 끝냈사옵니다. 당일 새벽에 화약 수천 근을 땅굴에 감추고, 그 곁에 구멍을 통해 불을 붙이자 조금 뒤에 화약이 연달아 폭발하였사옵니다. 그 후에는 형세가 신속하게 돌아가 우레와 같은 소리와 함께 성벽이 무너지고 관군들이 일시에 무너진 성벽을 통해 정주성 안으로 들어갔사옵니다. 때마침 동쪽에서 해가 밝아오려고 하여 성벽 위에 깃발을 세우고 독려하였고, 함부로 죽이지 말라는 명을 내렸는데도 오랫동안 분을 쌓아온 군사들이 모두 손에 칼을 들고 정주성의 봉기군과 백성 가릴 것 없이 살육하여 많은 사람이 죽고 말았사옵니다. 특히 그 적괴인 홍경래와 같은 자는 반드시 생포하고자 하였으나, 이미 탄환을 맞고 죽어 있었으므로 참수하여 목함에 담아 보내옵니다."

장계 낭독이 끝나자 평안도에서 온 순무영 병사가 목함을 들고 안으로 들어왔다. 대전 한복판에 놓인 목함으로 모든 이들의 시선이 쏟아졌다.

곧바로 내관이 왕의 앞에 발을 내렸다. 목함을 개봉하고 적괴 홍경래의 목을 드러낼 시, 해로운 기운이 왕에게 직접 전달되지 못하도록 하기 위한 것이었다.

"개봉해라."

발이 내려진 것을 확인한 영의정 김재찬이 말했다. 그러자 병사가 닫혀 있던 목함을 열더니, 홍경래의 상투를 잡고 잘린 목을 들어 올렸다. 일순간 대전 안이 침묵에 잠겼다. 왕은 용상에 앉아 홍경래의 목을 발 뒤에서 쳐다보았다.

왕의 기억 속에 홍경래는 온양에서 두 번 마주쳤던 사내다. 그러나 오늘 목함 안에서 나온 목의 얼굴은 왕이 알던 그 홍경래가 아니었다.

'다른 이였나….'

이유 모를 안도감이 왕을 스치고 지나갔다.

"괴수의 목을 치워라."

"예."

병사가 다시 목함에 홍경래의 목을 집어넣고는 도로 가지고 대전을 나갔다. 마침 대전 밖에 있던 원근이 목함을 들고 나오던 병사와 마주 섰다.

"그것이 역당 괴수의 목인가?"

"그러하옵니다."

"열어보게."

병사는 순순히 목함을 열었다. 그러자 소금 안에 잠겨 있던 홍경래의 얼굴이 나타났다.

이미 죽은 지 오래되어 푸른빛에 도는 표피를 물끄러미 내려다보던 원근이 치우라는 듯 손을 내저었다. 병사는 바로 목함을 닫고는 빠르게 사라졌다.

'유상영이 잘못 본 것일까?'

원근에게 의문이 남았다. 방금 자신이 확인한 역당 홍경래의 얼굴은 홍몽남이 아니었다. 처음 보는 얼굴이었다. 한편으로 원근은 안도감이 들면서도 다른 한편으로는 깊이를 알 수 없는 의문만 남았다.

평안도의 완연한 봄은 6월에야 시작된다.

"자, 이렇게 심는 거야."

산속에 마련한 작은 텃밭. 나는 아이들과 고구마를 심었다. 기껏해야 예닐곱 살 먹은 어린아이들은 고사리 같은 손으로 내가 시키는 대로 잘만 따랐다.

"이렇게요?"

"응. 잘했어."

지난 정주성 함락 이후 관군은 열 살 이하 어린아이들과 여자들만 남긴 채 모두 목을 베었다. 그러다 보니 살아남은 아이들 중 나이가 많은 아이가 여덟 살이었다.

그날 이후 난 관군을 피해 다복동 산채에서 도망쳐 흩어졌던 일부 사람들과 함께 또 다른 산속으로 숨어들었다. 다복동 산채보다도 더 깊고 깊은 산속.

세상과 격리된 이곳에서 살아남은 소수의 사람들과 함께 작은 공동체를 이뤄 나가고 있었다.

탁, 탁! 아이들과 밭에서 돌아온 나는 빨래를 열고 있던 은진을 발견하고는 물었다.

"도련님은?"

은진이 나를 흘깃 쳐다보고는 퉁명스럽게 답한다.

"늘 계시는 곳에요."

여전히 나를 탐탁지 않게 바라보는 은진이었지만 대하는 태도는 많이 유순해졌다. 그녀에게도 지난 시간은 큰 충격이었을 것이다.

은진은 정주성에 없었다. 그녀는 산채에 남아 있었지만 곧 들이닥친 관군을 피해 도망쳐야 했다. 그리고 또 다른 산속인 이곳에서 산채에서 도망친 사람들과 숨어 지내왔다.

정주성이 함락하던 날, 그녀는 그 소식을 듣고 산채의 몇 안 남은 장정들과 함께 정주성까지 찾아왔다.

그때 몽남은 총에 맞아 정신을 잃고 죽어가고 있었다. 우군칙을 비롯한 그의 휘하 장수들이 죽어가던 그를 구해내 정주성 밖으로 빼돌렸다. 그 길에 나도 함께했다.

만약. 그때 은진과 그녀가 데려온 사람들을 만나지 못했더라면… 나는 물론이고 몽남도 분명 죽었을 것이다.

"내가 도와줄 건 없고?"

"도련님을 찾으셨잖아요. 그럼 도련님에게 가보시든지요."

그녀가 다시 빨래를 털며 내게서 고개를 돌렸다. 난 피식 웃고는 인근 소나무 숲으로 향했다.

하늘을 모두 가려버릴 정도로 높이 솟은 소나무 숲. 낮이 품은 모든 빛을 나무들이 가리고 있었다. 하지만 빛의 일부는 작은 틈새를 통해 땅에 와 닿았다. 그 평지에는 아담하지만 유일한 꽃밭이 생겨났다.

"헤헤."

어린 소녀가 작은 꽃들을 따서 하나하나 엮어 화관을 만들고 있었다. 몽남은 그 옆에 있었다. 그러나 그의 시선은 따사로운 햇빛이 아닌 그 깊이를 알 수 없는 숲속을 응시하고 있었다. 정주성이 함락된 뒤에야… 그는 홍경래가 아닌 홍몽남이라는 이름을 되찾았다.

"자요."

화관을 완성한 소녀가 그것을 몽남의 이마 위에 올려놓았다. 그런데도 몽남은 아무런 반응이 없었다. 뒤에서 바라보는 그는 메말랐고 지쳐 보였으며 버려진 바위 같았다.

"마님!"

소녀가 내게 뛰어와 또 다른 화관을 내밀었다. 내가 그것을 받아 소녀의 머리 위에 씌워주자 소녀는 신이 난 듯 산채 쪽으로 뛰어가버렸다.

분명 소녀가 부르는 소리를 들었을 텐데도 몽남은 미동조차 하지 않았다. 난 조용히 그의 뒤로 다가가 앉아 얼굴을 그의 등에 기대며 말을 걸었다.

"언제까지 이러실 순 없어요."

"…."

"다들 도련님을 걱정한다고요."

정주성 함락 후 이곳 산채에 와서야 정신을 차린 그는 큰 충격을 받았다. 정말… 많은 이들이 죽었다. 그런데도 자신만 살아남았다는 사실에 그는 통곡했고 벽에 몸을 치며 괴로워 했으며 나중에는 입을 닫아버렸다.

총상이 나을 때까지 방에서만 누워 지내던 그는, 상처가 아물고 거동이 가능해지자 늘 이곳에 와서 하루 종일 가만히 앉아 시간을 보냈다. 마치, 죽음이 자신에게 찾아오기만을 기다리는 것 같았다.

"도련님."

난 기댔던 얼굴을 떼고는 그의 앞으로 와서 앉았다.

그러나 그의 눈은 나를 바라보지 않았다. 여전히 먼 숲속을 응시하는 그의 눈은 공허함으로 가득 차 있었다. 나는 그 공허함 속에서 그가 보지 못했던 그날의 기억이 떠올랐다.

'같이 가요.'

정신을 잃은 몽남을 정주성 밖으로 대피시킨 우군칙에게 내가 말했다. 그러나 그는 거절했다.

'돌아가야 합니다.'

'우리만 살 수는 없어요. 원수님도 그걸 바라시지 않을 거예요!'

잠시 고민하던 우군칙이 정신을 잃은 몽남을 내려다보더니 내게 말했다.

'꼭 전해주십시오. 원수님과 같은 스승님을 만난 것은 제 생에 가장 큰 영광이었다는 것을요-.'

'제발… 우리와 같이 가요.'

그는 내가 잡은 팔을 뿌리치며 말했다.

'원수님이 살아 계셔야 우리는 죽지 않고 영원히 사는 것입니다.'

이들의 마지막을… 차마 그에게 전해줄 수가 없었다. 그것이 그를 더욱 고통스럽게 할 것이란 걸 알았으니까. 적어도 지금은 때가 아니라고 생각했다. 그러니… 그때까지는 오직 나만이 품고 있어야 할 그들의 마지막이었다. 나 역시 괴롭기는 마찬가지인데.

"언제까지 이러실 거예요?"

울먹이며 묻는 내 말에도 그는 전혀 들리지 않는 표정이었다.

"도련님!"

답답한 듯 내가 그의 얼굴을 두 손으로 감싸 쥐었을 때였다. 공허하기만 하던 그의 눈동자가 조금씩 움직이더니, 바로 앞에 있는 내 눈에 초점을 맞추었다.

이윽고 그의 입이 열렸다.

"누구요, 그대는?"

"네?"

"누구요, 누구…?"

혼잣말처럼 나온 그의 말에 난 잠시 멍한 표정을 지었다.

"도련님?"

"그대는… 누구요?"

난 잠시 숨을 가다듬은 후 말했다.

"소희예요. 소희요. 저를… 못 알아보시겠어요?"

"소희… 소희…."

그는 마치 정신 나간 사람처럼 내 이름을 반복해서 중얼거렸다. 난 무서운 마음이 들어 눈물만 뚝뚝 흘렸다.

"도대체 왜 이러시는 거예요? 도대체 언제까지 이러실 거예요? 네?"

난 다시 공허하게 변해버린 그의 눈동자를 보며 말했다.

"도련님. 도련님은 기억하시죠? 우리가 예전에 함께 죽으려고 했다는 거요. 기억하시죠?"

그의 눈동자가 다시 날 바라본다. 그렇다면 아직 내게도 희망이 있었다.

"그런데 우리 둘 다 살았잖아요. 그리고 전 다른 이의 아내가 되었죠. 그런데 도련님은 왜 다시 목숨을 끊지 않으셨어요? 왜요?"

나의 추궁에 그의 눈동자에 서서히 물기가 어린다.

"소희… 소희 그대가…."

"그래요…! 말해요, 말해주세요!"

그가 흐느낌이 섞인 목소리로 내게 말했다.

"그대도… 살아 있었기에… 그대를 다시 만나고픈 희망에… 죽을 수가 없었소…."

희망이라는 한 글자에 그가 눈물을 흘린다. 나도 그런 그를 보며 함께 울었다.

"지금 제가 어디에 있죠? 도련님 앞에 있잖아요! 보세요, 그때와 상황만 다르지 똑같아요. 살아만 있으면… 이렇게 살아만 있으면… 이처럼 우리가 다시 만난 것처럼 모든 것은 다시 시작할 수 있어요, 할 수 있다고요!"

젖은 채 흔들리는 그의 눈동자가 아주 오래도록 나를 응시했다. 나는 그런 그의 시선을 피하지 않고 바라보았다.

여기서 물러서면 그래서 조금이라도 내가 흔들리는 모습을 보인다면 그가 좌절할까 봐. 겨우 자신을 열어 보인 그가 다시 마음의 문을 닫아버릴까 봐 두려워서였다.

하지만 난 그 두려움을 그의 앞에서만큼은 철저하게 감췄다. 적어도 사랑하는 그의 앞에서는 그래야 한다고 믿었다.

"우리에겐 희망이 있어요. 도련님만 버리지 않으시면, 저는 끝까지 함께할 거예요. 네?"

"아흑…."

그러자 그가 한 손으로 자신의 눈을 가리더니 오열했다. 나는 오열하는 그를 그러안았다. 그는 내 품에서 더욱 크게 울음을 토해냈다.

그로부터 며칠이 흘렀다.

"무슨 일이 있었던 거예요?"

빨래터에서 열심히 방망이질을 하고 있던 내게 은진이 다가와 물었다. 평소 절대로 먼저 나를 찾아와 말을 걸던 아이가 아니었다. 그러니 무심코 흘리고 지나가며 던지는 말이 아닌 것이 분명했다.

"무슨 일이라니?"

그녀의 말에 대충 대꾸를 하고 내가 향한 곳은 버려진 지 오래된 너와집이었다.

몽남은 다 쓰러져가는 너와집의 지붕 위에 올라가 무너진 곳을 메꾸는 일을 하고 있었다. 난 너와집 아래로 다가가 지붕 위에 있는 그를 올려다보며 물었다.

"여기서 뭐 하세요?"

그는 수리하는 일을 멈추지 않으며 내게 대답했다.

"이곳을 고쳐 서당으로 쓰려 하오."

"서당요?"

"산채에는 아이들이 많이 있지 않소. 그 아이들에게도 가르침은 필요하오. 헌데 가르침을 줄 만한 이가 마땅히 없지 않소. 그래서…."

"도련님이 그 일을 맡아서 하시겠다는 거군요."

한층 밝아진 내 목소리에 그가 하던 일을 멈추고 지붕 위에서 나를 내려다보았다.

"…그렇소."

그 역시 전보다도 밝아진 얼굴이었다. 하지만 왠지 모르게 전과는 조금 달라진 얼굴로 나를 바라보고 있었다.

"산채의 아이들에게 이 소식을 전해야겠어요. 아니지, 책부터 구해야겠어요. 아이들을 가르칠 만한 책이 산채에는 없는 걸요."

그가 지붕 위에서 내려오며 말했다.

"책은 내가 직접 만들 거요."

"직접요?"

"책을 사는 것보다는 종이를 구해 책을 만드는 것이 돈이 덜 들 테니까."

"그러면 마을까지 내려가야겠네요. 장이 열리는 날에 맞춰서요."

"이미 사람들에게 부탁해뒀소."

"빠르시네요."

그가 손에 묻은 흙을 털어냈다. 그러나 완전히 털리지 않은 흙이 손에 남아 있었다. 내 시선이 자꾸 그쪽으로 가자 그가 내게 손을 내밀었다. 나는 치맛자락으로 그의 손을 깨끗이 닦아주었다. 이런 그의 행동에 나는 작은 행복감을 느꼈다.

"고맙소."

그의 손을 다 닦은 나는 방긋 웃으며 그를 쳐다보았다. 하지만 그는 어색한 웃음만 잠깐 지어 보이고는 내게서 돌아서서 다시 지붕 위로 올라가려 했다. 나는 그와 이렇게 떨어지는 것이 아쉬워졌다.

"도련님."

내 부름에 그가 걸음을 멈추고 다시 나를 돌아보았다. 무슨 할 말이 더 있느냐는 표정이었다. 난 조금과 같이 웃으며 그를 향해 말했다.

"전 아직도 도련님의 아내인가요?"

나처럼 그를 계속 웃게 하고 싶어서 건넨 말이었다. 그러나 이 말에는 내 숨은 마음이 담겨 있었다. 부끄러움도 잊은 채 그에게 이런 말을 하는 용기를 보인 것은, 진심으로 그를 사랑하기 때문이었다.

그러나 그는 웃지 않았다.

"도련님?"

"소희. 아니, 그대는…."

그가 무언가를 내게 말하려던 바로 그때였다.

"도련님!"

은진이 우리를 향해 달려왔다.

"어서요! 어서 와보세요!"

"무슨 일이기에 그리 호들갑이냐?"

"산채를 기웃거리던 자를 사내들이 잡아 왔는데…! 그자가…! 그자가 도련님의 이름을 알고 있어요! 도련님을 찾고 있다고요!"

"나를?"

몽남은 놀란 표정이었고 그것은 나도 마찬가지였다.

물론 그는 더는 정주성 평서대원수 홍경래가 아니다. 하지만 마찬가지로 더는 홍몽남이라는 이름으로도 살지 않고 있다. 게다가 우리는 산채에서 화전민으로 꾸민 채 살아가고 있었다. 그런 그를 찾아온 사람은 대체 누구일까?

"가지 마세요."

난 그의 팔을 붙들며 애원했다. 그러자 그는 자신의 팔을 붙든 내 손을 한 번 잡아주고는 말했다.

"그대는 아무 걱정 말고 이곳에 있으시오."

그는 나를 안심시킨 후 너와집을 떠났다.

산채의 중심이 되는 초가집 마당 앞에 장정들이 갓을 쓴 사내를 둘러싸고 있었다. 그는 다름 아닌 김원근이었다.

두 달 전. 홍경래가 일으킨 난이 진압되자마자 그는 관직에서 물러난 후 평안도로 왔다. 줄곧 평안도를 떠돌며 몽남의 소재를 수소문했다. 그가 가진 것은 몽남의 얼굴을 그린 그림 한 장뿐이었다. 그러나 그림 한 장으로 몽남을 찾는 것은 쉽지 않은 일이었다.

얼마 전 난이 진압되면서 많은 평안도 백성이 이 일과 연루되어 처벌을 받았다. 이 때문에 평안도 사람들은 외부인인 원근을 경계했다. 결국 원근이 모든 것을 포기하고 한양으로 돌아가려고 할 때였다. 가산의 이방이 그에게 이런 말을 했다.

'정주성의 난 이후에 많은 사내들이 산속으로 숨어 들어가 화전민이 되었습니다. 그러니 산채를 돌아보면 마을에서 찾는 것보다도 더 정확한 정보를 얻을 수 있을 것입니다.'

하지만 말이 좋아 산채지, 이들은 마을에서 떨어진 산속에 숨어 사는 화전민이었다. 이들을 찾아내는 일부터가 쉽지 않았다. 원근은 마을에서 얻은 소문만으로 끝을 알 수 없는 숲을 뒤져 여러 산채를 찾아냈다. 그러나 이들 역시 마을 사람들과 마찬가지로 원근을 경계하기만 하고 그를 산채에서 내쫓기에 바빴다.

정말로 모든 것을 포기하고 한양으로 돌아가던 그는 안주성 인근 마을에서 근처에 새로 생겼다는 산채에 대한 소식을 접했다. 안주성이라면 평안도에서 가장 큰 병영이 있는 곳이었다. 그러니 그 어떤 화전민이라도 감히 대규모 병력이 있는 곳 바로 앞에 산채를 지어놓고 지낼 리가 없었다. 역으로 생각한다면 등잔 밑이 어둡기 때문에 가장 안전한 산채가 될 수도 있었다.

원근은 그 산채를 찾아 나섰다. 그리고 마침내 발견한 산채에서 홍몽남의 이름을 대며 그의 그림을 보여주자 사람들의 태도가 달라졌다. 그들은 원근을 위협하며 떠나지 못하도록 잡아두었다.

몽남은 멀리서 사내들에게 둘러싸인 채 오도 가도 못 하는 원근을 말없이 응시했다. 그러자 옆에 있던 은진이 물었다.

"아는 자예요?"

몽남은 대답하지 않았다. 그는 첫눈에 원근을 알아보았다.

"돌려보낼까요? 아니면…."

자칫 살려 보냈다가 고발이라도 한다면 위험해진다. 다른 산채도 아니고 이곳은 안주성 인근 산속에 자리 잡은 산채다. 안주성은 몇만의 병력이 상주하는 곳이었다. 그들에게 이런 작은 산채를 토벌하는 일은 아무것도 아니었다.

"풀어주어라."

"괜찮을까요?"

은진이 걱정하며 말하자 몽남이 말했다.

"그저 선비일 뿐이니 걱정할 필요는 없다."

"네에…."

은진이 알겠다는 듯 원근이 있는 곳으로 향했다. 몽남이 말한 대로 원근을 풀어주라고 말하러 간 것이다.

몽남은 가까운 곳에 숨어서 원근을 계속 지켜보았다. 은진이 그를 감시하던 사내들에게 다가가 몽남의 말을 전하자, 그들은 원근을 풀어주었다. 그리고 서둘러 산채를 떠나라며 위협적으로 그를 몰아냈다.

"알겠소, 가면 되지 않소."

원근은 그들의 위협에 화가 많이 난 표정으로 돌아섰다.

하지만 원근을 바라보는 몽남의 시선이 불안하게 흔들렸다. 만약 정주성이 함락되기 전에 원근을 만났더라면, 몽남은 지금처럼 그를 마주치지 않으려고 했을 것이다. 그러나 상황이 달라졌다.

'콰콰쾅!'

정주성을 함락시키던 날의 폭탄 소리와 함께 나래의 흉터 하나 없던 맨가슴이 떠올랐다. 어쩌면 이 모든 의문에 대한 해답을 알고 있는 사람은 소희의 친오라버니였던 원근일 수도 있었다. 숨어 있던 몽남이 산채를 떠나려는 원근의 앞에 나타났다.

"김원근."

홍몽남의 등장에 놀란 김원근이 걸음을 멈춰 섰다.

"오랜만이군."

"자네…. 자네…! 살아 있었군! 살아 있었어!"

놀라움과 반가움이 뒤섞인 원근의 태도와 달리 몽남의 표정은 차갑기만 했다.

"따라오게."

"아, 알겠네…."

원근도 자신을 위협하던 사내들과 함께 있고 싶지 않다는 듯, 앞장서는 몽남의 뒤를 급하게 쫓으며 질문을 쏟아냈다.

"그간 어찌 지냈는가? 이곳에 온 지는 얼마나 되었고? 아니지. 얼마 전 있었던 정주성에서의 일은 들었는가? 내 자네를 찾겠다고 평안도를 샅샅이 뒤졌네. 그런데도 자네는…!"

주변에 아무도 없다는 것을 확인한 몽남이 걸음을 멈췄다. 그리고 원근을 돌아보며 말했다.

"소희."

"…소희?"

원근이 반문하자 몽남의 목소리에 울분이 차올랐다.

"똑똑히 기억하지. 동굴에서 독주를 마셨을 때였네. 그녀의 숨이… 나보다도 먼저 끊겼지. 내 품에서… 그리 숨이 끊긴 것을 나는 똑똑히 기억하네."

원근도 지난날 나래가 몽남을 만났다고 이야기한 것이 떠올랐다. 그때 몽남이 소희의 죽음을 알지 못하고 나래를 만났다면… 그는 분명 중전이 된 나래가 소희라고 철석같이 믿었을 것이다.

"무슨 말을 하고 싶은 건가?"

하지만 소희가 죽고 똑 닮은 나래가 왕비가 되었다는 사실을 몽남에게 털어놓을 순 없었다. 그가 자신의 누이인 소희와 함께 죽을 만큼 사랑했다고 하더라도 이 일은 왕과 원근만이 알아야 할 비밀이었다.

몽남이 눈을 부릅떴다.

"한 번도 의문을 품지 않았네…! 단지… 그녀가 살아 있어 준 것만으로도 고마워서… 다른 이의 아내가 되었더라도… 내가 살았듯 그녀도 살아준 것이 그저 고마워… 단 한 번도 의문을 품지 않았단 말일세!"

격앙된 몽남의 태도에 당황한 원근이 그에게서 시선을 돌렸다.

"무슨 말을 하는지 모르겠군…."

"아니, 자넨 알아!"

몽남이 원근의 멱살을 잡았다.

"몽남…!"

"분명히 알아. 아주 잘 알지! 중전까지 된 누이가 죽다 살아난 사실을 모를 리가 없을 테니까!"

"놓아주게, 몽남."

원근은 끝까지 침착하려고 했지만 몽남은 그렇지 못했다.

"아는 대로 다 말하시게! 중전은… 중전은… 소희가 아니었나?"

중전이 소희가 아니냐는 물음과 함께 몽남은 결국 눈물을 보였다. 이게 사실이라면 소희는 정말 그날 동굴에서 자신의 품에서 숨을 거둔 것이 맞았다. 그렇다면 몽남은 소희가 죽었다는 사실도 모른 채 오랫동안 홀로 살아남았다. 살아서 더 큰일을 계획하고 더 많은 희생을 치렀다.

"말하게!"

"소희는 이제 중전마마야! 그러니 자네가 하는 말이 무슨 말인지 모르겠네…. 더군다나 중전마마가 되신 내 누이와 자네의 과거가 드러나면, 자네가 목숨을 부지할 수 있을 것 같은가?"

"난 죽는 것 따윈 두렵지 않네! 난…!"

그때였다. 원근의 멱살을 잡았던 몽남의 손에서 갑자기 힘이 풀렸다. 원근의 뒤로 다가오는 나래를 발견했기 때문이다.

"도련님?"

나래의 목소리가 들리자마자 놀란 원근이 고개를 돌렸다. 그곳에는 지난 몇 년간 온양에서 요양하며 한양으로 돌아오지 않고 있던 이 나라의 왕비마마, 황나래가 서 있었다.

몽남은 걱정하지 말라고 했지만 난 그럴 수가 없었다. 이곳은 정주성에서는 멀었지만 정주성을 함락시킨 군대가 주둔하고 있는 안주성과 가까웠다. 등잔 밑이 어둡다는 이유로 이곳 산채에서 지내고 있지만 어디까지나 임시였다. 몽남도 슬픔을 딛고 일어서려 하니 빠른 시일 내에 이곳을 떠나야 한다. 그전에 누군가에게 발각된다면 매우 위험한 일이 아닐 수 없었다.

"도련님은요?"

몽남의 이름을 알고 있다는 사내가 잡혀 온 곳에는 사내도 없고 몽남도 없었다.

"숲 쪽으로 들어가셨어요."

"도련님이요?"

"예."

왠지 모를 불길한 느낌이 들었다. 난 서둘러 몽남이 그 사내와 들어갔다는 숲속으로 걸어 들어갔다. 한참을 걸어 들어가자 소나무 숲 사이로 마주 선 두 사내가 눈에 들어왔다.

한 사내는 몽남이었고 다른 사내는 갓을 쓴 선비였다. 그러나 나는 처음 보는 얼굴이었다. 그들은 잠시 대화를 나누는가 싶더니, 몽남이 그 선비의 멱살을 잡아 올렸다.

그 뒤로도 그들의 대화가 이어졌다. 난 처음에 몽남이 그 낯선 선비를 협박하는 것이라고 여겼다. 살려줄 터이니, 나가서 이 산채에 대해서 알리지 말라고.

난 조심스럽게 선비의 뒤쪽에서 몽남을 향해 다가갔다.

"난 죽는 것 따윈 두렵지 않네! 난…!"

그런데 몽남이 날 본 모양이었다. 나와 눈이 마주친 몽남이 잡고 있던 선비의 멱살을 놓아주었다.

"도련님?"

내가 조심스럽게 몽남을 불렀을 때였다. 선비가 화들짝 놀라며 나를 돌아보았다.

그리고 나와 마주한 선비는 아주 크게 놀란 눈으로 나를 쳐다보았다.

선비는 나를 아는 듯한 얼굴이다. 그렇지만 난 선비의 얼굴이 낯설다. 분명 오늘 처음 본 얼굴인데….

그때였다!

몽남이 선비의 뒤에서 허리에 찬 검을 뽑아 들었다. 몽남은 그 검으로 선비의 등 뒤에서 목을 바짝 겨누며 작은 소리도 내지 못하도록 위협했다. 그리고 내게 소리쳤다.

"어서 가시오!"

"하, 하지만…."

"어서!"

"으… 으…!"

선비는 아무 짓도 하지 않았다. 무기도 가지고 있지 않았다. 그런데도 몽남은 선비를 죽일 듯이 검을 목에 들이대고는 위협한다. 그리고는 내게 서둘러 도망치라고 소리치고 있다.

"아, 알았어요!"

난 몽남이 시키는 대로 돌아서서 산채가 있는 방향으로 내달렸다. 달리면서도 몽남이 걱정되어 뒤를 돌아보았다. 그때마다 선비는 멀어지는 내게 할 말이 있는 듯 손을 뻗으려 했지만 몽남이 목에 갖다 댄 예리한 칼끝에 결국 아무것도 할 수 없었다.

나래가 사라지자 원근의 목에 갖다 댄 몽남의 칼끝에 틈이 생겼다. 원근은 이를 놓치지 않고 몽남을 밀친 채 그에게서 떨어졌다. 그리고 곧장 나래가 뛰어간 방향으로 가려고 했다.

그러나 몽남도 가만히 있지 않았다. 몽남은 원근보다 앞서 걸어가 그의 앞길을 막고 검 끝으로 그를 겨누었다.

"돌아가게."

"돌아가라니! 조금 전, 분명! 중전마마! 아니, 중전마마께서… 어찌 이곳에…."

원근도 혼란스러웠다. 분명 조금 전 두 눈으로 똑똑히 본 사람은 나래였다. 온양에서 요양 중이던 나래가 평안도에 있다니! 더군다나 일반 백성들처럼 옷차림이 남루했다.

"알고 싶은가?"

혼란스러워하는 원근에게 몽남이 묻는다. 그러자 원근이 고개를 들어 몽남을 바라보았다.

"알고 싶다니?"

"그녀가 누구인지."

몽남이 던지는 말에는 두 가지 숨은 의미가 담겨 있었다. 첫 번째는 조금 전 보았던 나래가 진짜 소희인지 아니면 가짜 소희인지를 알고 있는지를 물은 것이다. 두 번째는 원근이 나래가 진짜 소희가 아니라는 것을 알고 있다면, 진짜 소희의 행방을 물은 것이다. 그러나 이 두 가지를 모두 알고 있으면서도 원근은 답해줄 수가 없었다.

'분명 중전마마께서는… 온양에 계시거늘!'

하지만 왕비인 나래가 온양에서 요양하기 시작하면서부터 궐에는 이상한 일들이 많았다. 만약 그 모든 일들이 온양에 왕비가 없기 때문이라면?

"중전마마가… 맞는 건가?"

"내가 묻는 것은 그것이 아닐세!"

몽남이 검 손잡이를 힘껏 잡았다.

"어찌 중전마마께서 이곳에 계신 것인가? 분명… 온양에 계실 중전마마께서…."

"중전이 온양에서 요양 중이라는 소문은 나도 들었네. 세월이 흘렀는데도… 아직도 자네는 그 소문을 믿고 있는 겐가?"

원근이 강하게 고개를 가로저었다.

"믿을 수가 없네! 어찌 온양에 계셔야 할 중전마마께서 평안도… 아니, 자네와 함께 계신단 말인가!"

침묵하는 몽남을 원근이 추궁했다.

"말해주게!"

고민하던 몽남이 어렵게 입을 열었다.

"온양에서… 사고가 있었네. 그녀는 그때 기억을 모두 잃었지. 그 이후로 줄곧 나와 함께였네. 아마도 이러한 사실이 알려지면 안 된다고 여긴 이들이 있었겠지. 그래서 중전이 온양에서 요양한다는 말이 나온 것일 테고."

"그런 일이…!"

이제야 원근은 모든 의문이 풀리는 기분이었다.

오랫동안 병을 이유로 환궁하지 않는 왕비에 대한 말들이 끊임없이 나왔다. 심지어 국구인 김조순의 입에서조차 왕비가 돌아오지 않는 것에 대해서 불만의 소리가 나왔다.

오직 임금만이… 왕비의 환궁에 대해서 단 한마디 말도 꺼낸 적이 없었다. 내금위장을 온양에 둔 것도 임금의 뜻이라고 들었다. 그렇다면 온양에서 요양한다는 거짓은 왕이 지어낸 것이 틀림없다.

“임금이 아무런 말도 하지 않던가? 아니지…. 이 나라의 국모인 중전이 외간 사내와 사라졌다는 사실을 임금의 입으로 스스로 말하기는 불가능했겠지. 세자가 될 원자의 지위도 함께 흔들릴 테니. 하하…. 고작 원자를 위해서 왕비를 온양 행궁에 유폐한 듯 행세했던가?”

“전하는… 그런 분이 아닐세. 무엇보다도 지금이라도 중전마마를 돌려주게.”

“못 하네!”

“홍몽남!”

그러나 몽남은 원근을 향한 칼끝을 거두지 않은 채 말했다.

“끝까지 그녀를 내놓으라 한다면… 자네는 살아서 이 산채를 떠날 수 없을 걸세.”

“어째서… 어째서 그러는가?”

원근이 그런 몽남을 이해할 수 없다는 듯 쳐다보았다.

“어째서라니?”

“자네도 알 터인데. 그녀는 이 나라의 중전마마이시네…. 소희가 아니란 말일세.”

“이제야 말하는군.”

원근은 몽남의 표정에서 깊은 괴로움을 읽을 수 있었다. 그것은 소희의 죽음을 가족 몰래 홀로 알고 있는 원근도 품고 있는 괴로움이었다.

"자네가 말하지 않았는가. 소희는 자네의 품에서 숨을 거뒀다고…. 그렇다면 그녀는 보내주게. 그녀는 소희가 아니야. 자네가 사랑했던 내 누이 김소희가 아니란 말일세!"

몽남의 눈에서 끊임없이 눈물이 흘러내렸다. 그가 오랫동안 받아들이지 못하고 있었던 소희의 죽음을… 처음으로 인정해준 사람. 바로 김원근이었다.

"못 하네…."

"못 하다니?"

"그녀는…."

몽남은 쏟아지는 눈물을 참아내며 거친 숨을 내쉬었다.

"소희는 내가 태어난 이유였네. 내가 살아가는 이유였고…. 그리고 그녀는… 이 나라의 중전인 그녀는…."

몽남의 입에서 처음으로 나래가 소희가 아니라고 부정하는 말이 나왔다. 그 순간 몽남은 원근을 겨누고 있던 검을 떨어뜨렸다.

"지금의 내가 살아 숨 쉬는 이유이네. 내가… 나 홍경래가 정주성에서도… 그 많은 동지들을 잃고도 살아남은 이유이자 희망. 그런데도… 내 안의 소희는 그녀가 될 수 없지…. 그런데도 난…."

몽남도 혼란스러웠다. 자신이 사랑했던 소희의 죽음. 이러한 그녀의 죽음을 알기 전에 자신의 마음 안으로 들어온 나래. 두 사람은 똑같은 모습으로 그가 세상에서 버려질 때마다 그를 품어준 여인들이었다.

"중전마마를 보내주게. 그분을 애타게 기다리는 이들이 있어."

원근이 사정하자 몽남이 떨어뜨린 검을 다시 집어 들었다.

"내게서 그녀를 데려가려고 해보게! 그랬다가는 그녀와 나는 함께 죽을 터이니."

"몽남…!"

"어차피 그녀는 모든 기억을 잃었어! 자신이 왕비였다는 사실까지도! 그리고 나를 사랑하네. 그러니 이젠 내 여인이야!"

원근의 얼굴이 파랗게 질렸다.

"그분에게… 손을 댔는가?"

그러자 몽남이 코웃음 치며 말했다.

"가서 자네의 임금에게 전하게. 중전이 지난날의 기억을 모두 잃고 다른 사내의 여인이 되었다고. 이를 알고도 중전을 찾으러 올 것인지 아니면 중전이 죽었다고 반포하고 새 중전을 맞아들일 것인지. 어느 쪽이든 나 홍몽남은 결코 그녀를 내어주지 않을 것이니."

창덕궁.

"전하. 오늘 저녁 문후를 어찌하시려옵니까?"

"휴우…."

내관의 물음에 왕이 긴 한숨부터 내쉬었다.

오늘 아침 문후에서 대비는 간택 후궁 이야기를 꺼냈다. 중전이 오랫동안 요양 중이니 왕을 모셔야 할 여인들이 필요하다는 것이 그 이유였다. 특히 이번에는 지난번과 달랐다. 대비는 작정한 듯 왕의 생모인 가순궁까지 끌어들였다.

궐내에서 대비보다는 힘이 없는 가순궁으로서는 좋은 게 좋은 거라며 대비와 함께 왕을 설득했다. 간택으로 뽑아 혼례까지 치르며 맞아들여야 하는 간택 후궁이 부담스럽다면 승은 후궁도 상관없다고 했다.

경연에 늦는다며 대충 마무리 짓고 나왔지만, 대비 성정에 저녁 문후에서도 작정한 듯 이 이야기를 다시 꺼낼 것이 분명했다.

"전하?"

피한다고 피할 수 있는 일이 아니다. 차라리 단호하게 거절하는 것이 나을 수도 있다는 생각이 들었다.

"채비해라."

"예."

내관이 밖으로 나가려고 일어섰을 때였다.

"전하. 가순궁마마께서 드셨사옵니다."

생모인 가순궁이 왔다는 소식에 왕이 나가려던 내관을 불러 세웠다. 잠시 후 문이 열리며 가순궁이 안으로 들어왔다.

"어머니."

왕이 인사를 건네자 가순궁이 웃으며 말했다.

"대비전 저녁 문후는 아직이시옵니까?"

"그렇사옵니다."

"그럼 잠시만 제게 시간을 내주십시오, 전하."

"예, 그리하지요."

가순궁이 자리에 앉자 왕이 주변을 물렸다.

"전하. 오늘 아침 문후 때 이 어미가 대비마마의 편을 들어 많이 섭섭하셨습니까?"

왕이 씁쓸한 웃음을 지으며 고개를 가로저었다.

"어머니의 뜻이 아니라는 것을 잘 압니다. 대비마마의 청이셨겠지요."

"예, 맞습니다. 대비마마께서 부탁하셨지요. 허나… 이 어미의 뜻도 대비마마와 같다면 어찌하시겠습니까?"

"예?"

왕이 당황한 듯 되묻자 가순궁이 말했다.

"중전마마의 요양이 길어지고 있지요. 환궁하다 자칫 병이 심해질까 행궁에서 머물고 계시는 것은 좋습니다. 헌데 지금 내명부가 어떻습니까? 원자는 유모의 손에서 자라며 중전의 얼굴도 잊어버렸고 공주는 옹주께서 양육하고 계십니다."

"그 문제라면… 원자와 공주는 별 탈 없이 자라고 있습니다. 그러니…."

"그것뿐만이 아닙니다."

가순궁이 왕의 말을 끊었다.

"어머니."

이제 가순궁은 더는 웃는 얼굴이 아니었다.

"전하께서는 후궁을 한 명도 두지 않으셨지요. 후궁은 그렇다 치더라도 승은을 내리신 나인 하나도 없습니다. 혹시라도 다른 여인에게서 왕자를 보시어, 원자의 보위가 위태로울까 염려하셔서 그랬다면 이해하겠습니다. 허나 사내에게는 여인이 필요합니다. 더욱이 주상이신 전하께는 더더욱요. 지금처럼 중전마마의 부재로 인한 자리를 대신해 전하를 모실 여인이 필요합니다."

왕은 입술을 다문 채 한동안 말이 없었다. 어머니인 가순궁의 마음을 이해하면서도 한편으로는 대비와 한마음 한뜻이 되어버린 가순궁을 설득할 뾰족할 방법을 찾지 못해서였다.

"중전마마께서도 이해하실 겁니다. 아마 온양에서도 요양

하시며 많은 생각을 하고 계시겠지요. 어쩌면 다른 여인이 전하를 잘 모시고 있기를 바랄지도 모릅니다."

"어머니."

왕이 크게 숨을 들이쉬며 입을 열었다.

"소자가 후궁을 들이지 않은 것은 중전 때문이 맞습니다."

"전하…."

"후궁들에게서 태어날 왕자들 때문에 원자의 보위가 위태로울까 염려해서가 아닙니다. 오로지 중전을 위해서입니다. 중전은 이 나라의 왕비이기 전에 과인의 부인입니다. 그 어떤 부인이 자신의 부군에게 여인이 여럿인 것을 즐기겠습니까?"

가순궁이 깊은 한숨을 내쉬었다.

"전하께서는 이 나라의 임금이십니다. 임금이 열 여인을 취한다고 비난할 사람은 아무도 없습니다. 중전마마께서도 이를 모르진 않으실 거고요."

"어머니. 소자는 요순임금처럼 훌륭한 임금은 되지 못하더라도 한 여인에게만큼은 좋은 부군이고 싶습니다."

"그 여인이 지금의 중전이 아니라 다른 여인이었더라도 말입니까?"

그러자 왕이 웃으며 말했다.

"처음부터… 과인에게 중전은 그녀 한 사람뿐이었습니다, 어머니."

대비의 눈동자가 머물 곳을 찾지 못해 이곳저곳을 헤맸다.

"믿을 수가 없는 이야기로구나."

오랫동안 기다리던, 온양에서의 새로운 소식이 도착한 것은 이날 오후. 막상 듣고도 도무지 믿을 수가 없었다.

"사실이옵니다. 중전마마께서는 온양 행궁에 아니 계시옵니다."

"허면 이 사실을 주상도 알고 있다더냐?"

"예. 소식을 가져온 자의 말에 따르면 내금위장은 오랫동안 전하의 어명으로 중전마마의 행방을 찾고 있었다 하옵니다. 그러니 전하께서 이를 모르실 리가 없사옵니다."

"국구는?"

"국구께서는 모르시는 것 같사옵니다. 엊그제만 하더라도 대비마마의 앞에서 환궁이 늦어지는 중전마마에 대해서 사죄를 올리지 않았사옵니까? 전하께서 윤허만 하신다면 당장이라도 온양에 내려가서 중전마마를 모셔온다면서요. 국구는 전혀 모르는 것 같았사옵니다."

"오직 주상만 알고 있다…."

"예. 대비마마."

왕이 온양에서 머물 때 왕비는 납치를 당했다. 이때 왕비를 모시던 모든 나인들이 살아남지 못했다. 이후로 왕비의 겉옷만 발견되었을 뿐 그 행적은 묘연하다. 왕비가 지금까지 살았든 죽었든 한겨울에 겉옷만 발견된 채 실종되었으니 온전한 상태는 아닐 터였다.

"지아비와 아이까지 있는 여인이 납치를 당한 후에도 돌아오지 못할 이유가 있다면 무엇일까?"

대비가 던진 물음을 상궁이 받았다.

"이미 목숨을 잃었거나 돌아오지 못할 몸이 되어버렸기 때문인지도 모르지요."

대비가 상궁을 노려보자 상궁이 고개를 숙이며 사죄했다.

"송구하옵니다. 소인은 그저 궐 밖에 사는 아낙을 예로 드신 줄만 알고…."

"그만하거라."

대비가 불편한 표정을 감추지 못했다.

"그나저나 어린 원자와 공주가 안되었구나. 제 어미가 그리 된 줄도 모르고 있으니…."

중전의 부재로 대비도 그간 원자의 양육을 일부 맡고 있었다. 타고난 살가움에 재롱까지 겸비한 원자는 대비에게 귀엽기만 한 손자였다.

"하오면 이를 어찌하실 것이옵니까?"

"원자와 공주를 생각한다면 중전은 온양에서 병사했다고

하는 것이 옳을 것이다. 그 후에 새 중전을 들여야겠지. 새 중전을 원자의 양모로 삼는다면 세자로 즉위하는 데는 별탈이 없을 것이다. 다만….”

왕은 이러한 사실을 2년째 숨기고 있었다. 중전을 반드시 찾을 것이라고 믿고 기다린다는 의미일까? 어차피 지금 중전이 돌아오더라도 왕을 모시기 어려운 몸이 되었을 수도 있다. 왕도 이를 모르진 않을 텐데…. 여러 가지 상황을 고려하더라도 온양에서 자취를 감춘 지 2년이나 되는 중전을 감싸고 있는 왕의 태도가 대비는 마음에 들지 않았다.

“때때로 주상을 보면 가끔은 나도 헷갈리는구나. 여염집 사내라도 제 아내에게 이처럼 하진 못할 것이다.”

대비가 옛 기억을 떠올렸다. 고작 열 살밖에 되지 않았던 세자 시절 왕의 모습이었다.

“세자빈을 들이면 여염집 부부처럼 살겠다고 말했다. 후궁을 여럿 들여 선왕과 같은 실수를 하지 않을 것이라고도 말했지. 그땐, 어린아이가 하는 귀여운 말장난인 줄만 알았다.”

“전하께서 말이옵니까?”

“그랬다. 하기는… 그때도 가벼이 던진 말이라도 반드시 이루고 지키곤 했다. 주상은 그랬지. 그랬다. 허나 이번만큼은 그 말을 지키지 못할 것이다.”

그때 밖에서 대비전 내관의 목소리가 들려왔다.

"대비마마. 주상전하께서 드셨사옵니다."

"벌써 시간이 그리되었나?"

저녁 문후 시간임을 확인한 대비가 옷매무새를 단정히 매만지고는 응답했다.

"드시라 해라."

"예, 대비마마."

곧 문이 열리며 왕이 안으로 걸어 들어왔다.

"주상."

"대비마마."

대비는 그 어느 때보다도 환하게 웃으며 왕을 맞았다.

"늦으셨소."

"송구하옵니다."

"송구할 것까지야. 주상은 이래저래 바쁘시지 않소."

그러면서 대비는 상궁에게 눈짓을 보냈다. 상궁은 대비에게 고개를 끄덕이며 재빨리 밖으로 나갔다. 뒤이어 기다렸다는 듯이 나인이 들어와 왕에게 차를 바치고 물러갔다. 평소 저녁 문후에는 권하지 않던 차였다. 왕이 어리둥절해하면서 대비에게 물었다.

"무엇입니까?"

그러자 대비가 답했다.

"내의원에서 준 처방으로 생과방에서 올리도록 한 차요."

왕이 찻잔을 들어 향을 맡았다. 차 위에 뿌려진 계피 향 뒤에 시큼하고 무거운 향이 숨어 있었다. 한 모금 마시자 진한 단맛이 목구멍을 타고 매끄럽게 넘어갔다. 독특하지만 매력적인 맛이었다.

"무슨 차입니까?"

"산수유요."

산수유라는 말에 왕의 표정이 굳었다. 그러나 대비는 빙긋 웃으며 왕에게 말했다.

"예로부터 궁중에서 임금이 후궁과 동침하는 날이면 후궁의 지밀상궁이 임금에게 올리는 차였지. 주상은 아마 맛본 일이 없을 거요."

"대비마마."

왕이 무언가 말을 하려 했지만 대비는 여유 있는 미소를 지으며 고개를 저었다. 그리고 밖을 향해 입을 열었다.

"박 나인을 들여라."

잠시 후 문이 열리며 앳된 얼굴의 나인이 들어왔다. 박윤금. 열여섯 대비전 나인이었다.

"윤금아, 어서 전하께 인사 올려라."

"예. 대비마마."

윤금이 자리에서 일어서더니 왕의 앞으로 다가와 큰절을 올렸다.

"전하. 소인 박가 윤금이라 하옵니다."

윤금은 절을 올리면서도 묘한 웃음을 왕에게 흘렸다. 하지만 왕은 윤금의 인사가 끝날 때까지 그녀에게 눈길조차 주지 않았다.

"밖에 대전 지밀상궁이 있을 것이다. 그녀를 따라 침전으로 가서 준비하고 있어라."

"예, 대비마마."

윤금이 자리에서 일어서서 나가자 왕이 대비를 쏘아보며 소리쳤다.

"대비마마!"

그러나 대비는 왕을 무시하며 그의 앞에 놓인 산수유차를 들어 올렸다.

"주상 아시오?"

그녀의 시선은 찻잔에 담긴 찻물을 향해 있었다.

"산수유를 임금에게 올리는 것은 후궁의 나인이기도 하지만, 중전의 일이기도 하오. 그래서 난 과거 이 향을 수도 없이 맡아왔소. 선왕께서 가순궁의 침소에 드시는 날에도 내가 올렸지."

대비가 찻물의 향을 맡았다.

"흐음…. 좋은 향이오."

"박 나인을 물려주십시오."

"어찌하여?"

"과인은 시침들 나인이 필요하지 않습니다."

대비가 찻잔을 도로 내려놓으며 말했다.

"왕의 시침을 살피는 것은 중전의 일이지. 허면 내가 온양에 있는 중전에게 허락을 구한다면 나인의 시침을 윤허하시겠소, 주상?"

왕의 눈빛이 흔들렸다. 이제 대비는 자신이 알아낸 사실을 밝힐 때가 왔음을 깨달았다.

"중전이 온양 행궁에 없다는 사실을 알고 있소. 이미 오래전 납치당했다는 사실 또한."

"…."

이제 왕은 대비를 똑바로 바라보지조차 못했다. 시선을 둘 곳을 잃어버린 왕의 눈동자가 방황했다. 대비는 이런 왕을 바라보며 웃음을 거둬들였다.

"어찌 그 오랜 시간을 숨겨오셨소? 주상, 국구 때문이오? 국구가 비변사를 장악하고 조정에서 세도를 부리니, 그의 눈치를 보느라 그러한 것이오?"

왕은 주먹을 힘껏 쥐었다.

"조정에서 안동 김씨가 세도를 누리는 것도 모두 과인이 윤허했기에 가능한 것입니다."

"그 말은… 다시 말해 중전이 사라진 사실을 숨긴 것 또한 주상의 독단이라는 뜻이군."

"독단이라뇨?"

"허면 어찌 그간 이 엄청난 사실을 숨기셨소? 무엇 때문에? 혹 중전을 위한 것이오?"

대답하지 않는 왕의 얼굴에 이미 답이 나와 있었다. 그리고 그 답은 대비를 분노케 했다.

"정녕 중전을 위한다면 숨기는 것은 옳은 방도가 아니었소. 주상의 그러한 판단이 중전의 실종을 더욱 길어지게 만들었을지도 모르잖소."

"허면 모든 사실을 밝혀야 했단 말입니까?"

"원자와 공주를 위한다면 밝혀서는 안 되오. 때가 늦은 만큼 이제라도 조정과 만백성에게 중전이 온양 행궁에서 병사했다 밝히고…."

왕은 당황한 얼굴로 소리쳤다.

"병사라뇨? 중전은 죽지 않았습니다!"

대비가 왕을 향해 코웃음을 쳤다.

"죽지 않았다면? 살아 있다는 말이오? 어디에? 어디서? 헌데 어찌 살아도 돌아오지 못하고 있단 말이오?"

"그것은…!"

"중전이 살아 있다는 보장이라도 있소? 좋소. 백번 양보하여 중전이 아직 살아 있다고 합시다. 자의로든 타의로든 돌아오지 않고 있다면 이유는 단 한 가지뿐이오."

"그것이… 무엇입니까?"

"예로부터 약탈당한 여성은 약탈해간 사내의 것. 이 나라의 국모라 하여 다를 수 있겠소?"

왕의 주먹 쥔 손이 떨려왔다.

"중전이 정조를 잃었다면 분명 어디선가 스스로 목숨을 끊었을 것이오. 그러니 돌아오지 못하는 것이고 지금까지 시신도 찾지 못하는 것이겠지."

"대비마마…!"

대비를 향해 부릅뜬 왕의 눈시울이 붉게 변했다. 대비는 그런 왕의 시선이 불편해 외면하면서도 끝까지 자신의 주장을 거두지 않았다.

"허면 묻겠소, 주상. 중전이 정조를 잃고도 살아 돌아온다면 어찌하실 것이오? 중전의 자리를 더는 유지할 수 없음은 분명하며 또한 원자와 공주 역시 정조를 잃은 어미를 둔 책임을 결코 피하지 못할 것이오."

침착함을 잃어버린 왕의 목소리가 떨려왔다.

"그런 일은 없습니다. 모든 것은 단지 대비마마의 추측이지 않습니까?"

"만약 중전이 실종된 사실이 알려진다면, 모두가 내 추측을 사실로 믿을 것이오. 아니 그렇소? 그것을 알기에 주상도 그 오랜 시간 동안 중전의 실종을 비밀에 부친 것일 테고. 그러니 주상, 잘 생각해보시오. 아직 어린 원자와 공주를 위해서라도, 또 이미 어디선가 죽었을지 모를 중전을 위해서라도. 중전은 온양 행궁에서 병사한 것이오."

왕의 눈꺼풀이 무겁게 감겼다. 대비의 말은 옳고 그름을 따지기 전에 왕이 절대 받아들일 수 없는 말이었다. 중전은 분명 살아 있었다. 단지 어디에 있는지 모를 뿐.

만약 중전에게 돌아올 수 없는 이유가 생겼더라도, 왕은 모든 것을 감수하고 그녀를 받아들일 수 있을까? 왕비의 자리도 지켜줄 수 있을까?

나래라면…. 어쩌면 그녀는 원자와 공주를 위해 돌아오지 않는 길을 선택했을지도 모른다. 하지만 그것은 왕을 위한 선택이 아니다.

왕이 다시 눈을 떴다. 그녀가 살아 있는 이상, 왕은 아직 그녀와 관련된 그 무엇도 포기할 수가 없었다.

"주상?"

"소자에게 바라시는 것이 무엇이든 받아들이겠습니다. 허나, 중전은 죽지 않았사옵니다. 중전은… 반드시 궐로 돌아올 것입니다."

침전으로 돌아온 왕을 맞이하러 나온 내관의 표정이 좋지 못했다.

"저, 전하!"

왕은 묻지도 않은 채 침전으로 통하는 문 앞에 섰다. 양쪽에서 나인들이 문을 열어젖혔다. 안에는 대비전 나인 윤금이 홑겹으로 된 옷 하나만 입은 채 금침 옆에 다소곳이 앉아 있었다.

"소인이 분명 전하의 어명이 없어 안 된다고 하였사오나, 대비전의 특별한 하명이라 하여…."

"물러가라."

왕의 태도에 찬바람만 불었다.

"전하…!"

"물러가라 했다."

성을 내는 왕을 두고 내관은 조용히 뒤로 물러섰다. 왕이 침전 안으로 들어서자 뒤에서 나인들이 조용히 문을 닫았다.

"전하…."

윤금이 자신을 바라봐 달라는 듯 교태를 부렸다.

'비밀에는 책임이 뒤따르는 법이오, 주상.'

대비의 목소리가 왕의 귓가를 울렸다.

같은 시각. 원근이 말을 빠르게 몰며 돈의문으로 향했다.

그러나 이미 성문이 닫힌 시각이었다.

"문을 여시오!"

멀리 돈의문이 보이기 시작하자 원근이 말 위에서 소리를 내질렀다. 성문 위에서 졸던 병사들도 성문 안쪽을 지키던 병사들도 원근이 내지르는 소리에 너도나도 할 것 없이 성문 위로 올라왔다.

"누구시오? 신분을 밝히시오!"

굳게 닫힌 돈의문 앞에서 말을 급하게 세운 원근이 자신의 호패를 내밀었다.

"난 영돈녕부사의 아들 김원근이오! 지금 급히 전하를 뵈러 궐로 가는 길이니, 어서 성문을 여시오!"

윤금은 기억했다. 대비전을 떠나던 자신을 바라보던 나인들의 시선을. 그 시선은 대비전을 나와 왕의 침전으로 가는 동안에도 이어졌다.

그녀는 그곳에서 일생 최고의 대접을 받았다. 자신보다 나이가 많은 상궁들이 몸을 씻겨주었으며 머리를 빗어주고 얼굴에는 진주가루를 섞은 분백분을, 입술에는 연지를 그리고 왕의 손길이 닿을 몸의 구석구석 백단향 줄기를 섞은 기름을 발랐다.

마치 왕비가 된 기분에 사로잡혀 잔뜩 들뜬 윤금과 다르게 왕은 차가웠다. 곱게 분을 바른 얼굴에는 눈길조차 주지 않았으며, 그녀의 저고리를 벗기는 손길에도 세심함이란 찾아볼 수 없었다.

저고리를 벗겨내자 윤금이 얼굴을 붉히며 고개를 숙였다. 그런 윤금의 얼굴을 빤히 쳐다보던 왕이 상궁을 불렀다.

"상궁은 거기 밖에 있느냐?"

"예, 전하."

문이 열리고 상궁과 나인들이 들어오자 저고리를 벗은 채 맨살을 드러낸 윤금이 당황해 왕을 불렀다.

"…전하?"

그러나 왕은 그녀에게서 등을 돌린 채 술상 앞에 앉았다. 상궁은 이런 왕의 태도만으로 상황을 이해한 것 같았다. 상궁은 당황하는 윤금에게 다가가 그녀의 치마끈을 풀고 옷을 다 벗도록 도와주었다.

그사이 왕은 윤금에게 등을 돌린 채 다른 지밀상궁이 따르는 술만 마셨다. 상궁이 안주를 권했지만 오로지 술만 마셨다. 윤금은 상궁과 나인들이 있는 자리에서 속곳까지 남김없이 벗었다.

"어서 누우시게."

상궁이 이불을 젖히며 그 안으로 들어가 눕도록 지시했다. 벌거숭이가 되어버린 윤금이 금침 위에 눕자, 상궁이 그녀의 목 언저리까지 이불을 덮게 했다. 술을 따르던 지밀상궁이 이를 보고는 왕에게 작은 목소리로 아뢰었다.

"준비가 끝났사옵니다."

그러나 왕은 말없이 술만 마셨고 술을 따르던 지밀상궁만 놔둔 채 모든 상궁이 나갔다. 그런데도 왕은 계속 상궁이 따르는 술만 받았다. 술병이 거의 비워갈 때쯤 되자 상궁이 눈치껏 왕에게 아뢰었다.

"밤이 깊었사옵니다."

왕이 대답하지 않는 침전 안에는 침묵만 흘렀다. 상궁은 금침에 누워 이불 속에서 발만 꼼지락거리고 있는 윤금을 한번 흘깃 보고는 왕에게 속삭였다.

"전하. 아직… 대비전 상궁이 밖에 머물고 있사옵니다."

대비전 상궁은 오늘 밤 왕이 윤금과 합궁을 치르는 것을 확인하고 돌아가서 대비에게 전하려는 것이다. 만약 그렇다면 대비는 아직 잠들지 않고 상궁이 돌아오기만을 기다리고 있을 것이다.

왕이 오래도록 손에서 놓지 않던 술잔을 내려놓았다. 이제 왕은 금침으로 돌아섰고 상궁이 재빨리 이불을 들어 올렸다. 왕이 이불 안으로 들어가 윤금의 옆에 눕자, 상궁이 불을 끄고 밖으로 나갔다.

어둠. 이 어둠 속에서 윤금의 얼굴에 긴장감과 기대감이 뒤섞여 묘한 그림자를 만들어냈다.

술 향에 묻혀버린 왕의 체취를 맡으며 윤금의 가슴이 두근거리기 시작했다.

하지만 아무리 시간이 흘러도 왕은 누운 자세로 미동조차 하지 않았다. 혹시 술에 취한 왕이 잠들어버린 게 아닐까 싶어 윤금이 조심스럽게 왕을 불렀다.

"전하?"

돌아오지 않는 대답에 윤금이 조금 목소리를 키웠다.

"전하?"

이번에도 대답은 돌아오지 않았다. 윤금은 왕이 정말 잠들었나 싶어 이불 속에서 상체를 일으켜 세웠다. 왕은 흐트러짐 없는 반듯한 자세로 가만히 누워 있었다.

침전이 어두워 왕의 눈이 감겼는지 뜨였는지까지는 알 수가 없었다. 망설이던 윤금이 왕의 얼굴로 한 손을 천천히 가져다 대던 그때였다.

"전하…?"

잠든 줄 알았던 왕이 손을 들어 자신의 얼굴로 다가오던 윤금의 손목을 낚아채듯 잡았다.

"소, 소인은 그저… 전하께서 침수드셨는지 확인하려…."

그 순간 왕이 윤금을 이불 위로 눕히더니 그 위로 올라왔다. 저도 모르게 왕의 옥체 아래에 깔리게 된 윤금이 신음을 터트렸다.

"아읏…."

왕이 들으라고 내뱉은 신음이었다. 그러나 왕은 그녀의 다리 사이에 자리를 잡았을 뿐, 그녀와는 몸도 닿으려 하지 않았다. 옷 하나도 벗지 않은 상태였다.

마침내 왕이 그녀의 앞으로 몸을 숙여오자 윤금은 기다렸다는 듯이 두 손을 뻗어 왕의 어깨에 올렸다. 왕이 입은 옷을 벗겨주려 한 것이다.

그러자 왕이 화를 냈다.

"뭐 하는 짓이냐?"

화가 난 왕의 목소리에 깜짝 놀란 윤금이 떨리는 목소리로 말했다.

"소, 소인은 그저… 전하의 의복을 벗겨 드리려 하였사옵니다."

윤금의 변명에도 왕의 화는 쉽게 가라앉지 않았다.

"침전에 들기 전 상궁에게 무엇을 배운 것이냐? 허락 없이 과인의 몸에 손을 대서는 안 된다는 것을 모르느냐?"

"하오나 의복이 아직…."

"그 입 다물라."

"…!"

윤금이 속상한 듯 아랫입술을 깨물더니 왕의 어깨에 올렸던 손을 금침 위로 내렸다. 그제야 왕이 움직이기 시작했다.

해가 진 다음에는 삼정승이라 하여도 궁궐에 들어올 수 없었다. 관직에서 물러난 원근은 더더욱 그러했다. 하지만 그의 부친이 김조순이라는 사실 때문인지 궁궐 수문장은 고심 끝에 문을 열어주었다.

하지만 바로 왕이 있는 침전으로 갈 수는 없었다.

원근이 달려간 곳은 창덕궁 인정전에서 가까운 궐내각사 승정원이었다. 이날 당직 승지는 왕의 가장 가까운 동무인 조인영이었다.

"도승지 대감!"

"아니, 김원근 자네가 이 시각에 어인 일인가?"

관복을 입지 않은 자는 궁궐에 출입할 수 없었다. 그랬기에 조인영은 그가 도포 차림으로 궐에 들어온 것을 이상하게 여겼다. 말을 타고 얼마나 정신없이 궐까지 달려왔는지 갓은 이미 벗겨져 목뒤에 매달려 있고 상투도 흐트러져 있었다.

"전하를… 전하를 지금 당장 알현해야만 합니다! 도와주십시오!"

그러자 조인영이 난처해하며 말했다.

"전하께서는… 이미 침수드셨네. 허니 내일 아침에 다시 오게."

"당장 뵈어야 합니다! 지금 당장 말입니다!"

"도대체 무슨 일인데 그러는가?"

"그건…!"

조인영이 그 누구보다도 왕과 가까운 사이라는 것을 원근은 잘 알고 있었다. 하지만 그렇다고 해서 평안도에서 본 왕비 나래에 대해 함부로 털어놓을 순 없었다.

"급한 일입니다! 당장 전하를 뵙고 말씀을 드려야 하는 일입니다!"

"곧 삼경(三更)이네. 정 급한 일이거든 오늘 여기서 나와 함께 있다가, 내일 아침 일찍 경연 전에 전하를 뵙게 해주겠네."

"당장 뵈어야 합니다!"

그러자 조인영이 깊은 한숨을 내쉬며 말했다.

"무슨 일인지는 모르겠지만… 다른 날이라면 몰라도 오늘 밤은 불가할 듯싶네."

"왜입니까? 혹 전하께서 동궐이 아닌 서궐에 계십니까?"

조인영이 고개를 저으며 말했다.

"오늘 밤 전하께서 대비전 나인의 시침을 받으셨네. 지금쯤

대비전 나인과 함께 계시겠지. 대비마마께서 아주 오랫동안 벼르신 일이니, 내가 어찌 나서서 감히 방해할 수 있겠는가?"

원근이 놀란 듯 의자에 힘없이 주저앉았다.

"도대체 무슨 일인가? 내게만 말해보게."

원근은 착잡한 심정을 감출 수 없어 할 말을 잃어버렸다. 평안도에 있는 나래도 모든 과거를 잊고 홍몽남의 여인이 되어버렸다. 그리고 임금도… 이제 왕비를 잊어버린 것일까?

"…전하."

한숨 섞인 목소리로 원근이 나지막이 왕을 불렀다.

새벽빛이 궐 후원에 어렸다. 당직을 끝낸 도승지 조인영이 찾은 곳은 궐 밖이 아닌 후원의 규장각이었다. 퇴궐 전 찾으려는 서책이 있어 온 것이었다.

책장 사이사이를 뒤져가며 원하는 책을 찾았지만, 아직까지 빛이 규장각 안까지는 스며들어오지 않아 글자가 잘 보이지 않았다. 그는 원하는 책을 찾기 위해 초를 찾아 불을 밝히려 했다. 기억을 더듬어 초를 두는 곳을 찾기 위해 책장 사이를 빠져나오려 돌아섰을 때였다.

"히익!"

건너편 책장과 책장 사이에 누군가가 주저앉아 있는 것을 보고는 깜짝 놀라 소리쳤다.

"거, 거기 누구냐!"

그러자 그 누군가가 기지개를 펴며 허리를 일으켜 세웠다. 동시에 어깨에 걸치고 있던 용포가 흘러내리자 조인영은 그 누군가가 다름 아닌 왕이라는 사실을 알아차렸다.

"전하?"

"지난밤 당직일 텐데… 아침부터 부지런하군."

왕이 길게 하품을 하는 사이 조인영이 곁으로 다가가 몸을 숙였다.

"밤새 계셨사옵니까?"

"밤새는 아니네. 그나저나 과인이 이곳에 있다는 사실을 아무도 이야기하지 않던가?"

돌이켜보니 규장각으로 오는 길에 평소와 달리 새벽부터 나인들이 좀 많다 싶었다. 그렇다고 승정원 관리가 나인들에게 먼저 다가가서 '왜 여기에 있느냐?'라고 물어볼 수도 없는 노릇. 그들이 모두 왕의 지밀나인이었나?

밤새 당직을 선 조인영이었다. 빨리 찾을 책만 찾아서 서둘러 퇴궐할 생각에 평소보다 많이 몰려 있던 나인들의 존재에 별 관심을 두지 않았던 것 같다.

"과인이 홀로 책을 좀 보겠다고 했거든."

왕이 자리를 털고 일어섰다.

"하오나 전하. 지난밤 대비전 나인의 시침을 받지 않으셨사옵니까?"

"받긴 받았지."

왕이 짧은 한숨을 내쉬었다.

"허면 그 나인은…."

왕이 규장각 창문으로 스며들어오는 빛에 눈길을 주었다.

"지금쯤이면 제 처소로 돌아갔겠지."

"마음에 들지 않으셨습니까?"

왕이 피식 웃었다.

"자네도 그 나인의 얼굴이 궁금한가?"

조인영이 당황하며 고개를 숙였다.

"소신이 어찌 감히 궐 나인에게 관심을 두겠사옵니까."

"당연히 그렇겠지. 궐의 모든 나인은 왕의 여인이니."

"놀리시옵니까?"

조인영이 왕을 원망스레 쳐다보자 왕이 웃었다.

"과인은 그 나인의 얼굴을 제대로 들여다보지 못했으니 자네가 만족할 만한 답변을 주진 못하겠군."

"시침이 퍽 만족스럽지 못하셨나 봅니다. 그 나인의 곁이 아닌 규장각에서 아침을 맞이하시다니오."

이어지는 조인영의 농담에 왕의 눈이 슬퍼졌다.

"그러고 보니 자네 탓이네."

"예? 소신의 탓이라니오?"

"시침을 받고 자려 하니 예전에 자네가 한 말이 떠올라 도통 잠이 오지 않아서 말이야."

조인영이 고개를 갸웃했다.

"소신이 무슨 말을 했사옵니까?"

왕이 또다시 긴 한숨을 내쉬었다.

"예전에 자네가 승정원 관리들과 기방에서 밤을 보낸 날 말이야. 자네의 아내가 밤을 꼬박 새우고 자네를 기다렸다고 했지. 아마 중전도 궐에 있었다면… 지난밤 밤새 잠을 이루지 못했을 거야. 그렇겠지?"

그제야 조인영도 왕과 같은 한숨을 내쉬었다.

"얼마나 아프신지는 몰라도 이제 그만 중전마마를 온양에서 불러들이시지요. 원자마마와 공주마마의 핑계는 대지 않겠사옵니다. 전하께는 중전마마가 필요하옵니다."

왕이 조인영에게서 돌아서며 짧은 말을 흘렸다.

"중전은 온양에 없네."

"예?"

조인영이 자신의 귀를 의심하며 반문했다.

"그리 알게. 자네만."

"전하…."

더 캐묻고 싶은지 조인영이 왕의 뒤를 따랐다. 그러나 왕은 규장각을 떠나려는지 조인영보다 앞서 나가 문을 닫아버렸다. 조인영은 문 뒤에 남아버렸고 왕이 더 이상 중전에 대해서 말하고 싶어 하지 않는다는 것을 알았다.

중전이 온양에 없다는 말에 대해서 더 묻고 싶은 것이 있었지만, 한편으로는 말도 안 되는 이야기였다. 중전이 온양에 없다면 도대체 어디에 있단 말인가? 어쩌면 왕이 장난처럼 그를 놀리려 거짓말을 했을지도 모른다고 생각했다.

"침전으로 간다."

문밖에서 왕이 나인들을 향해 명령을 내리는 목소리가 들려왔다. 조인영은 급히 문을 열고 나왔다. 왕을 배웅하기 위해서였다. 멀어지는 왕을 향해 고개를 숙이려던 조인영이 순간 떠오른 생각에 급히 왕에게 달려갔다.

"전하!"

조인영이 자신을 부르자 왕이 걸음을 멈췄다.

"과인에게 더 할 말이 있는가?"

왕의 물음에 조인영이 숨을 고르며 말했다.

"지난밤 김 찬선이 승정원을 찾아왔사옵니다."

"김 찬선? 아마 평안도에 갔을 텐데."

"예. 그러하옵니다."

"그가 왜 지난밤에 승정원에 왔다는 말인가?"

"전하를 급히 알현해야 한다면서… 하여 소인이 아침 경연 전에 전하를 뵈라며 승정원에 머물게 했사옵니다."

"지금도 김 찬선이 승정원에 있는가?"

"이미 퇴궐했는지는 모르겠사옵니다. 나인을 보내 확인하시옵소서."

조인영의 말을 들은 왕이 나인에게 명을 내렸다.

"지금 바로 승정원에 가서 김 찬선이 그곳에 있는지 알아오너라. 있다면 과인에게 오라 하고."

"예, 전하."

침전으로 돌아온 왕은 동온돌로 들었다. 그곳은 깨끗이 치워지고 윤금도 없었다. 하지만 왕은 들어서자마자 남아 있는 백단향 냄새에 불쾌한 표정을 지어 보였다.

"향이 짙구나."

왕의 한마디에 지밀상궁이 고개를 숙였다.

"바로 환기를 시키고 다른 향을 피우겠사옵니다."

"옷은 서온돌에서 갈아입겠다."

"예에…."

왕은 서온돌로 건너가 나인들의 도움을 받아 옷을 갈아입었다. 모든 아침 준비를 마친 채 왕이 자리에 앉은 지 얼마 되지 않아 밖에서 원근이 왔다는 소식이 들려왔다.

"들라 해라."

옷매무새를 다시 한번 확인한 왕이 원근을 안으로 들였다.

그런데 원근의 차림에 왕은 궁금증이 일었다. 궐에서는 비록 관리가 아니더라도 양반이라면 7품 이하 하급 관리가 입는 녹색 관복을 입어야만 했다. 그러나 원근은 갓을 쓰고 도포를 입고 있었다. 왕이 인상을 찌푸리며 원근을 쳐다보았다.

"스스로가 세도가라며 궐 안에서도 권세를 드러내느냐?"

원근이 몸을 납작 엎드렸다.

"송구하옵니다. 용서하여주시옵소서, 전하."

"다음부터는 조심하여라."

"예…. 그러하겠사옵니다."

"헌데…."

왕이 원근의 표정을 살폈다. 밤새 잠을 이루지 못했는지 얼굴이 수척하고 파리했다. 눈꺼풀 밑으로 보이는 흰자위에 붉은 기가 가득해 아파 보이기까지 했다.

"…평안도에서는 언제 돌아왔느냐?"

"지난 밤이옵니다."

"성문이 닫힌 시각에? 무엄하군."

"예에…."

원근의 목소리가 더욱 낮아졌다. 닫힌 성문까지 함부로 열고 들어왔다는 말이 왕을 더욱 노엽게 만들었다. 이를 잘 아는 원근은 고개를 들지 못했다.

"평안도에 갔던 자네가 그리 급하게 도성으로 돌아와 과인을 알현하고자 함은 응당 그만한 일이 있어서겠지."

지난밤 대비와의 마찰 때문이었을까? 왕은 평소와 다르게 유독 원근에게 공격적이었다.

원근만큼은 세도를 부리는 조정의 안동 김씨들 중에서도 조금은 다르다 여겼다. 그러나 그는 왕명 없이는 함부로 열 수 없는 성문을 열고 들어왔다고 당당히 말하며, 새벽에 예도 갖추지 않고 왕을 알현하겠다며 입궐했다. 지금도 그랬다. 정식으로 왕을 알현하겠다면 우선 날이 밝은 뒤에 도성으로 들어와 예를 갖추고 입궐했어야 한다.

"무슨 일로 과인을 보고자 하였느냐?"

"소신은…."

평안도에서 마주한 나래의 얼굴이 떠올랐다. '중전마마를 보았다'라는 말이 목구멍까지 차올라왔다. 그런데도 싸늘하기 그지없는 왕의 태도와 더불어 지난밤 왕이 대비전 나인의 시침을 받았다는 사실이 원근이 말을 하지 못하게 누르고 있었다.

"다시 예를 갖추고 입궐하겠사옵니다."

"그리하라."

무엇 때문이든 자신이 왕의 화를 부채질한 것은 사실이었다. 원근은 하려던 말을 애써 삼킨 채 자리에서 일어섰다.

왕은 왕대로 원근의 태도가 마음에 들지 않았다. 이제 그도 제 아비를 믿고 제 가문을 믿고 무례해지고 있다는 생각마저 들었다. 원근에게 실망한 왕은 돌아서 뒷걸음쳐 나가려는 그에게 눈길을 주지 않으려 고개를 돌렸다.

원근은 그런 왕의 시선을 보았다. 그의 마음이 더욱 무거워졌다.

차라리 나래를 본 것을 영영 말하지 않는다면? 왕은 온양에서 사라진 왕비에 대한 비밀을 언제까지 감출 수 있을까? 그리고 나래는 영원히 몽남의 여인으로 살다 죽게 될까?

2년이었다. 짧지도 그렇다고 길지도 않은 시간.

그 시간 동안 왕은 왕비가 온양에 있다면서 단 한 번도 온양으로 돌아가려 하지 않았다. 게다가 지난밤에는 대비전 나인의 시침까지 받았다. 왕은….

'김 찬선. 앞으로 그 어떠한 일이 일어나더라도 그래서 과인이 어떠한 결정을 내리더라도… 과인의 아내는 오직 중전뿐이네.'

원근이 걸음을 멈췄다. 평안도로 가기 전, 왕이 자신에게 한 말이 떠올랐기 때문이다. 원근은 마지막 희망을 품은 채 그 자리에 주저앉아 몸을 납작 엎드렸다.

"김 찬선."

왕이 더 이상 분노를 참지 못하고 원근을 불렀을 때였다.

원근이 용기를 내어 왕에게 아뢰었다.

"송구하오나 전하. 한 가지만 여쭈어도 되옵니까?"

왕이 원근을 노려보며 말했다.

"말해라."

"혹… 나중에 중전마마께서 잘못되신다면, 새 중전마마를 맞이하실 것이옵니까?"

왕이 무거운 침을 삼켰다.

중전. 중전이라는 그 단 한마디에 원근에게 분노가 치밀어 올랐던 왕의 마음이 순식간에 가라앉았다. 그러나 분노가 사라지고 화가 떠난 그 자리를 말로 설명하기 어려운 먹먹함이 대신했다. 그 먹먹함은 그리움에서 시작된 것이었다.

지난 2년간, 왕은 보이는 것과 보이지 않는 것, 그 모든 것과 홀로 싸우고 있었다. 그리고 지난밤 대비전 나인인 윤금의 시침을 받고 나서도 생각했다.

그의 마음에 자리 잡은 중전의 자리. 바로 나래의 빈자리는 그 어떤 여인도 채울 수 없다는 것을. 그 어떤 여인도 그의 안에서 손톱만 한 자리도 차지할 수 없었다.

"김 찬선."

왕의 먹먹한 마음을 드러내는 목소리가 들려오자 머리를 땅에 조아리고 있던 원근이 천천히 고개를 들어 왕을 바라보았다.

"전하…."

더 이상 왕의 얼굴에는 그를 향한 그 어떤 화도 남아 있지 않았다. 원근의 눈에 보이는 사람은 이 나라의 임금이 아니라, 한 여인을 진심으로 사랑하는 사내였다.

"원자와 공주가 일평생 어마마마라고 부를 수 있는 여인은… 단 한 명뿐이네."

왕의 눈가에 빠르게 눈물이 차오른 그때였다. 원근이 왕을 향해 입을 열었다.

"전하. 온양에서 사라지신 중전마마를… 소신이 찾았사옵니다…!"

'사랑해….'

지난밤, 왕의 희미한 기억 속에 가라앉았던 꿈의 정체가 드러났다. 그것은 중전이 자신에게 불러주던 노랫가락이었다.

동시에 왕의 한쪽 눈에서 한 줄기 눈물이 흘러내렸다.

"대감마님 오셨습니까요."

밤새 당직을 서다가 퇴궐하고 돌아온 조인영을 마당을 쓸던 하인이 제일 먼저 맞았다.

"마님은 어디에 있느냐?"

"안채에 계실 것입니다. 대감마님께서 돌아오신 것을 바로 알리겠습니다요."

"아니다. 되었다."

이른 아침. 그가 퇴궐했다는 소식에 버선발로 달려올까 염려한 그의 말이었다. 하지만 이것은 기우였다. 사랑채로 들어선 그는 피식, 웃고 말았다.

사랑채 안에는 그를 위한 이부자리가 깔려 있었으며 발을 모두 내려서, 최대한 햇빛이 안으로 들어오지 않도록 해놓았다. 아늑한 잠자리 옆에는 자기 전 간단하게 속을 달랠 흑임자죽까지 놓여 있었다. 그가 자리에 앉아 그릇에 손을 대자, 따뜻한 온기가 전해져왔다. 그의 입가에 저절로 미소가 지어졌을 때였다.

"돌아오셨습니까."

아내 김씨의 목소리가 등 뒤에서 들려왔다. 조인영이 웃으며 그녀를 향해 돌아섰다.

"주상전하도 나를 부러워하시겠소."

"뭐, 하루 이틀이어야지요."

그녀는 얼굴을 붉히면서도 새침데기처럼 말하며 그의 곁으로 다가왔다. 곧 인영이 관모와 관복을 차례로 벗어서 그녀에게 건넸다.

편한 옷으로 갈아입은 조인영은 아내가 준비해놓은 죽을

먹었다. 그사이 김씨는 그가 잠들기 전 씻을 물까지 때에 맞춰 준비를 해놓았다. 간단한 세수까지 마친 다음에야 그는 이불 위에 누웠다.

아내는 그런 그의 머리맡에 다소곳이 앉으며 빙긋 웃었다. 조인영은 누워서 아내의 얼굴을 올려다보며 말했다.

“무언가 부족한 것 같은데.”

“소첩은 오늘 아침에 아주아주 할 것이 많습니다, 대감.”

“허면…?”

“잠깐만입니다.”

그녀는 눈웃음을 지으며 자신의 무릎을 내주었다. 이를 본 조인영이 기다렸다는 듯 잽싸게 아내 김씨의 무릎을 베고 누웠다. 김씨가 그런 그의 머리를 쓸어주었다.

이제 스르륵 잠에만 빠지면 될 상황. 갑자기 김씨가 몸을 숙여 그의 귓가에 대고 흥얼대듯 노래를 불렀다.

“사랑해, 사랑해.”

깜짝 놀란 조인영이 눈을 크게 뜨며 몸을 일으켜 세웠다. 그러자 김씨가 어리둥절한 얼굴로 남편을 바라보았다.

“어찌 그리 놀라십니까?”

“조금 전 그, 그게… 무엇이오?”

“아하, 이거요? 요즘 한양 사대부가 여인들이라면 모르는 이가 없는 노래라 합니다.”

"노래? 아니, 노래인 것을 묻는 것이 아니오. 그 노래를 어찌 알았느냐는 것이오."

그러자 김씨가 입술을 삐쭉 내밀며 말했다.

"치, 이 노래를 알고 계셨으면서 지금까지 소첩에게 어찌 알려주지 않으셨습니까? 너무하십니다, 대감."

"어디서 들었소? 누구에게요?"

거듭된 그의 추궁에 김씨가 실토하듯 말했다.

"조금 전에 말씀드리지 않았습니까? 사대부가 여인들이라면 모두 다 안다고요. 물론 시작은 궁궐에서였겠지요."

그녀는 누가 듣는 것도 아닌데 아주 비밀스러운 이야기를 하듯이 작은 목소리로 말했다.

"소문에 따르면 중전마마께서 전하께 불러 드렸다는 노래랍니다. 이 노래가 얼마나 요상한지, 그간 주상전하가 온양에 계신 중전마마를 두시고도 승은을 내린 여인이 하나도 없다 하지 않습니까? 지아비의 마음을 귀신처럼 사로잡는 노래라고 다들…."

"부인."

조인영이 한숨 섞인 목소리로 입을 열자 김씨가 풀 죽은 얼굴이 되었다.

"대감의 마음은 이미 소첩의 것이라는 걸 알지만… 그래도 한번 불러 드리고 싶어서… 그나저나 대감은 너무하십니다!"

"너무하다니오?"

"주상전하와 그리도 가깝게 지내시면서… 분명 주상전하께서 이 노래를 중전마마께 매일같이 들으셨다는 것을 아실 것 아닙니까? 헌데 한양 사대부가의 모든 여인들이 알 때까지 소첩만 모르게 하시다니…. 흑, 너무하십니다."

그녀는 남편에게서 등을 돌리더니 옷고름을 눈가에 대고 울먹였다. 그러자 조인영이 쩔쩔매며 말했다.

"그, 그것은…! 궐에서 보고 들은 일은 절대 궐 밖에서 이야기할 수가 없는 지엄한 법도가 있기에…!"

"그 법도를 잘 아신다는 분이, 분명 전하께 가서는 제 흉이란 흉은 다 보셨겠지요?"

"내가 어찌… 어찌 그러겠소, 부인. 나를 믿지 못하시오?"

사정하듯 말하는 남편을 보며 김씨도 조금 누그러진 듯한 태도를 보였다. 그 틈에 그가 잽싸게 두 팔로 그녀를 끌어당겼다. 그녀는 못 이기는 척 남편의 품에 안기더니 말했다.

"헌데 말입니다, 대감. 이 노랫가락의 첫 구절은 다들 알아도 끝까지 아는 이가 없다 합니다. 분명 엿들어 소문을 낸 이는 궐의 나인들일 터인데… 혹시 궐에서 아는 나인을 만나시면 물어오시면 안 됩니까? 만약 알아오시면 소첩이 도성에서 유일하게 아는 여인이 되지 않겠습니까?"

대낮부터 베갯머리송사를 해대는 부인을 보며 그도 결국

웃고 말았다.

"그 노랫가락이 그리도 알고 싶으시오?"

"암요. 처음부터 끝까지 대감께 불러 드리고 싶습니다."

"혹여 내가 다른 여인에게 마음이라도 줄까 그러시오?"

"전하만 보면 알지 않습니까? 중전마마께서 온양에 가 계신 지가 오래되었는데… 분명 효과가 있는 노랫가락임이 틀림없습니다."

"하아…."

조인영이 깊은 한숨을 내쉬며 아내를 더욱 힘 주어 끌어안았다.

"어째 근심이 있으신 것 같습니다?"

"내가 보기에는 말이오. 이 노랫가락만으로 전하의 마음이 중전마마께 계속 머물러 있는 것은 아닌 것 같소."

김씨가 눈을 반짝였다.

"그럼요? 중전마마께 무슨 비법이 있어서 미색이 뛰어난 수많은 나인들을 곁에 두신 전하의 마음을 먼 온양에서도 사로잡고 계신단 말입니까?"

"알고 싶소?"

넌지시 묻는 조인영을 향해 김씨가 고개를 세차게 끄덕였다. 그런 부인의 눈동자를 물끄러미 바라보던 조인영이 웃으며 말했다.

"오늘 내가 알려주리다."

조인영이 이불을 들어 올리더니 그 속으로 아내를 끌어당겼다.

"어머! 대감…!"

김씨가 얼굴을 붉히며 당황하는 것도 잠시. 곧 조인영과 부인 김씨가 내는 웃음소리가 이불 속에서 들려왔다. 곧이어 이불이 들썩이나 싶더니 밖에서 다급한 하인의 목소리가 들려왔다.

"대감마님!"

이불 안에서도 이 소리가 똑똑히 들렸는지 김씨가 이불 밖으로 얼굴을 내밀며 말했다.

"나가보셔야…."

"별 중요한 일도 아닐 것이오."

"하오나 대감…!"

"무시하시오. 아침부터 별일이야 있겠소."

불안한 듯 말하는 아내를 달래며 조인영이 다시 이불을 뒤집어쓰려던 그때였다. 닫혀 있던 사랑채 문이 활짝 열리더니 도포를 입은 키 큰 사내가 그 앞에 섰다.

"도승지…!"

그는 바로 이 나라의 임금 이공이었다.

"꺄악!"

외간 사내의 갑작스러운 등장에 놀란 조인영의 아내 김씨가 비명을 지르자, 그제야 조인영도 놀라 이불 밖으로 나왔다. 그는 미복으로 나타난 왕을 보며 깜짝 놀랐다.

"전하?!"

"전하라고요…? 이, 이분이?"

조인영은 서둘러 이불 밖으로 나와 몸을 엎드렸다. 그의 부인 김씨도 이불을 뒤집어쓴 채 조인영의 옆에서 엎드렸다. 그제야 눈앞에서 벌어진 상황을 눈치챈 왕이 서둘러 돌아서며 헛기침을 했다.

"흠흠…! 이번만큼은… 과인이 밖에서 기다리지."

조인영은 그의 아내와 함께 얼굴을 붉히면서 머리를 조아렸다.

"화, 황공하옵니다! 전하!"

왕은 혼자 온 것이 아니었다. 김원근과 함께였다. 자리가 정리된 후 사랑채에 마주 앉은 세 사람.

"아침부터 소신의 사저까지는 어인 일이시옵니까?"

의복을 갖춰 입은 채 조인영이 왕에게 정중히 물었다. 하지만 목소리에 정감이 없었다. 늘 왕에게 자상하고 자애롭던 그도 오늘 아침에 있었던 일만큼은 뿔이 단단히 난 모양.

왕도 이를 모르진 않았다. 허나 왕 체면에 신하의 눈치를 살필 수도 없는 법. 사과를 할 수도 없는 법이다.

“잘 듣게. 당분간 자네는 파직이네.”

“파직? 파직이라 말씀하셨사옵니까? 어째서 소신이… 조금 전 그런 모습을 전하께 보여 드렸다는 것이 어찌 파직의 사유가 되옵니까?”

조인영이 억울하다는 듯이 왕에게 항변했다. 이제 뿔은 도깨비의 것만큼 크게 늘어났다. 왕이 또다시 얼굴을 붉히며 헛기침을 하자 원근이 나섰다.

“그 때문이 아닙니다.”

“아니라면?”

“전하께서는 오늘 소신과 함께 비밀리에 암행을 가실 것이옵니다. 그 길에 도승지께서도 동행해주셔야겠습니다.”

“대체 어디로 암행을 가시기에 내가 파직이 되어야 한단 말인가?”

그러자 왕이 대답했다.

“평안도네.”

조인영의 입이 떡 벌어졌다.

“펴, 평안도? 전하! 그곳은 얼마 전까지 난이 일어났던 곳이옵니다. 아직 민심도 수습되지 않은 그 위험한 곳으로 전하께서 친히 암행을 가시다니오? 아니 될 말이옵니다!”

조인영이 강하게 반대하고 나오자 왕은 입을 다물었다. 그의 말은 하나도 틀린 것이 없었다. 그러나 왕은 자신의 의지를 꺾지 않을 것이기에 아무런 대꾸도 하지 않는 것이었다. 이를 가만히 지켜보던 김원근이 나섰다.

"대감. 지금 중전마마께서 평안도에 계십니다."

조인영이 황당하다는 얼굴로 김원근을 쳐다보았다.

"중전마마께서 평안도라니? 중전마마께서는 온양 행궁에 계시지 않는가? 벌써 햇수로만 2년이 넘도록… 잠깐."

새벽에 왕에게 지나가며 들은 말이 있었다. 그때 왕은 중전이 온양에 없다는 말을 했다. 들을 때는 그저 가벼운 농담이려니 했다.

하지만 상황이 상황인지라 이젠 절대 농담으로 들어서는 안 될 말이 되었다.

"그간 중전마마께서 환궁하지 못하시는 이유가 온양에 계신 것이 아니라 평안도에 계셨기 때문이옵니까?"

"그래…."

왕이 힘없이 고개를 끄덕이며 말을 이었다.

"2년 전 중전은 온양 행궁에서 사라졌네. 중전을 찾기 위해 내금위장을 온양에 두었지만 그간 중전을 찾을 수 없었네. 그런데 오늘 평안도에서 돌아온 김 찬선에게서 들었네. 평안도에서 중전을 보았다고. 그래서…."

왕은 강한 의지가 담긴 눈빛으로 조인영을 바라보며 말했다.

"과인은 중전이자 과인의 아내인 여인을 찾으러 오늘 평안도로 떠날 것이네. 그러니 도와주게, 인영."

밤새 말을 달린 세 사람은 다음 날 새벽에 해주관사에 도착했다. 이들은 관사에서 잠시 눈을 붙이고 날이 밝는 대로 안주성으로 출발하기로 했다. 관사에서는 원근과 인영이 한 처소를 쓰고 왕이 그 건너편 처소를 썼다.

조용한 해주의 밤. 한양에서부터 쉴 틈 없이 달려와 상당히 노곤한데도 세 사람 모두 쉽사리 잠이 오지 않았다. 이대로 뜬 눈으로 밤을 지새우나 싶던 그때였다.

끼이익. 왕이 묵는 처소의 문이 열리는 소리가 났다.

이 소리를 들은 원근이 제일 먼저 몸을 일으켜 세웠다. 뒤이어 옆에 누워 있던 인영도 재빨리 허리를 세우며 원근을 돌아보았다.

"들었는가?"

"대감께서도 들으셨습니까?"

"들었네."

그들은 직감적으로 왕에게 무슨 일이 생겼다고 여기고는 서둘러 문을 열고 밖으로 나섰다. 원근은 섬돌에 놓여 있던 왕의 신이 사라진 것을 발견했다. 인영이 재빨리 왕이 묵는 처소 안을 들여다보고는 아무도 없다는 것을 알고 놀란 목소리로 원근을 불렀다.

"안 계시네!"

혹시라도 왕에게 무슨 일이 생겼을까 두 사람은 다급해졌다. 우왕좌왕하며 관사 주변을 살피던 원근의 눈에 왕의 뒷모습이 보였다.

왕은 관사 뒤편 담벼락 주변을 서성이고 있었다.

"전…!"

원근이 놀란 가슴을 쓸어내리며 왕을 부르려고 할 때였다. 뒤따라온 인영이 원근의 팔을 잡아 돌려세웠다.

"어찌 그러십니까?"

자신을 막은 인영을 원근이 답답한 듯 쳐다보았을 때였다. 인영이 눈짓을 보냈다.

"보게."

"예?"

원근이 숨을 죽인 채 다시 왕을 돌아보았다. 왕은 깊은 한숨을 내쉬며 하늘을 쳐다보고 있었다. 한숨은 한 번으로 끝나지 않았다. 연거푸 터져 나오는 한숨에 이를 지켜보는 두 사내의 마음도 덩달아 무거워졌다.

"지난 2년간, 매일 밤 저러셨겠지. 아내가 없는 자네는 모르더라도 나는 알 수 있네.”

“무슨….”

“중전마마께서 살아는 계실지 아니면 이미 돌아가셨을지… 그 비밀을 홀로 안고 버텨오셨지. 나의 내자가 그러했다면 난 관직이고 뭐고 모든 자리를 박차고 나와 부인을 찾을 때까지 정신을 놓았을 것일세.”

그제야 왕의 심정을 조금은 이해한 듯 원근이 속으로 한숨을 삼켰다.

“게다가 기억을 잃으셨다고 하니….”

인영이 원근을 돌아보며 물었다.

“자네가 중전마마를 뵈었을 때 어찌 지내고 계시던가? 무탈하시던가?”

원근은 나래를 보았던 기억을 떠올렸다. 만약 도성의 시장 한복판에서 스쳐 지나갔더라도 과연 알아보았을까 싶을 정도로 나래는 평범한 아낙 같았다. 옷차림이 남루했으며 단정하게 올린 머리도 살짝 헝클어져 있었다.

그러나 눈동자만큼은 그녀가 지닌 왕비로서의 기품은 그대로였다. 그것은 왕비가 되지 못했던 소희는 결코 지니지 못한 눈빛이었다.

그런데도 어째서 몽남은 나래가 진짜 소희가 아니라는 사실을 알아보지 못했을까? 소희는 분명 그의 품에서 죽었다.

그러나 몽남은 끝까지 부정하고 싶었는지도 모른다. 그녀는 죽고 자신만 살아남은 현실을 받아들이기 힘들어하다, 그 미묘한 틈을 소희와 똑 닮은 나래가 차지했는지도 모른다. 그리고 한때 소희가 그랬던 것처럼 이제 몽남에게 나래는 반드시 필요한 여인이 되었다.

원근은 이러한 사실을 왕에게 아뢰지 못했다. 그리고 왕도 묻지 않았다.

사실 원근에게는 그것이 의문이기도 했다. 지난 2년간 실종되었던 왕비. 온양에서 실종된 왕비가 어떻게 평안도까지 가게 되었는지, 그동안 그녀에게 무슨 일이 있었는지… 그 누구보다도 가장 궁금할 왕이 원근에게 묻지 않았다.

왕에게 중요했던 것은 나래의 생사. 그것을 알게 되자 나래에게 무슨 일이 있었는지는 전혀 묻지 않았다. 궁금해하지도 않았다. 그래서 원근은 걱정이 되었다.

"무탈하십니다. 다만…."

이런 염려를 담은 원근의 목소리가 잦아들자 인영이 예리한 질문을 던졌다.

"혹 누군가가 중전마마의 곁에 함께 있던가?"

인영의 기억에 중전은 가냘픈 여인이다. 아니, 여인은 가냘프고 반드시 사내가 지켜주어야 한다. 사내의 손을 떠나 홀로 살아갈 수 있는 젊은 여인이 있으리라는 사실 자체를 믿지 않는다. 이러한 물음은 분명 그 누구보다도 먼저 왕이 원근에게 던졌어야 할 의문이기도 했다.

원근이 인영의 시선을 피했다. 그러자 인영이 한숨을 삼키며 중얼거렸다.

"자네의 눈이 모든 것을 말해주는군."

"아닙니다!"

부정하는 원근에게 인영이 쏘아붙였다.

"무엇이 아닌가?"

"대감께서 무엇을 생각하시든… 아닙니다."

"그것은 안주성에 가면 알게 되겠지. 전하도 아시게 될 것이고."

원근은 두 눈을 질끈 감았다 떴다.

이 나라의 왕비였던 기억을 모두 잃고 다른 사내의 곁에서 살아가는 왕비를… 왕은 과연 다시 데려오려 할까? 만약 그렇지 않다면 왕비는 이젠 정말 모두에게 죽은 사람이 되어야 할 차례인 걸까?

지금으로서 원근이 간절히 바라는 것은 단 하나였다. 왕을 본 나래가 잃어버린 기억을 모두 되찾기를…. 그렇게만 된다면 이 여정은 아름답게 마무리될 것이다.

반드시 그렇게 될 것이다. 그리고 그렇게 돼야만 한다.

"콜록… 콜록!"

며칠째 밤낮을 가리지 않고 몽남이 기침을 했다. 아이들을 가르치면서도 종종 기침으로 흐름이 끊겼다. 그런 그의 건강이 걱정스러웠다.

"단지 기침뿐이시래요."

내 염려에 은진은 이미 몽남에게 물어보았는지 태연히 말했다. 하지만 그 끝에 그녀의 걱정이 살짝 드러났다.

"여긴 산채인걸요. 약을 구하려면 마을 장터까지 나가는 수밖에 없잖아요."

얼마 전 정체 모를 선비가 산채를 다녀갔다. 몽남은 그를 아는지 죽이려 했지만, 결국 그의 시신이 나오지 않았으니 살려서 돌려보내준 것 같다. 이후 몽남은 그에 대해서 일절 언급하지 않았다.

하지만 그 선비가 사라진 이후부터 몽남의 기침이 시작되었다. 분명 어떤 식으로든 그 선비의 등장이 몽남의 건강을 해친 것은 확실했다.

"이번에 마을에 내려가는 사람은 없니? 약을 부탁하면 되잖아."

"다들 당분간은 산채를 떠나려 하지 않을 거예요."

또 그 선비 때문이다. 다들 몽남이 그를 살려 보낸 것을 알고 있는 눈치다. 그래서 혹시라도 그가 안주성 관리에게 이곳 산채를 신고하고 그 때문에 산채가 위험해질까 봐 잔뜩 경계하는 눈치였다. 이런 상황에서 산채를 떠나 마을까지 내려가려는 장정은 없을 것이다.

"내가 다녀올까?"

산에서 따온 나물거리를 말리던 은진이 고개를 들었다.

"아시잖아요. 산채에서 마을까지 가는 길은 위험해요. 도적이 나올 수도 있고… 호랑이라도 만나면…."

"아침 일찍 출발해서 다녀오면 될 것 같은데. 돌아오는 길이 늦어질까 싶으면 마을에 있는 주막에서 하루 묵었다가 돌아와도 되고."

은진이 혀를 내둘렀다.

"도련님이 허락하실 것 같아요?"

절대 그는 절대 허락하지 않을 것이다. 오히려 자신의 몸은 더욱 멀쩡하다며 자신하겠지. 그러나 하루가 다르게 심해지는 기침 소리가 계속 신경 쓰인다. 저러다가 정말 큰 병이 될까 걱정되고.

"콜록!"

지금 은진과 대화를 주고받는 순간에도 멀리 있는 몽남의 기침 소리가 들려왔다.

"안 되겠어. 내일 아침 일찍 마을에 다녀와야지."

"도련님께 허락은 받으실 거죠?"

"모른 척해줘. 마을에 가서 약을 지어 올 테니."

"전 모르는 일이에요."

은진은 관여하고 싶지 않다는 듯 고개를 저었다.

"그래도 도련님이 날 찾으면 대충 둘러대줄 거지?"

은진이 내 얼굴을 슬쩍 쳐다보며 말했다.

"그쯤이야, 뭐. 도련님을 위한 일이니까요."

"고마워."

내 인사에 은진은 어이가 없다는 듯 피식 웃고 말았다.

왕과 그 일행이 안주성에 도착한 날. 이날은 안주성 남문 근처에서 장이 서는 날이었다. 기존의 상설 시장에 오일장까지 겹쳐 인산인해였다.

안주성에만 오면 바로 왕비를 만날 수 있을 것으로 기대한 왕과 달리 원근은 남문으로 입성해 많은 사람들을 피해 안주성 객사로 왕을 데려갔다.

"이곳에 중전이 있느냐?"

왕의 물음에도 원근은 대답을 회피한 채 조용한 관사 내 처소로 안내했다. 그곳에 아무도 없다는 것을 확인한 왕이 원근에게 말했다.

"과인은 안주성까지 와서 쉬고 싶은 것이 아니다. 중전은 어디에 있느냐? 당장 그곳으로 가야겠다."

왕의 옆에서 인영도 원근에게 물었다.

"김 찬선. 중전마마께서 안주성에 계신다고 했지. 헌데 안주성 어디에 계시는가?"

"안주성에는 안 계시고, 안주성 인근 산채에 계시옵니다."

"산채?"

이것은 왕도, 그리고 인영도 예상치 못한 답변이었다.

"허면 당장 그 산채로 가겠다. 안내하여라."

"송구하오나 그곳으로는 전하를 모실 수 없사옵니다."

"어째서?"

"그곳은 매우 위험하옵니다. 하오니 전하께서는 이곳 관사에서 기다려주시옵소서. 소신이 산채로 가서 중전마마를 어떻게든 이곳까지 모셔오겠사옵니다."

그러나 왕은 단호히 고개를 저었다.

"과인은 더는 못 기다린다. 함께 가겠다."

그러나 원근은 그대로 사정이 있었다. 홍몽남이 홍경래였다. 얼마 전까지 이 조선을 뒤엎겠다며 거병한 봉기군의 수장이자, 조정에서는 역당의 괴수라고 불린 인물이다. 그런 홍몽남이 있는 산채라면 그곳에 있는 이들도 모두 봉기에 가담한 자들일 터였다. 왕비가 있다는 이유만으로 그런 곳에 덥석 왕을 데려갈 수도 없는 노릇이었다.

"송구하옵니다만, 전하. 이러시면 신이 중전마마를 이곳까지 모셔오는 데 어려움이 있사옵니다. 애가 타시더라도 신을 믿고 이곳에서 기다려주시옵소서."

"못 한다!"

"전하…!"

원근이 난처한 표정을 짓자, 이를 본 왕이 물었다.

"혹 중전이 그 산채 무리들에게 잡혀 있는 것이냐?"

왕의 물음에 인영이 눈을 크게 떴다. 여차하면 안주성 병영의 군사들을 동원해서라도 산채에 가서 왕비를 구해와야겠다는 생각을 했다. 아마 왕도 그와 같은 생각일 것이다.

"아니옵니다! 중전마마께서는 산채에 잡혀 있는 것이 아니옵니다. 그곳의 무리들과 함께 계시기는 하오나…."

"허면… 어찌하여 마을도 아니고 안주성도 아닌 산채에 중전이 있는 것이냐?"

왕의 목소리가 떨려왔다. 안주성으로 오는 내내 원근에게 묻고 싶었지만, 중전을 만날 생각만으로 억누르고 또 억눌러 온 물음이었다. 이제 왕의 시선은 원근을 피해 땅에 떨어져 있었다.

"전하…."

"중전이 안주성에만 있다고 했지, 산채에 있다는 말은 하지 않았다. 분명 그 이유를 과인에게 숨겨야 할 연유가 있었겠지. 허나 그것이 중전과 관련된 것이라면 말해라. 중전이 어찌 산채에 있는 것이냐? 중전은… 안전한 것이냐?"

왕이 시선을 들어 원근의 얼굴을 쳐다보았다.

"기억을 잃었다 하지 않았느냐. 그런 중전이 어찌 산채 같은 곳에…."

왕의 눈동자가 흔들리고 있었다.

"소신을 믿어주시옵소서. 중전마마는… 무탈하시옵니다."

그러나 그것은 왕이 바라던 대답이 아니었다. 당장 중전을 만날 수 없다면… 방금 전 원근의 답은 왕이 바라는 것이 아니었다.

"중전이 무탈하게 지내는 산채라는데 어찌하여 과인은 가지 못하느냐? 정녕 무리들에게 잡혀 있는 것을 그렇지 않다고 거짓을 아뢴 것이냐?"

왕의 목소리에 진노가 섞여 들어갔다. 원근이 급히 머리를 조아리며 말했다.

"그것은 절대 아니옵니다! 중전마마께서는 산채에서 자유롭게 지내시고 또…."

"지금 중전의 곁에… 누가 있느냐?"

왕이 진정으로 묻고 싶었던 물음이 나왔다. 그러자 인영이 두 사람만 남겨둔 채 조심스럽게 밖으로 나갔다. 인영이 나가자 왕이 원근에게 재차 물었다.

"과인은 중전만 되찾으면 된다. 허나 그전에 필요하다면 알아야겠다. 자네의 말대로 그간 중전이 돌아오지 못한 이유가 기억을 잃었기 때문이라면, 그런 중전을 도왔던 이가 있지 않겠느냐. 그가 누구냐? 중전이 있다는 산채의 주인이냐?"

올 것이 오고야 말았다. 원근이 무겁게 눈을 감았다 뜨며 아뢰었다.

"홍몽남이옵니다."

"…."

왕의 눈동자에 힘이 실렸다.

"예…. 신의 누이 소희의 정인이었던 그 홍몽남이라는 자이옵니다. 또한 반년 전까지 조정에서는 그를 역당의 괴수이자 우두머리 홍경래라 불렀사옵니다."

"호, 홍경래는 죽었다. 과인이 분명 그자의 목을 보았고…."

"소인도 그자의 목을 보았사옵니다. 처음 보는 얼굴이었사옵니다. 확신할 순 없지만, 소신이 만난 홍몽남은 스스로 정주성의 홍경래였다고 밝혔사옵니다. 정주성에서 살아남아…."

"그 말은!"

왕의 목소리가 커졌다.

"그 말은…! 중전도 정주성에… 있었다는 뜻이냐?"

원근이 무거운 침을 삼키며 대답했다.

"예…. 전하."

왕의 주먹 쥔 손이 있는 힘껏 벽을 내려쳤다.

"정주성에서 끔찍한 학살이 있었다고 들었다! 헌데 그곳에… 그곳에 중전이 있었다고? 홍경래, 아니 홍몽남 그자와?"

"홍몽남은 기억을 잃은 중전마마를 돌봐온 것 같았사옵니다. 그가 말하길 중전마마께서 신의 누이인 소희인 줄 알았다고 하였사옵니다. 얼마 전에야… 중전마마께서 소희가 아니라는 사실을 알았다고…."

"그간 중전에게 도대체 무슨 일이 있었단 말이냐!"

왕이 탄식하며 의자에 털썩 주저앉았다. 원근이 그 아래에 무릎을 꿇었다.

"어쩌면 중전마마께서는 기억이 돌아오기까지 많은 시간이 필요하실지도 모르옵니다. 그러니 전하. 신이 우선 산채로 가서 상황을 보고 중전마마를 모셔오겠사옵니다. 그러니 이곳에서 기다려주시옵소서."

망연자실한 표정의 왕은 대답하지 않았다. 원근은 그런 왕에게 예를 올리고는 황급히 밖으로 나갔다.

원근이 나간 그 자리에 인영이 들어왔다. 인영은 큰 충격을 받은 듯 눈도 깜빡이지 못하고 앉아 있는 왕에게 다가갔다.

"전하?"

"나래…. 나래…!"

"전하…."

그제야 잠시 잃었던 정신이 돌아온 듯 왕이 고개를 들어 인영을 쳐다보았다.

"김 찬선은 어디로 갔느냐?"

"조금 전 밖으로 나갔사옵니다. 아마도 중전마마께서 계시는 산채로 간 것이 아닐까…."

왕은 인영의 말이 끝나기도 전에 관사 밖으로 뛰쳐나갔다.

"전하!"

놀란 인영이 왕의 뒤를 쫓았다.

안주성 관사를 나온 원근은 말에 올라탔다. 안주성에서 산채까지는 걸어서 반나절 이상 걸리는 거리였다. 숲을 지나야 했지만 말을 타고 간다면 조금은 빨리 산채에 도착할 수 있을지도 모른다고 생각했다.

"이랴!"

왕의 간절한 마음을 담아 말고삐를 잡아당긴 원근이 빠르게 말을 몰았다. 관사를 나온 원근이 탄 말은 곧장 가까운 남문 쪽으로 향했다. 장이 서는 날이라 사람들이 많아, 남문 밖을 벗어나기까지 말을 달리는 것은 무리였다.

"워워…."

결국 원근이 남문을 나갈 때까지 말에서 내리기로 하고 말을 멈춰 세웠을 때였다. 말의 높이 때문에 많은 사람들 틈에서 먼 곳까지 내다볼 수 있던 그의 시야에 익숙한 얼굴의 여인이 눈에 들어왔다.

원근은 자신의 눈을 의심했다. 그녀는 바로 왕이 간절히 찾는 왕비, 나래였다.

'중전마마?'

급히 말에서 내린 원근이 말고삐도 내버린 채 사람들 사이를 뚫고 나래에게 향했다. 그러나 그가 나래에게 도착하기도 전에 관사를 빠져나온 왕과 인영을 발견하고 말았다.

나래는 바로 왕과 인영이 있는 쪽으로 걸어가고 있었다. 그 때문에 정면에서 나래가 걸어오는 모습을 발견한 왕이 우뚝 걸음을 멈췄다.

장터의 수많은 사람들 사이. 한두 사람이 겨우 지나갈 만큼 좁은 장터의 길목에 나래가 걸어가고 있었다. 그녀의 한 손에는 몽남에게 줄 촘촘히 싼 약 첩이 들려 있었다.

그 약 첩을 구하기 위해 이른 아침부터 산채를 홀로 나서서 반나절을 걸어 안주성까지 온 그녀였다. 나래는 오랜만에 나와 본 장터를 구경하면서도 서둘러 산채로 돌아가기 위해 쉬지 않고 걷고 있었다.

몽남을 위한 약 첩을 손에 쥔 나래의 얼굴에는 왠지 모를 뿌듯함이 담겨 있었다. 그런 그녀를 멀리 뒤쪽에서, 그리고 앞쪽에서 각각 원근, 그리고 왕과 인영이 뚫어져라 응시하고 있었다.

약방 의원은 장날인 오늘 단단히 한몫 챙기려고 작정한 것 같았다.

"하루치 한 냥. 닷새치는 닷 냥."

"그럼 사흘치만 주세요."

"사흘치는 안 팔아요. 난 닷새에 한 번씩 안주에 오니, 닷새치씩만 팔지."

단순히 기침약이 이렇게까지 비쌀 줄은 몰랐다.

"석 냥밖에 없어요…."

치졸하지만 일단 굽히고 들어간다. 지금은 어떻게든 몽남을 위한 약을 구하는 것이 먼저였다. 내 목소리가 기어들어가자 약방 의원이 인심 쓰듯 말했다.

"그럼 석 냥에 사흘치를 주지."

"정말요? 고맙습니다!"

방긋 웃으며 인사하는 나를 보며 의원도 슬그머니 웃었다.

"그러고 보니 안주성에서는 처음 보는 아낙인데, 목소리도 도성 말씨를 쓰니."

약 첩을 싸주며 의원이 물었다.

"실은 온양 사람이에요."

"온양 사람? 충청도?"

"네."

한양이 내 고향이라는 것은 몽남에게 들어서 알고 있다. 하지만 기억에도 없는 한양보다야 내 기억이 시작된 온양이 이제 고향이나 다름없다고 생각했다.

"충청도 말씨는 아닌 것 같은데?"

"맞아요."

"어쩌다 이리 고운 아낙이 이곳까지 왔소?"

"아…."

난 잠시 머리를 긁적이다가 대답했다.

"혼인해서…."

"아하, 이제야 알겠군. 부군이 평안도 사람인가?"

"네에…. 그렇죠."

"그럼 이건 부군에게 줄 약재요?"

"네네…. 며칠째 기침이 그치지 않아서요."

"이리 고운 부인이 심성까지 고우니, 그 부군은 복이 터졌구먼."

난 얼굴을 붉히고는 의원이 싼 약 첩을 받았다.

"고맙습니다."

"내가 지어준 약은 확실하지. 사흘 뒤에도 낫지 않으면 닷새째에 다시 장에 오시오. 그때도 약을 짓는다면 한 첩은 그냥 주지."

"고맙습니다."

재차 인사를 한 나는 약방을 나왔다. 장날을 맞은 안주성 안은 사람들로 북적였다. 나는 남문 쪽을 바라보다가 산채와 가까운 서문이 있는 곳으로 방향을 틀었다. 오면서도 서문을 지났는데, 관사와 가까운 서문 쪽에 남문보다는 지나다니는 사람이 적었기 때문이다.

"빨리 가면 늦지 않게 가겠다."

한 손에 약 첩을 꼭 쥐고 걸으며 눈으로는 시전 구경을 했다. 그러고 보니 먹거리가 아주 많았다. 산채에서는 고작해야 가끔씩 잡히는 멧돼지나 고라니 고기가 전부였다. 하지만 안주성에서 가장 큰 장터가 열리는 날에는 전국 각지에서 오고 저 멀리 청나라에서 온 진귀한 먹거리들이 가득했다.

"두 냥어치만 살 걸 그랬나…."

잘 먹으면 없던 병도 빨리 낫는다고 했다. 약은 두 냥어치만 해서 사흘치까지 받아내고 나머지 한 냥으로 산채에서 먹을 수 없는 먹거리를 구해가는 것이 나았다는 생각이 들었다.

후회하기에는 이미 늦었지만 일단 서두르자. 해가 지기 전에는 산채로 돌아가야겠다.

다시 급해진 마음에 사람들 사이를 비집고 지나가려던 그 때였다.

탁!

누군가가 약 첩을 쥐고 있던 내 손목을 잡았다. 놀라 고개를 돌리니 갓을 쓰고 흰 도포를 입은 키 큰 사내가 서서 나를 내려다보고 있었다. 나는 당황해서 바로 손을 빼내려고 했지만 그는 작정한 듯 나를 잡은 손에 더욱 힘을 주었다.

"저…."

실수로 잡은 것 같진 않았다. 내 눈동자를 집요하게 응시하는 두 눈.

무서워….

"놔주세요."

소리를 질러야 하나?

"나래…."

나래? 이름인가?

"놔주세요!"

내 목소리가 한층 올라가자 지나가던 사람들의 시선이 하나둘씩 우리들에게 모이기 시작했다.

"나요. 나는…!"

"놔 달라고요!"

약 첩을 빼앗으려는 걸까? 아니면 호색한?

그에게 잡힌 손목을 빼내려 힘을 주자 약 첩이 툭, 하고 바닥으로 떨어졌다. 그러자 지나가던 사람들이 웅성거리며 모두 우리를 쳐다보기 시작했다.

"그만하시지요."

그때 그의 옆에서 또 다른 갓을 쓴 선비가 나타났다. 그는 내가 떨어뜨린 약 첩을 주워 올리더니 내 손목을 잡은 남자의 귓가에 대고 속삭였다.

"놓아주시지요. 이런 곳에서 사람들의 시선을 끌면 좋지 않습니다."

뭐야? 도대체 뭐냐구.

새롭게 나타난 선비의 설득에도 사내는 날 잡은 손목을 풀지 않았다. 그러자 선비가 내 손목을 잡은 그의 손목을 잡더니, 강제로 나와 떨어뜨려놓으려 했다.

"여기까지… 제발."

선비가 작은 목소리로 사정했다. 그제야 내 손목을 아프도록 잡았던 손이 겨우 떨어졌다. 그러자 선비가 내게 웃으며 말했다. 난 약 첩을 주워준 선비에게 고맙다는 인사를 할 틈도 없이 서둘러 사람들 사이를 비집고 달아났다.

왕의 눈에 그토록 오랫동안 그리던 왕비의 모습이 나타났다. 그가 알던 모습보다 조금 수척해지고 말라 보였다. 그런데도 왕은 한눈에 왕비를 알아보았다. 그 많은 사람들 중에서도 세상에 왕비만 존재하는 것처럼 왕의 눈에 각인되듯 들어왔다.

"그녀가… 그녀가…."

"예. 제 눈에도 보입니다."

왕이 바로 나래에게 다가가려 하자 인영이 왕의 팔을 잡았다.

"마마를 부르셔선 안됩니다. 보는 눈이 많습니다. 무엇보다 이곳에 오신 것을 아무도 모르지요."

그러나 왕은 인영이 잡은 팔을 뿌리치고는 나래가 걸어오는 길목의 앞에 가서 섰다.

그사이 아무것도 모르는 나래는 왕이 있는 길목으로 곧장 걸어왔다. 한두 사람이 지나가기에도 좁은 길목이라 나래는 곧 왕과 부딪힐 듯 아슬아슬 스쳐 지나갈 상황이었다.

왕은 곧 나래가 지나갈 자리에 서서 그녀만을 뚫어져라 쳐다보았다. 하지만 나래는 보통 사람들보다도 머리 하나는 더 큰 왕에게 눈길조차 주지 않고 앞으로만 걷고 있었다.

'기억을 잃었다고? 모두 잃었다고 해도 과인을 잊었을 리가 없다.'

서로의 시선이 닿는다면 그 끝에서 분명 나래는 그를 기억해낼 것이라고… 왕은 그렇게 믿고 있었다. 하지만.

장터를 둘러보던 나래의 시선이 길목을 막아선 왕의 얼굴로 향한 것도 잠시. 아주 자연스럽게 왕의 얼굴을 지나쳐 그대로 그의 옆을 지나가려고 했다.

탁!

왕이 지나가려는 나래의 손목을 낚아채듯 잡았다. 그러자 나래가 놀라며 돌아서 왕의 얼굴을 쳐다보았다.

'나요. 나요, 중전…!'

"저…."

하지만… 왕을 향한 나래의 눈은 그를 알아보는 눈이 아니었다. 오랜 그리움을 품은 왕의 눈동자에 담긴 나래는 잔뜩 겁먹고 경계하는 여인일 뿐이었다.

"놔주세요…."

정중히 부탁했다. 그럴수록 그녀의 손목을 잡은 왕의 손에 더욱 힘이 들어갔다.

"나래…."

"놔주세요!"

왕이 부르는 이름에도 그녀는 전혀 알아듣지 못한 얼굴이었다. 그리고 왕의 손아귀에서 빠져나가려 잡힌 손목에 힘을 주었다.

"나요. 나는…!"

"놔 달라고요!"

나래의 외침에 장터 사람들의 시선이 왕과 나래에게 모였다. 동시에 나래의 손에 들려 있던 약 첩이 바닥으로 떨어졌다. 가까이에서 이를 지켜보던 인영이 나섰다.

"그만하시지요."

그는 나래가 떨어뜨린 약 첩을 주워 올리더니 왕의 귓가에 대고 속삭였다.

"놓아주시지요. 이런 곳에서 사람들의 시선을 끌면 좋지 않습니다."

인영의 설득에도 왕은 잡은 나래의 손목을 놓으려 하지 않았다. 그리고 눈빛으로… 자신이 품은 간절함을 전하고 또 전했다. 자신을 알아보지 못하는 아내에게… 그는 자신을 기억해내라고 간절함을 그렇게 전했다.

"여기까지… 제발."

인영이 사정하며 강제로 나래의 손목을 잡은 왕의 손을 힘주어 잡아당겼다. 그때까지 겁먹은 나래의 시선을 응시하던 왕이 결국 손을 놓았다.

나래는 기다렸다는 듯이 약 첩을 꼭 쥐고는 사람들 사이를 비집고 왕에게서 달아났다.

달아나는 나래를 왕이 뒤쫓으려 했다. 그러나 이번에는 인영에 이어 원근까지 다가와 왕을 붙들었다.

"놓아라."

"안 됩니다."

"놓으라 했다!"

"제발…."

인영이 붙들었지만 왕은 결국 그를 뿌리치고 나래의 뒤를 쫓았다. 하지만 이미 나래는 왕의 시야에서 완전히 사라진 뒤였다. 한적한 사거리 앞에서 왕은 결국 갈 길을 잃어버리고 말았다.

"나리!"

사람들의 눈을 의식했는지 원근이 왕을 '나리'라 칭하며 뒤쫓아왔다. 왕은 원근을 보자마자 그의 멱살을 붙들었다.

"산채가 어디냐? 어디로 가야 하느냐!"

"진정하시지요!"

"당장…! 당장 산채로 안내하란 말이다!"

흥분한 왕이 소리치자 뒤이어 달려온 인영이 왕을 붙들

었다.

“진정하시지요. 김 찬선이 안내할 것입니다.”

“분명 그녀다! 그녀였다! 헌데…!”

왕을 보고 겁먹은 두 눈동자.

2년 전까지 그의 품 안에서 세상에서 가장 편안한 안정감을 느끼던 눈동자가 아니었다. 그의 품에서 행복감에 도취된 미소를 짓던 눈동자가 아니었다.

이방인이었다. 그녀에게 이공이라는 사내는 처음 보는 낯선 이방인이었다. 그것을 느낀 순간 왕은 세상을 다 잃어버린 듯한 큰 상실감에 빠져들었다.

“나리…. 그분은 기억을 잃으셨습니다.”

“산채가 어디냐고 물었다!”

왕의 상태를 본 인영도 원근을 설득했다.

“자네 말대로 산채가 위험하다면 그곳으로 돌아가시지 못하도록 해야 하네.”

“알겠습니다. 산채로 가는 길을 안내하겠습니다.”

원근이 앞장서자 인영이 돌아서 왕의 팔을 붙들며 말했다.

“전하.”

“…비켜라!”

“전하.”

“비키라고 했다!”

왕의 눈은 바로 앞에 서 있는 조인영이 아닌, 사라져버린 왕비를 계속해서 좇고 있었다.

조인영도 이를 알고 있었다. 그러나 지금은 왕을 진정시켜야 했다.

긴 기다림. 그리고 깊고 깊은 간절함. 지금은 왕비를 찾아내는 것보다도 이 모든 것이 한순간에 무너진 왕을 진정시키는 것이 먼저라는 생각이 들었다.

"저를 보십시오!"

인영이 화를 내며 소리치자 그제야 왕이 그의 눈을 바라보았다.

왕과 눈을 마주친 인영의 목소리가 조금은 차분해졌다.

"중전마마의 기억을 되찾고 싶으십니까? 그렇다면 조금 전과 같은 행동을 하셔서는 안 됩니다."

"인영…."

왕은 인영에게 무언가를 말하려다가 입을 굳게 다물었다. 말로 표현할 수가 없는 무언가 때문이었다. 거센 불길이 이는 듯 가슴속이 고통스럽게 타들어갔다. 왕은 그 느낌 때문에 미칠 것만 같았다. 그것은 그리움이었다.

왕은 자신의 그리움을 왕비와 나누고 싶었다. 그러나 기억을 잃어버린 왕비의 차디찬 눈동자와 마주한 순간, 그리움은 사라지고 거센 불길만이 남아 왕의 속을 까맣게 태우고 있었다.

왕비의 외면에 폭주의 길로 들어선 왕은 그저 다른 사내들과 다를 바가 없었다. 인영은 그 누구보다도 이런 왕의 심정을 잘 알았다.

"중전마마께서 기억하시던 전하의 모습은 어떤 것이었습니까?"

"과인의…."

추억은….

'오늘을 절대 잊으시면 안 돼요, 전하.'

온양 행궁을 뒤덮은 수증기처럼 더디게 사라졌지만 일단 사라진 뒤에는 조금도 흔적을 남기지 않았다.

왕이 지난 2년간 놓치지 않기 위해 간절히 붙들었던 나래의 흔적들은 조금 전 왕을 향한 그녀의 눈빛에 모두 사라졌다.

그래서 기억하지 못했다. 그래서 떠올릴 수 없었다.

"전하. 힘드시겠지만 중전마마의 기억이 돌아오기 전까지는 모든 것을 처음부터 다시 시작해야 합니다."

왕이 천천히 고개를 끄덕였다. 생각지도 못했던 좌절의 늪에서 막 건져 올려진 왕의 얼굴에 잃어버렸던 생기가 조금씩 돌아오고 있었다.

"휴우…."

안주성을 나와 산채가 있는 한적한 숲길로 들어설 때까지 난 계속 한숨만 내쉬었다.

여전히 몸이 떨려 불안하기만 했다.

뭐였지? 키가 크고 마른 체격의 사내. 그러나 내 손목을 쥔 손아귀의 힘은 절대 내가 빠져나갈 수 있는 힘이 아니었다. 만약 그때 동행인으로 보이는 듯한 선비가 도와주지 않았다면…. 마을에 오는 게 아니었어.

하지만 손에 쥔 약 첩을 보자 후회하는 마음이 온데간데없이 사라졌다. 다만 다음에 또 약을 지으러 올 일이 있다면 절대 이번처럼 혼자 와서는 안 된다고만 생각했을 뿐이다. 그때였다.

"응?"

숲으로 들어가는 길 앞쪽에서 여러 사람의 발소리가 들려왔다. 워낙 한적한 길이라 난 걸음을 멈춰 선 채 주변을 둘러보았다. 안주성은 이미 오래전에 벗어났고 이 길은 오직 숲으로만 들어가는 길이라 평상시에도 지나가는 사람을 볼 수 없었다.

"이거, 이거, 웬 계집이네?"

"이야! 횡재구먼, 횡재야."

"잘 들으라고, 내가 먼저 봤어! 그러니 저 계집은 내 거야!"

망나니가 쓰는 칼을 든 산적들이 다섯이나 나타났다.

어떡하지? 이대로 달아나보았자 사람들 눈에 띄기도 전에 붙잡히고 말 상황이었다. 나는 뒷걸음치며 도망칠 곳을 찾아 눈을 이리저리 굴렸다.

"저게 도망치려고 수를 쓰나 보네?"

"가봤자다. 그러니 어서, 순순히 이리 오라고. 어서 와…. 흐흐흐."

난 그들을 피해 뒷걸음쳤다. 산적들은 이런 나를 보더니 더 욱더 빠른 속도로 다가왔다. 그런 산적들이 갑자기 걸음을 멈추고는 인상을 썼다.

"일행이 있었나?"

그들의 말에 고개를 돌리자 두 명의 선비가 보였다. 그들 중 한 명은 조금 전 내 손을 잡고 놓아주지 않던 사내를 떨어뜨려준 바로 그 선비였다. 그리고 그 옆에 선 다른 선비는….

"당신…."

얼마 전 산채에 왔던 바로 그 선비였다!

"일행인가? 차림새로 보면 아는 사이들 같진 않은데?"

산적들이 나와 그들의 행색을 비교하며 물었다. 그러자 나를 도왔던 선비가 검을 뽑아 들었다. 얼마 전 산채에 왔던 선비도 칼을 뽑아 들면서 내게 소리쳤다.

"어서 도망가시오! 어서!"

"이놈들 계집이랑 다 한패였어?"

그의 말에 산적이 중얼거리듯 물었다.

그러자 그가 대답했다.

"난 그녀의 오라비다!"

이 말에 가장 놀란 사람은 다름 아닌 당사자인 나였다.

"제 오라버니라고요? 당신이?"

몽남은 그를 죽이려 했는데…!

놀란 나를 향해 그가 말한다.

"설명할 시간은 없지만… 그래, 맞아. 난 네 오라버니인 김원근이다, 소희야."

그러자 옆에서 검을 뽑아 든 선비가 말했다.

"그 말은 상황을 더욱 악화시키는 것 같은데, 김 찬선."

"나중에 이야기하시죠!"

"참고로 난 검보다는 활을 더 잘 쏜다고. 검을 잘 못 휘두른다고 해서 내 무예 실력이 부족한 것은 아니란 말일세!"

"그럼 활을 가져오셨어야지요."

"활은 너무 눈에 띄지 않는가. 내 내자가 말하기를 절대 밖에서는 눈에 띄는 행색을 하고 다니지 말라고 하였네."

"예예…. 그리하지요. 소희야, 이 틈이다. 어서 도망가라!

어서!"

내 오라버니라는 김원근이 소리쳤다. 하지만 난 그의 말대로 도망칠 수 없었다. 방금 그 스스로 내 오라버니라고 말했다. 그렇다면 그는 내 가족이었다.

"네가 그 계집의 오라비면 넌 누구냐?"

산적이 선비에게 물었다. 그러자 선비가 코웃음 치며 말했다.

"나는 이자의 상관이다."

그러자 김원근이 선비를 쏘아보며 말한다.

"어찌 상관이라 하십니까? 이조 소속이신 분이. 전 예조 소속입니다."

그들의 말씨름이 길어지자 산적들이 더는 참지 못하고 달려들었다. 곧 검과 검이 부딪히는 소리가 났다.

상대는 다섯. 이쪽은 두 명이었다. 결국 선비들은 한 사람에 두 명의 산적을 상대해야 했다.

"어서 도망치라니까!"

산적이 휘두르는 검을 막아내며 김원근이 소리쳤다. 그사이 남은 한 명의 산적이 나를 향해 칼을 들고 달려들었다.

"거기 서라, 계집아!"

난 약 첩을 품에 꼭 안은 채로 정신없이 내달리기 시작했다. 하지만 산적의 걸음이 나보다 더 빨랐다. 안주성이 있는 길 쪽으로 계속 내달리다가는 곧 잡힐 것만 같았다.

결국 나는 길이 아닌 숲으로 들어섰다.

그대는 소희가 아니오

오랜 산채 생활로 내겐 숲 속이 익숙했다. 숲 속에 들어서자 산적과의 거리도 조금씩 벌어지기 시작했다. 조금만 더 도망치면 완전히 산적의 시야에서 벗어날 수 있을 것 같았다.

그런데…!

높이가 상당한, 가파른 곳 바위 위에서 그만 길이 끊겨버렸다. 그 아래는 까마득한 나무숲으로 이어지는 낭떠러지였다. 나뭇가지들로 가려 있어 그 깊이를 알 수는 없었지만, 자칫 모르고 뛰어내렸다가는 죽을 수도 있는 그런 높이임은 틀림없었다.

"흐흐흐…."

내 걸음이 바위 위에서 멈춰 선 것을 본 산적이 느릿느릿

다가왔다. 이제 오도 가도 못 할 상황에 처한 나는 낭떠러지를 등 뒤에 두고 산적과 마주 섰다.

"어디를 가시려고? 이리 와, 이리 오라니까."

산적이 내게 손을 내밀었다. 하지만 난 그 손을 잡을 수 없었다. 그를 피해 뒷걸음질하자 바위가 부서지며 요란한 소리와 함께 자갈들이 낭떠러지 아래로 떨어져 내렸다.

바로 그때였다!

'이리 오라고. 오라니까.'

지금 내가 서 있는 곳보다도 더 까마득한 낭떠러지가 떠올랐다. 처음 보는 곳. 하지만 그곳에는 분명 내가 있었다.

'전… 가족이 있어요. 아이도 있고… 돌아가야 해요.'

돌아가? 가족? 아이?

내 목소리인가…? 어디지? 거긴 어디였지?

"이리 오라니까!"

이제 산적은 손이 아닌 칼을 들어 보이며 위협하고 있었다. 다시 그를 피해 뒷걸음치던 나는 그만 한 발이 허공으로 쑥, 빠지며 그대로 몸이 뒤로 넘어가고 말았다.

'전하…!'

그 순간 산적의 뒤에서 흰 도포 자락이 펄럭이며 날아오르는가 싶더니, 낭떠러지 아래로 떨어지는 내 허리를 끌어안으며 함께 떨어졌다!

낭떠러지인 듯 보였던 그곳은 가파른 비탈길에 가까웠다.

바로 수직 낙하하듯 떨어지는가 싶더니, 그대로 땅에 몸을 크게 부딪히며 정신없이 몸이 굴러 내려갔다. 그 와중에도 나를 끌어안은 손은 내 몸을 보호하듯 강하게 옭아맸다.

내 머리부터 발끝까지 그의 몸에 파묻히면서 상대적으로 땅에 닿는 부분이 줄었다. 어쩌면 내가 받았어야 할 충격까지도 오롯이 나를 감싸 안은 사람의 몫이 되었다.

그렇게 얼마나 굴러떨어졌을까. 비탈길 아래 위치한 냇가에 이르러서야 몸의 움직임이 완전히 멈췄다. 그제야 나를 옭아맨 팔이 떨어졌다.

“하아… 하아….”

죽음에서 막 살아 돌아온 것처럼 난 거친 숨을 내쉬며 고개를 들었다. 정확히 난 사내의 몸 위에 내 몸을 겹치고 올라타 있었다.

그는 정신을 잃은 듯 두 눈을 감고 있었다. 망건에 감춰진 이마 아래로 피가 흘러내렸다. 그런 그의 얼굴을 자세히 들여다보던 나는 깜짝 놀랐다.

장터에서 내 손을 잡고 놓아주지 않으려 했던 바로 그 사내였다! 도망쳐야 해!

그에게 붙잡혔을 때 느낀 두려움이 또다시 나를 엄습했다. 난 그가 정신을 차리기 전에 도망가야 한다는 생각으로 서둘러 그의 몸에서 내려왔다. 냇가를 건너 산채가 있는 방향으로 돌아섰을 때였다.

"으으…!"

잠깐 정신을 잃은 듯 보였던 그가 신음을 흘리며 아파했다.

그가 완전히 정신을 차리기 전에 도망가야 해…!

마음속으로 그렇게 되뇌고 있었는데도 도무지 발걸음이 떨어지지 않았다. 장터에서의 일을 다시 떠올리긴 싫지만, 조금 전 산적을 피해 낭떠러지 아래로 떨어지던 나를 구해준 것은 다름 아닌 그였다.

산적을 피하려다 호색한을 만난 거면 어쩌려고?

가야 해, 가야 한다고. 그가 완전히 정신을 차리면 정말 위험해질지도 몰라.

한 발을 내디뎠지만, 결국 난 눈을 질끈 감고 다시 그에게 돌아왔다.

"으…."

여전히 신음을 흘리며 그는 눈조차 뜨지 못하고 있었다. 난 치맛자락을 찢어 냇물에 적셨다. 그리고 그곳으로 쓰러진 그의 이마에서 흐르는 피를 닦아냈다.

하지만 피가 흐르는 곳은 그의 이마뿐만이 아니었다. 구르면서 얼굴 곳곳은 물론이고 손에도 나뭇가지가 긁혀 상처가 났다. 여기에 멀쩡하던 흰 도포도 흙투성이가 되었고 곳곳이 찢어지기까지 했다.

이에 비하면 난 작은 상처 하나 입지 않았다. 수없이 비탈을 구르고 구르면서도 그는 나를 강하게 끌어안은 채 끝까지 놓지 않았다. 그러지 않았다면 난 그보다도 더 큰 상처를 입었을지도 모른다. 왜 나한테….

아무리 닦아내고 닦아내도 이마에 흐르는 피는 멈출 기미가 보이지 않는다. 난 속치마를 찢어내 피가 나는 그의 이마를 지혈하기 위해 눌렀다.

"아읏…."

그제야 그가 눈을 번쩍 떴다. 그는 나와 눈이 마주치자마자 정신이 번쩍 들었는지, 바로 상체를 일으켜 세웠다.

"으…!"

그러나 곧 온몸에서 통증이 느껴지는지 인상을 찌푸렸다.

가야 해. 진짜 가야 한다고!

그는 자신의 이마를 지혈하기 위해 내가 눌렀던 속치마 천을 떼어냈다. 흰 속치마를 붉게 물들인 핏물을 보고 나서야 그는 자신이 이마를 크게 다쳤다는 것을 안 모양이었다.

난 그 틈에 그에게서 도망치려 슬그머니 자리에서 일어섰다. 그때, 그가 내게 말을 걸었다.

"괜찮소?"

차라리 아까 장터에서처럼 내 손목을 잡으려고 한다거나 했다면 재빨리 도망치려고 했을 텐데… 저리 피를 흘리며 깨어나고서도 첫 마디가 내게 '괜찮소?'라니, 난 결국 도망치려는 것을 포기하고 그에게 돌아섰다.

그는 나와 눈이 마주치자 씩, 웃었다.

웃어? 웃을 만큼 덜 아픈가 보지?

하지만 그가 지혈을 위해 올려둔 속치마 천을 떼어놓아 이마에서 다시 피가 흘렀다. 난 그가 옆에 내려놓은 속치마 천을 집어 들고는 그의 이마에 가져다 대고 누르며 말했다.

"지혈해야 해요."

"고맙소…."

이제는 '고맙소.'라…. 오히려 고맙다고 해야 하는 것은 나다. 그런데 때를 놓쳐버리고 말았다. 아니, 때를 그에게 빼앗겼다고 하는 것이 맞겠다.

그를 지혈하며 시선을 아래로 내리니 나의 시선을 좇고 있던 그의 눈동자와 마주쳤다. 이 순간만큼은 선해 보이는 두 눈동자. 왜 나는 장터에서 이 눈을 보고 두려움을 느꼈을까?

"고마운 건 저죠."

난 일부러 그의 시선을 피한 채 대답했다. 그러자 그가 먼저 오늘 장터에서 있었던 첫 만남에 대해서 사과하려는지 말을 꺼냈다.

"조금 전에는 미안했소."

괜찮다. 고맙다.

그리고… 미안하다라….

"다시는 여염집 아낙의 손을 함부로 잡지 마세요. 아무리 양반이시라도… 그래서는 안 되는 거니까요."

퉁명스러운 내 대꾸에 그가 미소를 지으며 말했다.

"그대는… 그대로구려. 어찌 조금 전에는 그런 그대의 모습을 보지 못했을까."

무슨 말이지? 나를… 알아?

"저를 아세요?"

다시 그의 얼굴을 향한 나를 보며 남자가 웃는 얼굴로 말했다.

"오히려 내가 묻고 싶소. 나를 잊었소?"

그가 던진 물음에 나는 혼란스러워졌다. 온양에서 시작된 내 삶의 기억에는 그가 없었다. 그는… 태어나 처음 보는 존재에 가까웠다. 하지만 이런 말을 던진다는 건 그는 분명 나를 알고 있다는 말이고….

맞다! 아까 그 김원근이라는 남자처럼… 혹시 내 가족? 또 다른 오라버니는… 아니겠지?

"제가 먼저 물었잖아요. 저를 아시나요?"

재차 진지하게 묻는 나를 바라보는 그의 얼굴에서 웃음이 사그라졌다. 부드러운 그의 미소부터 그 미소가 그의 얼굴을 떠나는 순간까지 매우 느리게 내 얼굴에 각인되었다. 단지 그가 웃음을 거두었을 뿐인데도… 난 그것이 왠지 슬퍼져 가슴이 아려오는 느낌을 받았다.

"정녕 나를 모르시겠소?"

"아뇨…. 몰라요. 오늘 처음 뵙는 분인걸요."

이제 그의 얼굴에 어떠한 감정의 빛이 어렸다. 그것이 실망감이라는 것을 알아차리는 순간 난 어떻게든 그를 떠올려보려 기억을 더듬었다. 그러나 정주성에서도 다복동 산채에서도 본 적이 없는 사내였다.

이 순간 내 시선을 송두리째 사로잡고 스스로 품은 감정으로 나를 손쉽게 지배할 정도인 그에 대해서 떠오르는 기억이 아무것도 없다니. 그가 나를 놀리려 거짓말을 한 것이 아니라면… 그는 혹시… 나의 잃어버린 과거 속 사람들 중 한 명일까?

그의 눈동자를 뚫어져라 바라보던 나는 그만 지혈하기 위해 이마에 대고 있던 손을 떼고 말았다. 그 틈에 지혈하던 속치마 천이 그의 무릎으로 떨어졌다.

"앗!"

놀란 내가 서둘러 그것을 집어 들려고 손을 뻗었을 때였다.

그도 그것을 집어 들려고 손을 뻗었다. 결과적으로 그의 손이 더 빨랐다. 그래서 나도 모르게 속치마 천이 아닌 그의 손을 잡고 말았다.

당황한 내가 그의 손을 놓으려고 할 때였다. 그가 손을 돌려 그의 손을 떠나려는 내 손을 부드럽게 움켜잡았다.

이번에는 손목이 아니다. 손이었다.

무슨 말로 그의 손을 쳐내야 할지 몰라 그의 얼굴을 바라보았을 때였다. 조금 전 내가 보고 느꼈던 실망감이 사라진 그의 얼굴에서 쉽사리 읽기 어려운 감정이 새롭게 떠올랐다.

그때, 내 손을 움켜잡은 그가 나를 향해 입을 열었다.

"난 그대의 부군이오. 그대의 남편이자 지아비인 사내."

"…!"

부부가 되기로 맹세했던 정인 몽남과 헤어질 수밖에 없었던 이유. 내게 정해진 혼처가 있었기 때문이다. 하지만 낭떠러지에서 떨어져 깨어난 이후로 난 남편의 얼굴을 전혀 기억하지 못했다.

그래서 기억도 나지 않는 남편의 곁으로 돌아가는 것이 무서워졌다. 그 대신 유일하게 믿을 수 있는 몽남을 택했다. 그리고 이제 그 선택을 후회하지 않는다. 잃어버린 과거가 어떠하든 난 다시 홍몽남을 사랑하게 되었으니까…!

그러니… 이런 내가 그 무엇보다도 바라는 것. 내 과거와의 영원한 안녕이다. 몽남과 연결된 부분만 제외한 모든 기억과의 안녕!

그 안에는… 얼굴조차 기억나지 않는 지아비에 대한 부분도 분명 포함되어 있었다.

"나요. 나를 기억하시겠소?"

그제야 장터에서 그가 내 손을 잡은 채 추궁하던 이유를 알아차렸다.

남편. 지아비. 부군.

이 사람은 내 남편이었어…!

난 기겁하듯 놀라며 그에게 잡힌 손을 빼냈다. 의외로 힘을 주어 잡진 않았는지 쉽게 벗어났다. 난 그대로 자리에서 벌떡 일어서며 말했다.

"아니에요!"

"나래."

"나래…? 나래라니오?"

"그대의 이름이오. 진짜 이름. 황나래. 하지만 지금은 소희라는 이름이 익숙하겠지."

내 이름도 알아! 소희라는 내 이름도 알고 있다고!

그와 같이 있을수록 점점 잃어버린 기억 속의 진짜 남편이라는 사실을 확신하게 될까 두려워졌다.

아니, 어쩌면 이미 확신하고 있는지도 모른다. 그래서 기억이 돌아온다면… 난 몽남을 떠나려 할지도 몰라.

난 그에게서 뒷걸음치며 강하게 고개를 가로저었다.

"전 나래가 아니에요! 소, 소희도 아니에요! 사, 사람을 잘못 보셨어요…. 잘못 보셨다고요!"

"아니, 맞소. 그대는 분명히 내 아내요."

"아니라고요!"

난 부정하며 그에게서 돌아서 달아나기 시작했다.

"기다리시오!"

그가 큰 소리로 나를 불렀다. 하지만 난 돌아보지 않았다.

곧 해가 진다.

"뭐예요? 기껏 산채를 내려가서 산 약을 잃어버렸다고요?"

"비탈길에서 굴러 넘어지면서…."

"내가 갔어야 했는데…"

은진이 한숨을 쉬면서도 헝클어진 내 머리와 옷 상태를 보며 말을 이었다.

"도련님께는 들키지 마세요. 걱정하실 거라고요."

"응, 알아."

"그리고 그 헝클어진 머리부터 어떻게 해보세요. 곧 도련님께서 찾으실 거라고요."

"알았어…."

은진의 구박에도 난 할 말이 없었다. 그리 귀하게 구해 온 몽남의 약을 비탈길을 굴러떨어지다가 잃어버리고 만 것이다.

그래서 난 내가 다친 것보다도 내 남편이라는 사람을 처음으로 만난 것보다도… 몽남의 약을 잃어버린 게 더 속상했다.

방으로 돌아온 나는 거울 앞에 앉아 헝클어진 머리를 다듬었다.

'난 그대의 부군이오. 그대의 남편이자 지아비인 사내.'

그러면서도 눈물이 났다.

온양을 떠나온 지 2년. 보통 사내라면 분명 죽었는지 살았는지 모를 아내를 잊고 재혼을 했을 것이다. 그래서 기억나지 않는 내 남편도 새 부인은 맞아들이지 않았더라도 첩은 두고 살 것이라 생각하고 말았다.

하지만 그가 평안도에 왔다면… 나를 찾으러 온 것이다. 그는… 내 남편은 나를 찾고 있었다.

두렵다. 너무나 무서워. 나를 낭떠러지로 내몰았던 불행이 다시 찾아올까 봐. 그래서 몽남과 다시 헤어지게 될까 봐 너무나도 두려웠다.

"소희?"

문밖에서 들려오는 몽남의 목소리에 난 서둘러 눈물을 훔치며 머리 단장을 급히 끝냈다.

"네?"

"아, 거기 있었군. 콜록…."

기침 소리. 약을 잃어버린 게 못내 마음 아팠다.

"찾으셨어요? 잠시만요, 옷만 갈아입고 바로 나갈게요."

"아니오, 늦었으니 이만 쉬시오."

잠깐 울었지만 그는 내가 울었다는 걸 금방 알아차릴지도 모른다. 나는 나가지 않기로 마음먹고는 닫힌 문을 사이에 두고 짧게 대답했다.

"네에…. 도련님도 쉬세요."

그런데 그가 돌아서기 전 마지막 한마디를 던졌다.

"하루 종일 보이지 않아서… 걱정했소…. 콜록. 콜록."

"죄송해요…."

"미안해할 일은 아니오. 사과하지 마시오."

몽남의 발소리가 멀어져갔다.

그 짧은 시간 동안에도 나는 무서웠다. 보이지 않는 무언가가… 잃어버린 기억 저편의 무언가가 몽남과 나의 사이를 영원히 갈라놓을까 봐.

난 뒤숭숭한 밤을 보내고 이른 아침부터 집을 나왔다.

비탈길을 굴러떨어지며 잃어버렸던 약 첩을 찾아볼 생각이었다. 다시 산적들을 만날까 봐 걱정이 되었지만, 어제 그 길은 사람들의 통행이 거의 없긴 해도 길은 길이었다. 불편하더라도 어제처럼 숲속을 가로지르지 않는다면 산적을 마주칠 일은 없을 것이라고 생각했다. 그리고….

'난 그대의 부군이오. 그대의 남편이자 지아비인 사내.'

…돌아갔겠지? 옷차림이나 얼굴만 보더라도 평범한 양반처럼 보이진 않았다.

귀하게 자란 도련님의 행색에 가까웠달까.

산적들이 출몰하는 숲 속에서 하룻밤을 보냈을 리도 없으니, 분명 그는 떠났을 것이다. 아니라도 내가 산채에 있다는 사실은 전혀 모르겠지. 내가 산을 벗어나 다른 곳으로 갔다고 여기고 이미 다른 곳으로 멀리 떠났을지도 모른다.

난 기억을 더듬어 어제의 그 냇가가 있던 비탈길 아래로 찾아갔다.

어제 그가 쓰러져 있던 자리에는 어떤 사람의 흔적도 남아 있지 않았다. 안도감이 들면서도 동시에 마음 한구석이 쓰려왔다. 어째서일까….

"나를 찾고 있었소?"

등 뒤에서 들려오는 목소리에 내가 깜짝 놀라 돌아섰다.

그였다! 어제 보았던 그가 냇가 옆에 서서 나를 쳐다보며 미소 짓고 있었다.

"어떻게…."

"아니면… 이것을 찾으러 왔다거나."

그가 한 손에 내가 잃어버린 약 첩을 들고 있었다. 약 첩을 본 나는 그를 피해 도망가려는 마음을 접어야 했다.

"돌려…주세요."

약 첩에서 눈을 떼지 못하는 나를 본 그가 어렵게 지은 미소를 또다시 잃어버렸다.

"가져가시오."

그가 냇물 건너편에 서서 내게 말했다. 다 큰 사내가 한걸음에 가볍게 뛸 만큼 폭이 좁은 개천이었지만, 그 덕에 그와 거리를 두고 약 첩을 주고받을 수 있을 것 같았다.

난 용기를 내어 그에게 다가갔다. 우리는 개천을 두고 사이에 섰다. 그는 순순히 냇물 위로 약 첩을 내밀었다. 난 혹시라도 약 첩이 냇물에 빠질까 두 손을 내밀었다. 그리고 내가 그가 내미는 약 첩을 받아 들려는 순간이었다!

그가 약 첩을 들고 있지 않은 팔을 쑥 내밀어 내 허리를 감더니 그대로 자신에게 끌어당겼다. 순식간에 벌어진 일에 난 가볍게 냇물을 건너 그의 품에 안착했다.

"놔줘요! 소, 소리 지를 거예요!"

"여긴 깊은 산속이오. 그대가 아무리 외치더라도 과연 그 목소리를 듣고 달려와줄 이가 누가 있겠소?"

"제발… 놔 달라고요!"

할 수 있는 한 거세게 반항할 수 있을 것 같은데… 두 번째 놔 달라는 말에 왈칵, 울음이 쏟아진다. 이유는 모르겠지만 그가 무서워서 그런 게 아닐까 싶다.

그는 내 눈가에 그렁그렁 맺힌 눈물을 보더니 쉽게 내 허리를 감쌌던 팔을 놓아주었다. 난 이번에도 재빨리 그에게서 도망가려고 했다. 그런데 이번에도 그가 내 등에 대고 말을 걸어왔다.

"그대가 기억을 잃었다는 사실을 알고 있소."

난 걸음을 멈췄다. 하지만 차마 그를 돌아보지 못했다.

"온양…에서였겠지."

온양이라는 이름을 언급하는 그의 목소리가 무겁게 깔렸다. 그 안에는 분명 내가 기억하지 못하는 온양에서의 일들이 담겨 있을 것이란 생각이 들었다.

"내 말이 맞는데도… 내 아내라는 사실을 끝까지 부정할 것이오?"

부정하려는 것이 아니다. 기억하지 못하는 과거를 모두 지우고 싶은 것이다. 난… 몽남과 끝까지 함께하고 싶으니까.

"나래…."

"그만!"

난 다시 그를 돌아보았다. 방금 전 나를 불렀던 그의 눈동자는 이제 나보다도 더 큰 슬픔을 안고 있었다.

"우리가… 부부였던 건 과거예요. 그러니 이젠 저를 잊고 새 출발을 하세요. 제발… 저를 잊어주세요. 제발요…."

이때 내 머릿속을 울리는 낯익은 목소리가 있었다.

'그러니 당신도 나를 잊고 새 출발 하세요. 우리… 그렇게 살아요.'

내 목소리. 하지만 이 말을 누구에게 언제 했는지는 모른다. 장면이 떠오르지 않고 목소리만 떠오른다. 어제 그를 처음 만난 이후로 계속… 무언가가 조금씩 떠오르려 한다.

싫어!

돌아서려는 내게 그가 말했다.

"허면 영이는? 아직 이름조차 붙이지 않은 어린 딸도 잊었소?"

"아이?"

"우리 아이."

아이라니. 몽남에게서 전혀 듣지 못했던 말이다. 난 놀란 시선을 어디에 두어야 할지 몰랐다.

"아이들도 기억나지 않으시오?"

"몰라요. 하나도 모르겠어요. 모르겠다고요…!"

몽남이 들려준 이야기 속에는 없었다. 그 이야기 속에는 몽남과 나의 비극적인 이별과 태어나지도 못한 채 죽었다던 아이만 있었을 뿐이다.

내 기억 속에 전혀 존재하지 않는 아이들. 하지만 '아이'라는 말만으로도 내 눈에서 눈물이 흘렀다. 그저 혼란스러웠다. 내가 알고 있는 잃어버린 기억과 내 남편이라고 말하는 그가 하는 이야기 속 기억이 달라서였다.

"나래."

어느새 그가 내 곁으로 다가왔다. 조금 전 우리를 갈라놓았던 개천도 존재하지 않지만, 보이지 않는 무언가가 우리 두 사람의 거리를 떨어뜨려놓고 있었다. 그리고 그 보이지 않는 거리를 좁힐 수 있는 방법은… 그를 믿는 것.

기억에도 존재하지 않는 남편을… 내가 사랑하는 몽남을 배신하면서까지 믿어야 한다?

난 그럴 자신도 용기도 없었다.

"다가오지 마요."

"나래."

"전 나래가 아니에요! 그러니 제발 떠나요! 다시는 돌아오지 마요."

"그럴 순 없소."

"왜요?"

"그대는 내 아내니까."

아내.

한없이 다정하게 들려오는 말인데도 혼란스러움의 강 위에 줄을 놓고 홀로 줄타기를 해야만 하는 내게는 족쇄처럼 느껴졌다.

"그대를 기다렸소. 그대가 기억을 잃었다는 사실도 모른 채… 마냥 같은 자리에서만 기다리고만 있었지. 내가 어리석었소. 그러니…."

난 울며 그를 바라보았다.

"당신과 혼인하기 전에… 사랑하는 사람이 있었어요. 알고 있었나요? 내게는 평생을 약조한 사내가 있었다고요. 그와…!"

그가 인상을 찌푸렸다. 그러나 그것은 나를 향한 것이 아니었다. 이 자리에 없는 누군가를 향한 것이었다. 그리고 그 누군가는 다름 아닌….

"홍몽남? 그가 그리 말했소?"

몽남에 대해서도 알고 있어?

"나래. 잘 들으시오. 그대는 홍몽남의 정인이었던 김소희가 아니오. 김소희는 오래전에 죽었지. 홍몽남은 김소희와 닮았던 그대를 소희라 믿고 소희와의 일을 마치 그대와 있었던 일처럼 말한 모양이군. 다시 말하지만 그대는 김소희가 아니오. 홍몽남 그자와는 아무런 관련이 없소."

지나쳤다! 그의 말은 지나쳤어!

"당신 말 안 믿어요!"

"허면 홍몽남 그자에게 물어보시오. 그가 진실을 털어놓는다면 그대는 내 말이 진실이라는 것을 알게 될 터이니."

"안 믿는다고요! 그러니 가요! 돌아가라고요! 안주를 떠나요, 제발!"

그가 단호히 고개를 젓는다.

"난 떠나지 않을 거요. 내일도… 모레도… 이곳에서 그대를 기다리리다."

이번에도 난 그에게서 도망쳤다. 그러나 그는 나를 쫓아올 수 있으면서도 나를 잡을 수 있으면서도… 그러지 않았다.

"소희!"

산채로 돌아오자마자 나를 기다리고 있던 몽남을 보았다. 몽남은 꽤 다급하게 나를 찾고 있었는데, 나는 그를 보자마자 달려가서 그의 품에 안겼다.

"소희?"

"도련님…. 도련님…."

무서워. 내가 소희가 아니라면… 난 누구지?

"우시오?"

"버섯을 구하러 산에 갔다가… 멀리서 호랑이를 봤어요. 무서워서…."

몽남이 걱정하며 물었다.

"다치진 않았소?"

"네. 전혀요. 호랑이는… 아주 멀리 있었는걸요."

몽남이 안도의 한숨을 내쉬고는 말했다.

"은진이에게 다 들었소. 어제 안주성에 갔다고."

"무, 무슨 말이에요."

난 부정하려고 했다. 하지만 몽남이 내 손에 들려 있던 약첩을 빼앗아 들었다.

"허면 이것은 무엇이오?"

난 이제 할 말을 잃어버린 채 그의 얼굴을 응시했다.

"내 약을 지으러 갔소? 안주성에 혼자?"

난 조용히 고개를 한 번 끄덕였고 몽남의 표정은 딱딱하게 굳어갔다.

"그곳이 얼마나 위험한지 모르시오? 혹시라도 정주성에 있었던 그대의 얼굴을 알아보는 이가 있다면…."

이미… 만났다. 정주성에서 있었던 나를 알아보는 이들보다도 더 무서운 사람을. 내 남편이라 말하는 사내를.

"걱정 끼쳐 드려서 죄송해요. 죄송해요…. 도련님."

내가 울먹이며 사과하자 몽남도 더는 추궁하지 않았다.

"다시는 내 허락 없이 산채를 떠날 생각은 마시오. 다 그대를 위한 일이오."

"네. 그럴게요."

진심으로 나를 걱정하는 그의 품 안에서 나는 안정을 되찾았다. 그러나 지금 느끼는 안정은 예전에 느꼈던 것과는 달랐다. 내 남편이라는 사내가 나타나면서부터 오롯이 몽남에게서 얻을 수 있었던 것들이 조금씩 무너지는 듯한 느낌을 받는다.

"자, 많이 놀랐을 터이니 들어가서 조금 쉬시오. 난 조금 있다가 서당으로 가야 하오."

몽남이 내 손을 이끌어 방 안으로 데리고 들어갔다. 그는 직접 이부자리를 깔아주고는 나를 그 위에 눕혔다.

순순히 누우려던 나는 잠시 이불 위에 앉았다. 그리고 몽남에게 물었다.

"도련님. 묻고 싶은 것이 있어요."

"그게 무엇이오?"

"제가 묻는 말에 솔직하게 대답해주실 수 있나요?"

몽남은 대수롭지 않다는 듯 말한다.

"내가 아는 것이라면 무엇이든지. 말해보시오."

난 잠시 망설이다 말을 꺼냈다.

"우리 아이 말고… 제가 혼인했던 남편과의 사이에 아이가 있었나요?"

몽남은 더 이상 나를 보며 웃지 않았다. 어쩌면 그것으로 답은 이미 나와버렸다. 나는 지금의 몽남처럼 웃음을 잃어버린, 표정만으로 대답을 주려 했던 사내를 떠올렸다.

그는 조금 전 산속에서 만난 사내였다.

그사이 무표정하게 되어버린 몽남이 자리에서 일어서려 했다.

"도련님?"

내가 그를 부르자 그는 기다렸다는 듯 부정했다.

"모르오. 이 이야기는 전에도 했을 텐데."

"정말 모르시나요?"

내가 그의 옷깃을 붙잡으며 물었다. 그러자 그가 도로 자리에 앉더니 내가 단 한 번도 본 적 없는 무서운 얼굴로 나를 보며 물었다.

"어디서 무슨 말을 들었는지는 몰라도… 혹시 전에 산채에 나타났던 그 선비에게 들었소?"

몽남이 말하는 선비는 바로 내 오라버니라고 했던 김원근이었다. 설마….

"제 오라버니요?"

아니라고 해줘요, 제발. 그는 내 오라버니가 아니라고. 거기서부터 모든 것이 거짓이라면… 어제 만났던 그들 모두 다 내게 거짓을 말한 것이라고 생각해버리면 되니까. 그러니 제발….

"그의 말을 믿지 마시오. 그가 한 말은 다 거짓말이니. 우리를 갈라놓으려는 거짓말이오."

"그가 우리를 갈라놓으려고 거짓말을 한다고요? 왜요?"

"그대의 오라비인 김원근은… 우리를 갈라놓으려 한 장본인이오."

아아…! 몽남이 처음으로 인정했다. 그때 보았던 그 선비가… 진짜 내 오라버니라는 사실을 인정했어.

하지만 이것은 내가 품은 수많은 의문들 가운데 단지 하나에 대한 대답일 뿐이다.

"그래서 산채까지 찾아온 그를 죽이려 했나요?"

"죽이지 않았소. 살려서 보내주었지. 혹시 그가 다시 돌아왔소?"

"아, 아니오…."

나도 모르게 몽남에게 거짓말을 하고 말았다. 다행히도 몽남은 김원근이 다시 돌아오지 않았다는 내 말을 믿은 모양이었다. 그는 더는 이 이야기를 꺼내고 싶지 않은지 애써 말을 돌리려 했다.

"그대에겐 모두 과거요. 그대가 잊고 싶어서 지워버린 과거. 그런 과거를 다시 떠올려 무엇 하오? 이제 그대에겐 내가 있소. 나 홍몽남. 이런 나만 기억해주면 안 되겠소?"

아니, 충분하다. 내 기억은 오로지 홍몽남, 단 한 사람만으로 충분해. 하지만…!

난 도대체 무엇을 알고 싶은 걸까? 몽남이 들려준 이야기가 모두 진실이라고 믿으면 되는데도….

난 눈물을 뚝뚝 흘리며 한 손으로 몽남의 뺨을 쓸었다.

"전 기억이 돌아와도 도련님만을 사랑할 거예요. 그래서 알고 싶어요. 딱 제가 알고 싶은 진실까지만요. 제게 아이들이 있고 그 아이들이 살아 있다면…."

…남자아이와 이름도 짓지 못한 여자아이라고 했다. 그렇다면 아주 어린아이들일 것이다. 온양을 떠난 지 2년이 되었으니… 그 아이들은 아주 어릴 때 내게서 떨어졌겠지. 정말 내게 아이가 있다면….

"그만, 그만하시오!"

몽남이 듣기 싫다는 듯 강제로 나를 이불 위에 눕혔다. 그러더니 더는 생각하지 말라는 듯 내게 입을 맞췄다. 내가 알던 그와는 다른 모습이었다. 나는 내 입술에 강제로 입을 맞추는 그를 거부하려 고개를 저으며 말했다.

"제가 바라는 것은 이게 아니에요. 전 진실을 원해요! 그러니 제발…!"

몽남이 내 턱을 잡아 자신의 얼굴을 똑바로 들여다보게 만들었다.

"김소희. 그대는 나 홍몽남의 정인이었소. 그리고 원치 않은 혼인을 했지."

원치 않은 혼인.

나를 위해 비탈길에서 몸을 던진 사내. 그가 원치 않은 혼인의 대상이었다. 나는 몽남을 잊지 못해 그를… 남편인 그를….

"그대는 그대의 지아비를 단 한 번도 사랑한 적이 없었소. 온양에서 낭떠러지 위에 올라갔던 것, 그리고 거기서 떨어져 사고가 나 기억을 잃어버리게 된 것 모두… 그대가 직접 뛰어내렸든 우연한 사고였든… 그대는 늘 죽고 싶어 했을 거요. 이 세상과의 모든 관계를 끝내고 나와의 내세를 꿈꿨던 거요. 그러나 하늘이 도와 우리는 다시 만난 거요. 그게 진실이오, 소희!"

"그래도… 그래도 만약 아이가 있었다면…."

이 부분에서만큼은 몽남도 끝까지 단호했다.

"다시 말하지만 모르오. 허나 아이가 있었다면… 아이가 있는 어미가 어찌 제 자식을 버리고 낭떠러지 위에서 몸을 던졌겠소?"

그의 말에 나는 큰 충격을 받았다.

"다시 말해 도련님 말씀은… 제가 낭떠러지에서 떨어진 게 불행한 삶을 끝내기 위한 어쩔 수 없는 선택이 아니라 단지 사고였을 수도 있다는 말인가요?"

"소희! 소희!"

그가 잡고 있던 내 턱을 더욱 힘주어 잡았다.

"내 말만 들으시오! 그대가 설사 원치 않은 혼인으로 맺어진 지아비의 아이를 낳고 마음을 조금 나누어주었다고 하더라도… 그대가 사랑한 사람은 오직 나 홍몽남뿐이오."

난 그의 손을 뿌리치며 일어나 앉았다. 그때까지도 계속해서 흘러내리던 눈물이 내 뺨을 모두 적시고 목선까지 흘러내리고 있었다.

"믿어요. 거짓이라도… 모두 거짓이라도 도련님의 말이라면 모두 믿어요."

아니, 이 모든 것은 과거형이 되어야 한다. 난 홍몽남을 믿었다. 진심으로.

내 남편과의 사이에 아이가 있다는 사실은 중요한 문제가 아니었다. 아니었던 시기가 있었다. 그때 조금이라도 일찍 그에게 진실을 들었다면… 지금 내게 하는 말은 과거형이 아니라 현재형이었을 것이다.

그만큼 몽남을 사랑하니까.

다음 날 아침. 나는 다시 그와 헤어졌던 비탈길 아래 냇가를 찾았다. 그는 내게 한 약속대로 그곳에 있었다.

하지만 내가 이리도 일찍, 그것도 정말 올 것이라 믿지 못했는지 몸을 숙인 채 냇물에 손을 넣고 휘휘 젓고 있었다. 그런 그의 손에는 지난번 나를 구해줄 때 입은 상처로 곳곳에 딱지가 앉아 있었다. 여기에 모기에 물린 울긋불긋한 상처들도 보였다.

난 단지 그를 멀리 서서 가만히 바라보고만 있었다. 그러나 그는 거짓말처럼 자리에서 일어나 정확히 내가 서 있는 곳으로 돌아섰다.

그리고 활짝 웃는다.

그의 미소에 나는 놀랐고 또한 그의 미소에 나는 새로운 의문이 생겼다.

저 미소를 아주 당연하게 바라보고 마주했던 순간이 있었을까? 그 순간들에 조금이라도 행복감을 느꼈다면… 난 왜 전혀 기억하지 못할까?

"계속 숲 속에서 지내셨나요?"

"그건 아니오. 어두운 밤에는 잠시 안주성에 돌아갔다가… 날이 밝으면 이곳으로 왔소."

"그럼 아침 모기에 물리셨나 보네요."

"응?"

그제야 그는 자신의 손등에 모기가 남긴 흔적을 알아채고는 얼굴을 붉혔다.

거짓말이란 저런 것이다. 바로 들통이 나고야 마는 것.

잠은 안주성에 돌아가서 잤다는 그는 나를 구해준 날 이후로 옷차림이 전혀 바뀌지 않았다. 상처 입은 이마에 붕대가 감겨 있는 듯하지만… 그것도 그날 내가 찢어서 지혈할 때 쓴 속치마 천이었다.

"실은… 나무 위에서 자는 걸 아주 좋아한다오."

"이곳은 위험해요. 단지 좋아하는 일을 하며 시간을 보내기에는. 맹수도 가끔 출몰한다고요."

"다행히. 멀리서 나는 맹수의 울음소리를 들었지만 직접 보진 못하였소."

자연스러운 대화가 어색하지 않았다.

이래서는 안 되는데….

"귀한 분이시죠? 이런 곳에서 노숙이라니… 한 번도 해본 적이 없으셨을 거예요. 왜 사서 고생을 하시죠? 하루 이틀은 괜찮을지 몰라도 더는 위험해요. 안주성으로 돌아가세요."

그는 아무렇지 않은 얼굴로 웃으며 말했다.

"덕분에 그대를 매일 보지 않았소."

"…."

"그대가 사라진 2년간 매일 밤 꿈속에서 그대를 보기를 소망했소. 그런데 지금 그대의 실체와 마주하고 있으니… 이곳이야말로 내겐 오래도록 머물고픈 아주 달콤한 꿈속이라오."

장난처럼 건네는 진담. 나는 과거에도 이런 그의 말에 웃음을 지었을까, 아니면 지금처럼 무심하고 차갑게 쳐다만 보고 있었을까? 만약 후자라고 하더라도 그는 지금처럼 계속 나를 보고 웃고 있었을 것 같다.

"돌아가세요."

"나래…."

자상하게 부르는 그의 목소리를 피해 난 고개를 돌렸다.

"오늘 제가 여기에 온 건… 마지막으로 할 말이 있어서예요."

'마지막'이라는 단어에 그의 기분이 상했는지 그는 잠시 미소를 그치고 사뭇 진지한 표정으로 나를 응시한다.

"말해보시오."

"그러니까… 사고였든 뭐든… 제가 기억을 잃어버린 건 하늘의 뜻이었을 거예요."

하늘의 뜻. 기억을 잃은 나를 설득할 때마다 몽남이 들려주었던 이야기다. 그런데 하늘을 팔아서까지 하는 이 당당한 이야기에 왜 난 그의 눈을 똑바로 바라볼 수 없는 걸까?

"새 출발 하세요. 절 잊으세요."

냇물을 사이에 두고 선 우리 두 사람. 졸졸졸 흐르는 냇물 소리가 점점 작아지는 내 목소리를 모두 먹어버릴 듯 강렬하게 다가온다. 나는 원망스레 냇물을 노려보았다.

나무들 사이로 새어 들어오는 햇빛이 그 냇물을 비추며 반사된 빛이 내 눈동자를 찔러왔다. 어쩔 수 없이 난 고개를 들어 그의 얼굴을 바라보며 말을 이었다.

"저는 이미 다른 사람을 사랑…."

갑자기 그가 냇물을 사이에 두고 한 손을 뻗어 내 팔을 부드럽게 잡았다. 그리고 자신 쪽으로 나를 살짝 끌어당기는가 싶더니, 상체를 불쑥 내게 숙여 입을 맞췄다.

"…!"

자연스럽게 눈을 감은 그와 달리 아직 눈을 감지 못한 내 시야를 숲을 뒤덮은 반짝이는 햇빛이 가려버렸다. 햇빛이 만들어낸 반짝임이 내 눈꺼풀이 되어버렸다.

기억을 잃어버린 후 사랑하게 된 몽남과의 사랑은 치열함의 연속이었다. 우린 살아남기 위해 반드시 사랑해야만 했다. 매 순간이 전투와도 같은 것이었는지 모른다.

그러나 이 순간. 하늘이 선사한 아침의 숲 속을 뒤덮은 햇빛 사이에서 이뤄진 입맞춤은 내게 그 어떠한 대가도 바라지 않았다. 그렇게 시작된 것이었다….

빛이 사라지자 나를 응시하는 사내의 두 눈동자가 자리했다. 순간적으로 당한 일이라 정신이 없었는데, 두 눈동자가 나를 보고 눈웃음을 그리는 것을 보고 나서야 퍼뜩 정신이 들었다.

"그대는 변한 것이 하나도 없소. 기억을 잃었다 해도…."

난 뒤늦게 그를 밀어내려 손을 뻗었다. 하지만 그는 이것도 예상했다는 듯, 가볍게 내 손을 제압하며 한 걸음 더 가깝게 다가왔다. 한 걸음만으로 가뿐히 냇물을 건넌 그가 또다시 내게 입맞춤을 하려 했다.

뒤로 물러서기에는 상당히 가까워진 거리. 여기에 그는 내 팔만 잡은 것이 아니었다. 한 팔로 내 허리를 끌어안고 자신의 가슴으로 바짝 당겨 안았다. 그러고 나서 강하게 파고드는 입술. 나는 그에게 닫힌 입술을 열어주지 않으려 몸부림쳤다. 그러나 그는 이런 상황을 충분히 예상했다는 듯 끌어안은 팔로 내 왼쪽 허리를 눌렀다. 전혀 예상하지 못한 그의 행동에 당황하는 것도 잠시. 이번에는 잡고 있던 팔에 살짝 힘을 주었다.

그러자 마치 기다렸다는 듯이 내 입술이 벌어졌다. 그 안으로 감미로운 혀가 부드럽게 밀고 들어와 또 다른 나와 엮여 들어갔다.

모든 것이 아주 자연스럽게 이어졌다. 이러한 그의 행동들은 마치… 나도 모르는 몸의 작고 사소한 반응들까지 다 알고 있는 것처럼 느껴졌다. 어떻게….

단지 그에게 빼앗긴 것은 입술뿐. 그러나 곧 그가 내 모든 것을 아주 손쉽게 잠식해나갈 것만 같았다.

무서워….

나도 모르게 눈가에 눈물이 맺히더니 또르르 흘러내렸다. 그 눈물이 내게 입을 맞추던 그의 뺨에도 닿았는지 그가 내게서 입술을 떼어내며 뜨거워진 숨을 길게 내쉬었다. 눈을 뜬 그는 내가 흘리는 눈물을 보고는 미안하다는 표정을 지었다.

"울리려던 것은 아니라…."

"호색한!"

뒤늦게 그를 밀쳐낸 나는 흐느낌을 참으려 아랫입술을 깨문 채 그를 노려보았다. 그러자 그가 어이없다는 듯 웃었다.

"아내에게 접문한 사내에게 호색한이라고?"

아내. 그래, 나도 이젠 안다. 기억을 잃었어도 이 사내는 내 남편이다. 하지만!

"전 당신을 몰라요. 기억하지 못한다고요! 그러니 아무리 제 지아비라고 하셔도 이러시면 안 돼요. 안 된다고요!"

그의 마음을 드러낸 두 번의 입맞춤에도 흔들리지 않는 내 태도에 그가 조금은 화가 난 듯 보였다. 그러나 내게 화를 내는 것은 아닌 것 같았다.

기억. 그와 내가 함께 간직했던 그 추억을 앗아간 기억에 화를 내는 것 같았다.

"그럼 어찌 이곳에 온 것이오?"

"그건…."

떠나라고. 다시는 내 앞에 나타나지 말라고.

"진실을 알고 싶어서가 아니오? 잃어버린 기억을 되찾고 싶어서가 아니오?"

"아니에요!"

"그럼?"

나도 할 말이 있다.

"제가 온양에서 평안도로 온 지 2년이에요. 기억을 잃은 지 2년이 지났다고요. 그 시간 동안 제 기억은 돌아오지 않았어요. 어차피 간직해봤자 좋은 기억이 아니니까… 그래서 돌아오지 않는 것이라고는 생각하지 못하세요? 그러니!"

'오늘을 절대 잊으시면 안 돼요.'

또 내 목소리다.

언제 어디서 한 말인지는 기억하지 못해도 목소리는 분명히 떠오른다.

"부인."

그와 함께 있으면 혼란스러웠다. 잃어버렸던 기억이 조금씩, 아주 조금씩 되돌아오려는 것 같아서 무서웠다.

"부인이라고 부르지 말아요!"

내가 더는 듣기 싫다는 듯 양쪽 귀를 아프도록 막았다. 그러자 그는 이런 내게 다가와 귀를 막은 손을 떼어내 천천히 아래로 내렸다.

"뭐 하는…!"

"행복했소. 그대도 나도…."

"아니야!"

진실은 오직 몽남이 한 말뿐이다.

'그대가 나뿐만 아니라 그대의 남편까지도 잊어버렸소. 그것이 무엇을 뜻하는지 모르겠소?'

이 사내의 말이 사실이라면… 내가 이 사내를 잊었을 리가 없어.

"나래."

"이젠 더는 상관없어요! 행복했든 아니든…. 기억하지 못하는 과거 따위."

이것이 상대에게 얼마나 잔인한 말인지 알면서도… 아니, 내게도 잔인한 말이었다. 모두에게 잔인한 말이었다. 통제하기 어려울 정도로 흘러내리는 내 눈물이 그 답이었다.

"그만 떠나요. 다신 이곳으로 오지 않을 테니까. 만약 그래도 떠나지 않겠다면, 산채 사람들에게 당신의 존재를 알릴 거예요. 그들은 산채 주변에 머무는 외부인을 살려두지 않을 거고요."

협박에 가까운 말을 쏟아내는 동안에도 그는 말없이 우는 내 눈동자만을 응시했다. 그는 내가 가한 협박보다도 내가 흘리는 눈물에 더 신경이 쓰이는 것 같았다.

"가라고요!"

차갑게 소리쳤지만 그는 움직이려 하지 않았다. 결국 나는 그에게서 돌아서 산채 쪽으로 내달리기 시작했다.

"나래!"

그가 나를 불렀지만 나는 달리는 것을 멈추지 않았다.

난 나래가 아니야. 난 소희라고…. 소희란 말이야!

"나래!"

왕이 나래의 이름을 부르며 달아나는 그녀를 뒤쫓으려고

했다.

"전하? 전하!"

그때 비탈길 위에서 급히 미끄러져 내려오며 왕을 부르는 소리가 있었다. 조인영이었다.

"나래…!"

"전하!"

인영은 나래가 사라진 방향으로 가려는 왕을 뒤에서 붙들었다.

"인영."

그제야 왕이 그를 돌아보았다.

"지금 혹시 중전마마이십니까?"

"그래."

"달아나시는 것처럼 보였는데, 하오면 아직도 기억이…."

왕이 답답하다는 듯 한숨을 내쉬며 고개를 끄덕였다.

"그보다 전하. 지난 사흘간 보이지 않으셔서 걱정했습니다! 어디에 계셨습니까?"

"이곳에 있었다."

"무탈하셔서 다행입니다. 그보다 큰일 났습니다."

"큰일이라니?"

"전하께서 사라지신 사흘간 김 찬선과 이곳 주변을 뒤졌지만 찾을 수가 없어서…. 혹시 산채에 붙잡혀 계신 게 아닐까 생각했습니다. 그래서 조금 전 김 찬선이 안주성 병영으로 갔습니다."

"안주성 병영으로 가다니? 어찌하여?"

왕이 불안한 듯 인영에게 되물었다. 인영이 대답했다.

"전하와 중전마마를 모두 구해내겠다며…."

"무어라? 당장 막아야 한다! 어찌 김 찬선을 막지 않았느냐?"

인영이 난처한 표정을 지었다.

"김 찬선이 말하길, 산채의 우두머리인 홍몽남이 정주성에서 살아남은 역당의 괴수 홍경래라고 하였습니다. 그래서 만에 하나라도 전하께서 산채에 사로잡혀 계시고, 그들이 전하의 정체를 알게 된다면 큰 변고라도 일어날까 걱정되어 김 찬선을 막을 수가 없었습니다."

왕이 길게 한숨을 내쉬었다. 이해는 가지만 나래가 산채로 돌아갔다. 곧 관군이 습격한다면 나래의 안전이 걱정이었다.

"지금 산채로 가야겠다. 관군이 오기 전에 중전을 데려와야겠다!"

"위험하옵니다!"

인영이 막자 왕이 인영을 밀쳐냈다.

"중전이 위험할 수 있다!"

"전하께서도 위험해지실 수 있사옵니다! 그러니 신과 함께 안주성으로 돌아가시지요. 관군도 산채의 여인들과 어린아이들은 해치지 않을 것이옵니다."

인영의 이러한 말은 그 무엇보다도 왕의 안전을 우려하기 때문이었다. 하지만 왕에게는 닿지 않는 말이었다.

"정주성에서 있었던 살육을 듣지 못하였느냐? 과인은 절대 중전을 두고 안주성으로 돌아가지 않을 것이다!"

왕의 결심은 확고했다.

"전하…!"

인영도 더 이상 왕을 말리지 못했다.

산채를 향해 달려가던 내 귀에 몽남의 목소리가 들려왔다.

"소희!"

몽남이 나를 찾고 있었다.

"소희!"

그 간절한 목소리가 산채를 넘어서 산을 울렸다.

"소희! 어디에 있소!"

나는 몽남의 목소리가 들리는 진원지를 향해 내달렸다. 마침내, 산채로 들어서는 입구에 서 있는 몽남을 발견했다.

"도련님!"

"소희?"

내가 그를 부르자 그도 나를 발견하고는 멈춰 섰다.

난 있는 힘껏 달려가 두 팔로 그를 끌어안았다. 그제야 터질 듯이 뛰는 그의 심장 소리가 내 몸으로도 전해져왔다.

그는 목소리로만 나를 찾고 있었던 것이 아니다. 터질 듯한 그의 심장 소리에 나를 걱정하며 찾던 그의 마음이 고스란히 담겨 있었다.

이 품이야! 이 품이라고!

"도련님…. 흐흑!"

난 그의 품에서 왈칵 울음을 쏟았다.

"우시오?"

"으흐흑…."

크게 우는 나를 보며 몽남이 당황했는지 두 손으로 얼굴을 감싸 쥐었다.

"어찌 우시오? 어디에 갔소? 무슨 일이 있었소?"

난 엉엉 울며 그에게 물었다.

"제가 정말 불행했나요? 제가 정말 행복하지 못했나요?"

"그게 무슨 말이오?"

"전 정말 진실을 알고 싶어요. 만약 불행하지 않았다고 하더라도…."

만약 '행복했다'가 아니다. 만약 '불행하지 않았다'다.

"전 도련님과 평생 함께할 거예요. 그러니 제발 진실을 알려주세요."

"소희…."

이 혼란의 끝을 알고 싶었다. 혼란이 모두 끝나야 내 남편이라며 나타난 남자의 얼굴을 머릿속에서 마음속에서 모두 지워버릴 수 있을 것 같았다.

"전 모든 기억을 잃었어요. 잃었다고요…! 그러니 제게는 도련님뿐이에요. 살아도 죽어도 도련님뿐이라고요! 그러니… 으흑!"

너무 울어 숨이 찰 정도로 괴로워하는 나를 몽남이 꽉 끌어안았다.

"잘 들으시오, 소희."

그는 내 숨이 잠잠해지기를 기다렸지만 난 그러지 못했다. 모든 진실을 알기 전까지 나는 진정할 수가 없었다.

몽남도 이를 깨달았는지 끌어안았던 나를 놓으며 내 양팔을 아프도록 잡았다.

그 어디도 보지 말고 자신의 얼굴만을 보고 자신의 말만 들으라는 하나의 강압적인 신호와도 같았다.

"그대는 불행했소. 나를 그리워하며 괴로워했겠지. 그러나 이제 우린 함께요. 그러니 그 불행을 또다시 기억하려 노력하지 마시오. 알겠소?"

"도련님…!"

그때였다.

"그렇게 그녀를 속여왔느냐? 홍경래. 아니, 홍몽남."

몽남이 놀라며 돌아선 그곳. 그곳에 내 남편이라는 사내가 서 있었다. 그의 곁에는 며칠 전 보았던 선비도 함께 있었다.

그 선비는 몽남의 시선이 사내를 향하자 검을 뽑아 들었다. 그런데 몽남의 얼굴을 살펴보던 사내의 눈썹이 일그러졌다.

"넌 그때 온양에서…."

온양? 온양에서부터 두 사람이 이미 알고 있었어?

그것은 몽남도 마찬가지였다. 사내를 바라보는 몽남은 그를 잘 알고 있다는 눈빛이었다.

"어떻게 여기에…!"

서로를 마주한 채 놀라는 두 사내. 잠시 후 그 사내가 주먹을 힘껏 쥐며 몽남에게 물었다.

"설마 그때 그 가마에 타고 있던 여인이… 그녀였느냐?"

가마?

나는 온양에서의 기억을 떠올렸다. 분명 평안도로 갈 때는 가마를 타고 떠났다. 하지만 그 길에서 저 사내를 본 기억이 없다. 내 기억 속에 저 사내와 닮은 사람을 본 기억이 전혀 없었다.

그런데…. 희미하지만 눈물로 기억하고 있던 기억. 제 어미를 찾으며 우는 왕자를 달래러 나타났던 왕의 뒷모습. 비록 말을 타고 있었지만 키 큰 왕의 뒷모습이 상당히 인상적으로 다가왔다. 그리고 왕은 몽남에게 물었지.

'평안도 사람인 홍경래라…. 평안도 사람이 이곳 온양에는 어인 일이었느냐?'

그 목소리…!

'어서 대답하지 못하겠느냐! 주상전하께서 물으신다!'

왕의 목소리는…!

'제 신부가 될 여인입니다. 온양에는… 신부를 맞이하러 온 길이었습니다.'

믿을 수가 없는 일이 일어났다. 그때 온양에서 들었던 왕의 목소리…. 왕의 뒷모습…. 그때 비록 왕의 얼굴은 보지 못했지만, 분명 내 남편이라며 나타난 사내를 꼭 닮아 있었다.

하지만 한양 도성에 사는 왕이 이곳 평안도 안주성까지 왔을 리가 없다. 저런 평범한 선비 같은 옷차림을 하고 나타날 리가 없다. 미복을 하고 안주성까지 와야 할 이유가….

'그대는 내 아내니까.'

아아….

난 몽남을 돌아보았다. 이제는 그가 하는 말만 믿을 테다. 그가 모든 진실을 알고 있다. 내가 기억하지 못하는 과거를 아는 사람은 그뿐이다.

"일이 쉬워졌군."

몽남이 나를 밀쳐내며 검을 뽑아 들었다.

"도련님?"

"하늘이 돕는다는 말이 이런 것이었구나."

"홍몽남…! 아니, 홍경래! 물러서라!"

사내의 뒤에 있던 선비가 검을 들고 앞으로 나서려 했다. 그러자 어느 틈엔가 산채의 장정들이 무기를 들고 나타나 우리 주변을 에워쌌다.

이제 선비는 몽남과 맞서는 것이 아니라, 혼자서 산채의 장정들을 모두 상대해야 하는 처지에 놓이고 말았다. 이 싸움은 절대 이길 수 없을 터였다.

"저 사람은 무기가 없어요. 해치지 말아요."

나는 몽남이 자비를 베풀어 이들을 돌려보내주길 바랐다. 하지만 몽남은 부탁하는 나를 돌아보며 화를 냈다.

"그대는 도대체 누구 편이오!"

"도련님…."

몽남이 내게 화를 냈다. 이런 그의 모습은 내게 낯설었다.

"물러서시오!"

몽남이 나를 팔로 밀쳤다. 무기를 들고 있는 자신에게서 멀어지게 하려는 것이었지만, 아무런 예고도 없이 밀쳐진 나는 그만 비틀거리며 바닥에 털썩 주저앉고 말았다. 이를 본 사내가 놀란 얼굴로 몽남에게 소리쳤다.

"그녀에게 손대지 마라!"

사내의 말은 몽남의 화를 부채질했다.

"곧 죽을 자가 말이 많구나."

그때 숲 쪽에서 산채의 장정이 뛰어오며 소리쳤다.

"관군이 옵니다! 관군이 이곳으로 오고 있습니다!"

관군이 온다는 말에 산채 사람들이 모두 당황하기 시작했다. 몽남도 마찬가지였다. 그러나 몽남은 손에 쥔 검 손잡이를 힘주어 잡으며 사내를 향해 말했다.

"그래. 임금이 이곳까지 혼자 오지는 않았을 것이다."

임금?

몽남의 말을 들은 산채의 장정들도 놀란 듯 사내를 쳐다보며 수군댄다.

"임금이라고?"

"왕? 한양에 있을 왕이 이곳에 왔다고?"

그러자 선비가 장정들을 향해 소리쳤다.

"살고 싶으면 당장 그 무기들을 버려라!"

장정들의 웅성거림이 커져갔다. 그러자 몽남이 그들을 향해 소리쳤다.

"왕이다! 이 나라의 임금이지! 지금 왕을 죽이면… 정주성에서 죽은 많은 동지들의 원한을 한번에 갚을 수 있다!"

몽남의 말은 늘 그렇듯 사람을 매료하는 울림이 있었다. 잠시 흐트러졌던 장정들이 무기를 다시 들어 올렸다. 선비는 재빨리 사내와 등을 대고 섰다. 여차하면 일단 달려드는 장정들부터 막을 생각인 듯 보였다.

"전하. 신이 어떻게든 이곳을 돌파해보겠사오니 일단 관군이 오는 숲으로 피신하십시오!"

선비가 사내를 '전하'라고 불렀다. 내 지아비라고 말했던 사내를… 왕의 칭호로 불렀어.

몽남도 그리고 사내와 함께 있던 선비도 모두 그가 왕이라고 한다. 이 나라의 임금이라고 한다. 그리고 그는 자신이 나의 지아비라고 했다.

대체 이건 뭐지?

그러나 사내는 전혀 도망칠 생각이 없어 보였다. 그는 무기 하나도 들고 있지 않았다. 그런데도 오히려 무기를 들고 있는 몽남을 흔들림 없는 시선으로 바라보았다.

"말해라, 홍몽남."

"말해? 무엇을?"

몽남이 코웃음 치며 검 끝을 그 사내에게 겨누었다.

"그녀에게 진실을 말해."

이 말에 몽남의 얼굴이 딱딱하게 굳었다.

"과인의 비, 이 나라의 중전인 그녀에게 진실을 말해라. 그녀는 네 정인이었던 김소희가 아니라고."

그가 한 엄청난 말에 내 몸이 떨리기 시작했다.

중전…. 이 나라의 왕비? 내가?

난 넘어졌던 자리에서 일어나 몽남을 쳐다보았다.

"거짓말이죠?"

소희가 아니라는 말은 이미 저 사내에게서 들었다. 그 말은 어차피 내가 믿지 않으면 그만이다. 하지만 지금 들은 말은 내가 진짜 소희가 아니라는 말보다도 더 큰 충격이었다.

내가… 왕비라고. 그리고 그는… 이 나라의 임금님….

"거짓말이죠…. 도련님?"

몽남은 나를 바라보던 시선을 떨어뜨렸다. 그러더니 장정들을 향해 명령을 내렸다.

"죽여라."

몽남의 명령에 장정들이 무기를 들고 그들에게 덤벼들려던 바로 그때였다.

"움직이지 마라!"

산채를 둘러싼 숲속에서 수십 명의 병사들이 우리를 향해 활을 겨누며 모습을 드러냈다. 그들 중에는 내 오라버니 김원근이라는 사내도 있었다.

"김 찬선이 왔습니다, 전하!"

선비가 사내에게 말했다. 그러나 사내는 여전히 몽남을 향한 시선을 거두지 않고 있었다.

"이제라도 진실을 모두 밝혀라, 홍몽남. 그리하면 과인이 너의 목숨을 살려줄 것이다."

"아니, 너도 죽이고 나도 죽겠다!"

몽남이 검을 휘두르며 사내에게 달려들었다.

순식간에 벌어진 일이었다. 게다가 사내는 아무런 무기도 가지고 있지 않았다.

이 모든 일이 바로 내 앞에서 벌어졌다. 달려드는 몽남을 보고 놀란 사내의 동공이 커진 것이 보였다. 그리고 몽남은 그를 향해 검을 대각선으로 내리쳤다.

"죽어라!"

몽남의 외침.

내 머릿속이 하얗게 변해버린 순간이었다. 아무런 생각도 할 수 없는 백지와도 같은 내 머릿속에 수없이 많은 기억들이 짧게 지나갔다. 매 순간, 그 순간마다 떠오르는 것은 바로 사내의 모습이었다.

'과인도 그대를 사랑하오. 나래.'

그리고 본능이었다. 나는 검을 내리치는 몽남의 길을 막고 사내를 두 팔로 끌어안았다.

"…!"

저고리가 찢기며 등이 베이는 소리가 내 귓가를 꿰뚫었다.

바로 엄청난 아픔과 함께 따뜻한 물줄기가 어깨에서 흘러내리는 느낌이 났다. 그것이 피라는 것을 알아차리기까지는 그리 오래 걸리지 않았다. 곧 비릿한 냄새가 코끝을 자극했고 난 끌어안았던 사내의 몸을 놓치며 쓰러져 내렸다.

"중전!"

사내가 쓰러지려는 나를 끌어안으며 소리친다. 난 생경하게 느껴지는 고통에 숨을 헐떡이며 사내의 어깨에 힘없이 머리를 기댔다.

"주… 중전!"

"아…."

칼에 베인 아픔이 시간이 갈수록 정신을 잃을 만큼 큰 고통으로 다가왔다. 식은땀이 비 오듯이 쏟아졌다. 난 눈을 들어 나를 끌어안은 사내의 얼굴을 쳐다보았다.

다친 나를 보며 크게 놀랐을 뿐, 그는 다치지 않은 것 같다. 그 사실이 칼에 베인 아픔을 잠시나마 잊게 하는 안도감을 준다.

"어찌, 어찌 이리도 어리석은 짓을 할 수 있단 말이오!"

"저는…."

나를 끌어안은 그의 눈가에 눈물이 맺혔다. 그 눈물이 곧 나를 끌어안은 그의 거친 숨소리에 맞추어 후드득 내 뺨으로 떨어져 내렸다.

"소, 소희…."

몽남이 검을 떨어뜨리는 소리에 난 그의 품에서 몽남을 쳐다보았다.

다행이야…. 몽남도… 무사하다. 모두 무사해….

"항복해라!"

"무기를 버려!"

관군들이 산속에서 우르르 쏟아져 내려오며 장정들의 무기를 빼앗고 그들을 포박했다. 그사이 선비가 검을 들고 몽남에게 다가가기 시작했다.

이를 보자마자 난 사내의 팔을 잡으며 말했다.

"안 돼요…. 해치면… 해치면 안 돼요…."

나를 끌어안은 그의 시선이 검을 든 선비에게 향했을 때였다. 난 그대로 정신을 잃어버렸다.

오랫동안 꾸지 않던 꿈이었다. 그래서 내가 그 꿈을 꾸었다는 사실조차도 잊고 있었다.

처음 온양에서 기억을 모두 잃고 깨어났을 때 꾸었던 꿈.

'하하하!'

어린 남자아이의 웃음소리와….

'그대는 누구요?'

구름 속에 가려 얼굴이 보이지 않던 사내….

그가 내 지아비였구나. 그리고 내 지아비는 이 나라의 임금이었구나….

이렇게 중요한 사실을 어떻게 나는 모두 잊어버리고 있었을까? 내가 이 나라의 왕비라는 사실을.

나는 도대체 어떤 삶을 살아왔던 것일까?

불행한 삶? 아니면…?

여전히 꿈속에 머물러 있는 것 같은데 뺨을 타고 뜨거운 눈물이 흘러내렸다. 이게 꿈인지 아니면 현실인지 분간이 안 가는 가운데, 부드러운 손길이 내 뺨에서 타고 흐르는 눈물을 닦아주었다.

감았던 눈을 천천히 뜨자 이제는 익숙해진 사내의 얼굴이 보였다. 그는 눈을 뜬 나를 보자 슬픔을 참아내는 듯한 미소를 지어 보였다. 그 미소는 오로지 나를 위한 미소였다. 나를 안심시키기 위한 미소였다.

"정신이 드시오?"

"여긴…."

좁고 작은 초가만 기억하는데 지금 내가 누워 있는 곳은 상당히 큰 방 안이었다.

"안주성 객사요."

"안주성…. 읏…."

몸을 뒤척이려고 하자 등에서 통증이 느껴져 저절로 얼굴을 찌푸리고 말았다.

"아직 움직이면 안 되오."

그가 말한다. 나는 몸을 뒤척이려고 어깨에 실었던 힘을 풀었다. 하지만 마음 편히 쉴 수는 없었다.

"도련님은… 어디에 있나요?"

몽남을 찾는 내 물음에 그의 표정이 어두워졌다.

안다. 그는 이 나라의 임금님인 것을. 그리고… 난 그의 아내, 왕비인 것을.

비록 내가 기억하지 못하는 과거라고 하더라도 그의 앞에서 다른 사내를 찾아서는 안 된다는 것을 안다. 하지만 지금 내게 그 누구보다도 중요한 사람은….

'그대는 불행했소. 나를 그리워하며… 괴로워했겠지.'

그가… 내게 거짓말을 했다고 하더라도….

"흐흑…."

흐느끼자 다시 등에서 통증이 느껴졌다. 하지만 흐느낌을 멈출 수는 없다.

"도련님은 무사하신가요?"

"무사하오."

몽남에 대해 물으면 이 사내가 슬퍼한다. 하지만… 묻지 않으면 내 가슴이 슬픈걸.

"보고 싶어요… 만날 수 있게 해주세요."

"지금 그대는 쉬어야 하오. 그대의 몸이 낫는 것이 그 무엇보다도 가장 중요하오."

난 울며 고개를 저었다.

"제발 부탁드릴게요. 도련님이 무사하신지 확인할 수 있게 해주세요. 네?"

안주성 옥사. 목에 칼을 차고 앉아 있는 몽남을 바라보며 옥사 밖에 서 있는 원근이 소리쳤다.

"자네가 그간 무슨 짓을 했는지 아는가?"

"…."

"어찌 중전마마를!"

당장 옥문을 열고 안으로 쳐들어갈 것만 같은 원근과 달리 몽남은 고개를 숙인 채 묵묵부답이었다. 이러한 그의 행동에 원근은 더욱 화가 났다.

"잘 듣게. 혹시라도 중전마마께 무슨 일이 생긴다면 자네는 절대 살아남지 못할걸세!"

그러자 몽남이 고개를 들어 원근을 쳐다보았다.

"그녀는 무사한가?"

"무사하냐고? 더는 감히 그분을 입에 담지 말게! 자네의 생사나 염려하고!"

몽남이 고개를 숙였다.

"난 죽는 것 따윈 두렵지 않네."

"두렵지 않다고? 아니, 자넨 두려워해야 할걸세! 죽어서 만날 내 누이 소희의 얼굴을 어찌 볼지는 두려워해야 하지 않겠는가?"

소희의 이야기에 몽남은 할 말을 잃었다.

"자네는 두 여인을 죽음으로 내몰았어. 내 누이와 이 나라의 중전마마를. 자네의 욕심을 채우고자 두 여인을 불행하게 만들었네!"

"난 그저 믿었을 뿐이네."

"뭐를 말인가?"

되묻는 원근의 목소리에는 조소가 묻어났다.

"두 여인 모두를 불행하지 않게 할 것이라고."

"그것이 정주성의 홍경래가 할 소리인가?"

소희에 이어 나래까지 들먹이는 몽남의 말이 원근을 분노하게 했다.

"애초부터 자네만 없었다면 소희가 그릇된 선택을 하지도 않았을 거야! 소희는 지금쯤 살아 있었겠지! 살아서 다른 삶을 살았겠지!"

그리고 오늘과 같은 일은 일어나지 않았을 것이다.

"자네의 누이를… 사랑했네."

몽남의 눈가에 눈물이 맺혔다. 하지만 몽남을 바라보는 원근의 시선은 싸늘하기만 했다.

"가증스럽군. 이 나라의 중전마마를 내 누이라 속였던 자네가!"

"아닐세, 아니야! 난 그녀가 자네 누이가 아니라는 걸 알았을 때… 그래, 마음을 접어야 했지. 그때라도 내 자네 누이의 뒤를 따라 목숨을 끊었어야 하네. 허나…."

몽남은 정주성에서 모든 것을 잃고 좌절한 자신을 일으켜 세웠던 나래를 떠올리며 소리 없이 눈물을 흘렸다.

"자네의 누이는 내가 지켰어야 할 여인이나, 지키지 못했네."

국혼이 결정되자 스스로 목숨을 끊으려고 했던 소희. 그런 소희를 위해서 몽남이 해줄 수 있는 일은 함께 죽음을 선택하는 것뿐이었다.

"허나 그녀는 나를 지켜준 여인이네."

과거 몽남의 존재는 소희에게 새 삶을 주었고 동시에 삶을 앗아가고 말았다. 그러나 나래의 존재는 몽남에게 새 삶을 주었고 그를 살아 숨 쉬게 만들었다. 그 사실을 깨달은 몽남은 나래가 진짜 소희가 아니라는 사실을 알면서도 놓을 수가 없었다. 그녀를 잃는 순간… 자신은 더는 숨을 쉴 수 없다는 것을 알았기에.

"더는 듣기 싫네!"

원근이 몽남이 갇힌 옥사에서 돌아섰다.

"김 찬선."

어느새 그의 뒤에 조인영이 서 있었다.

"대감. 무슨 일이십니까?"

인영이 한숨을 내쉬며 말했다.

"전하께서 그자를 데려오라 명하셨네."

조금 전에 먹었던 약 때문인지 눈만 감으면 자꾸 잠이 쏟아졌다. 하지만 이대로 잠들 순 없었다. 몽남이 무사한지 확인해야 했다.

왕은 무사하다고 했지만 믿을 순 없었다. 그는 왕을 죽이려고 했다.

게다가 봉기군의 우두머리이자 정주성의 홍경래였다. 왕이 그를 살려준다고 하더라도 다른 사람들은 아닐 것이다.

"전하. 조인영입니다."

"들어오너라."

내 곁을 지키고 있던 왕의 목소리가 들리자, 감았던 눈이 자연히 뜨였다. 곧이어 문이 열리더니 산채에서 보았던 선비가 안으로 들어왔다. 그리고 그 선비의 뒤로 몸이 포승줄로 단단히 묶인 몽남이 따라 들어왔다.

"도련…. 으읏!"

몽남을 본 난 황급히 일어나려다가 등의 통증을 느끼고 몸을 웅크렸다. 하지만 웅크린 몸에서 더 큰 통증이 찾아와 눈을 뜰 수조차 없었다.

"중전!"

놀란 왕이 나를 부축해주었다.

"소희…."

몽남도 이런 나를 걱정스레 불렀다. 하지만 나를 부축한 왕이 옆에서 팔로 내 몸을 감싸며 더는 움직이지 못하게 했다. 그리고 몽남의 뒤로 나타난 김원근도 무섭게 몽남을 쳐다보며 말했다.

"중전마마시네."

중전마마. 이 말 한마디가 몽남과 나의 거리를 완전히 갈라놓았다.

나는 등에서 느껴지는 통증 때문이 아니라 마음에서 오는 통증에 금방이라도 울음을 쏟을 것 같은 얼굴이 되어버렸다.

난 원망하지 않는다. 몽남이 내게 이런 상처를 주었지만, 단지 실수일 뿐이니까.

"도련님…. 흐윽."

간신히 멈췄던 눈물이 다시 흘렀다.

지금 이 방 안에 있는 세 명의 사내. 그들은 나와 몽남을 확실히 격리하려고 하는 것 같았다.

그것은 몽남이 정주성의 홍경래이기 때문이 아니었다. 내가… 이 나라의 중전이기 때문에….

"몸은… 어떠시오?"

"홍몽남."

몽남이 던진 말에 또다시 원근이 제지를 했다. 팔로 나를 부축하고 있는 왕이 고개를 한 번 저었다. 그러자 원근이 입을 다물었다.

"전 괜찮아요. 도련님은요?"

"난…."

그가 무언가를 말하려고 하자 조인영이라는 선비가 나섰다.

"홍몽남. 이제라도 중전마마께 진실을 아뢰라."

몽남이 입을 다문 채 고개를 숙였다.

"도련님…."

그들은 왜 진실을 강요하는 걸까? 진실은 모두 드러났다.

그러니 더는 진실은 중요하지 않다.

지금 내게 그 무엇보다도 중요한 사실은 몽남의 안전이고 그다음은 그와 헤어져야 하는 현실을 받아들여야 한다는 사실뿐이었다.

"소희."

그가 내 이름을 부르며 고개를 들었다. 그러나 그것은 나를 부르기 위해 부르는 이름이 아니었다.

"그대는 나 홍몽남의 정인이었던 소희가 아니오."

진실은 이미 드러났다. 모두 드러났다는 것을 알면서도 나는 생각으로만 받아들일 뿐, 마음으로는 전혀 받아들이지 못하고 있었다.

이유는 단 하나. 몽남이 인정하지 않았기 때문이다.

그리고 진실은 내가 바랐던 것보다도 더 슬프고 무서운 것이었다.

"이 나라의 중전마마이시지."

"흐읔!"

알고 있었다. 이미 알게 된 진실인데도 눈을 뜰 수 없을 정도로 눈물이 났다.

"2년 전 온양에서 그대는… 그대를 납치하고 죽이려 하던 자들을 피하다 설화산 낭떠러지에서 떨어졌소. 난 기억을 잃은 그대가 소희를 빼닮았기에 소희인 줄만 알고… 소희인 줄 여기고….”

“제발, 제발 그만해요, 흐흑….”

몽남의 입을 통해서 듣고 싶지 않았다. 그것이 거짓이든 진실이든.

“그대는 이 나라의 중전마마이시오. 한양에는 그대 소생의 왕자와 공주께서 계시고. 그대는 그 아이들의 어머니요. 그간 그대를 속여서 미안하오. 처음부터 이리 되었어야 하는 것이 옳지만….”

몽남의 시선이 잠시 내 옆에 있는 왕의 얼굴로 향했다. 그러나 잠시였다. 몽남은 또다시 고개를 숙였다. 난 그런 그의 모습을 보고 싶지 않았다.

“우리가 혼인한 사이라면서요? 우리에게도 아이가 있었다면서요?”

몽남은 고개를 들지 못한 채 말했다.

“나와 혼인을 약조한 것은 그대가 아닌 소희였소. 또한 그대는 기억을 잃었으나… 무의식중에 아이를 그리워했지. 그래서 그 모든 말은 내가 다 꾸며낸 것이오. 미안하오.”

“거짓말! 도련님은 제게 거짓말하실 분이 아니에요! 아니라고 해주세요. 제발!”

난 몽남의 말만 믿을 것이다. 그가 거짓이라면 거짓이고 그가 진실이라면 진실이다. 그러니… 그러니….

몽남이 다시 고개를 들어 나를 바라본다. 그의 눈에서는 뜨거운 눈물이 흘러내리고 있었다.

"미안하오. 난 그대의 진짜 이름도 모르오. 그러니 이제 그대는… 원래 있던 자리로 돌아가시오."

"제발!"

흐느낌이 심해질수록 몸의 들썩임이 심해졌다. 내 몸을 스스로 가누지 못할 정도로 떨려오기까지 했다. 그때마다 등에서 느껴지는 통증이 더욱 심해졌다. 왕이 내 어깨를 잡아 이불 위에 눕히려고 했다.

"이제, 이제 그만하고 쉬시오."

"놔주세요. 놔 달라고요."

왕의 손을 뿌리치려 몸부림쳤다. 그럴수록 몸에 가해지는 통증만 더 심해졌다. 그때, 원근이 몽남을 강제로 일으켜 세웠다. 몽남을 데리고 나가려는 것이었다.

이를 알아챈 나는 어떻게든 자리에서 일어서려고 했다. 왕은 이번에도 나를 막으려 두 팔로 끌어안았다. 하지만 조금이라도 힘을 가해 끌어안으면 내가 다친 곳을 아파할까 봐 크게 힘을 주지 않았다.

나는 이를 알고 왕의 손을 힘껏 밀고 자리에서 일어섰다. 나가려던 몽남이 이를 알고는 걸음을 멈춰 나를 돌아보았다. 이제 우리 사이의 거리는 손을 뻗으면 닿을 만큼 가까워졌다.

"소희…."

"제발… 다… 거짓말이라고…."

말을 다 끝맺기도 전에 난 어지럼증을 느끼며 의식을 잃고 쓰러졌다.

이후로도 며칠 동안 제대로 정신을 차릴 수가 없었다. 가끔씩 미음을 먹이는 손길에 깼다가 곧바로 잠들어버렸다. 등에 입은 상처 때문도 그로 인해 먹는 약 때문도 아니었다.

'그대는… 나 홍몽남의 정인이었던 소희가 아니오.'

기억을 모두 잃고 모든 것이 두렵고 혼란스럽던 내게 손을 내밀어 준 사람. 그는 홍몽남이었다.

그런 그가 나의 정인임이 얼마나 뿌듯하고 자랑스러웠던지. 그런 그의 벅찬 사랑을 받는 나 자신이 얼마나 행복했던지. 그 모든 것이 거짓이라는 건….

"도련님…."

몸을 마음대로 움직일 수 없고 여전히 정신을 차리기 힘들어도 그를 내 머릿속에서 마음속에서 지워버릴 수가 없었다. 차라리 기억을 다시 잃어버린다면, 그렇게 된다면 이 고통도 끝날 텐데…!

"도련님…."

밤새 나래의 곁을 지키던 왕이 고개를 들었다. 또다시 나래는 몽남을 찾으며 잠결에도 눈물을 흘렸다. 왕은 착잡한 심정으로 나래를 물끄러미 내려다보다가 이불을 그녀의 목 언저리까지 끌어올려주고는 밖으로 나왔다.

"전하."

건넛방에서 문이 열리는 소리를 들었는지 인영이 밖으로 나왔다.

"중전마마께서는?"

"아침에 미음을 잠깐 먹을 때는 정신을 차린 듯 보였으나 오늘도 하루 종일 깨어나지 못하는구나."

왕의 착잡한 심정이 말 속에 드러났다. 아직 상처가 다 낫지 않은 나래를 걱정하는 마음과 기억이 돌아오지 않는 나래로 인한 왕의 고뇌가 뒤섞여 있었다.

"전하. 홍몽남을 어찌 처리하실 것입니까?"

그날 산채에 있었던 이들은 모두 함경도로 유배를 보냈다. 그들은 죽을 때까지 함경도를 떠나지 못하는 형벌을 받았다. 하지만 몽남은 그들과 같이 가지 않았다.

그 대신 오늘 낮. 원근과 함께 몽남은 병사들의 감시를 받으며 한양으로 출발했다. 언제까지 미룰 수 없는 왕과 왕비의 환궁을 준비하기에 앞서, 홍몽남의 문제를 어떻게든 처리해야만 했다.

"죽이지 않을 것이다."

"전하!"

인영은 그것만은 안 된다는 듯 강하게 나왔다.

"그가 정말 정주성의 홍경래라면 절대 살려두어서는 안 됩니다."

"허면?"

"예?"

"홍경래가 살아 있다는 사실을 안다면 비변사에서 가만 있지 않을 것이다. 반드시 그를 죽이려 들겠지. 그러니 홍경래는 정주성에서 죽은 것이다."

"중전마마… 때문입니까?"

인영의 말에 왕이 밤하늘을 응시하며 긴 한숨을 내쉬었다.

"중전의 기억이 되돌아올 때까진 홍몽남을 죽이지 않을 것이다."

"중전마마의 기억이 영영 돌아오지 않는다면 어찌하시겠습니까?"

왕이 할 말을 잃어버렸다.

기억을 잃어버린 나래는 홍몽남에게 의지했다. 그와 많은 일들을 겪으며 함께했고 그만큼 정이 쌓였을 것이다. 여기까지는 어떻게든 왕도 받아들이고 이해할 수 있는 부분이다.

그러나 지금 나래는 홍몽남을 사랑한다. 왕을 사랑하던 모든 기억을 잃어버린 채.

"이대로 환궁한다 하더라도 중전마마께서 어찌 궐에서 지내실 수 있겠습니까?"

자신이 중전이었다는 사실도 기억하지 못하는 나래. 단순히 중전이 아프다는 핑계로 기억을 조금 잃었다거나 하는 핑계는 댈 수 있을 것이다. 하지만 그 이상은? 왕비로서의 삶을 감당하는 것도 문제지만, 지금 그녀는 왕비로서의 삶을 원하지 않는다.

"원자와 공주가 있으니…."

왕은 한 가닥 희망을 걸고 있었다.

며칠이 흘렀다.

이날 아침에도 입안으로 누군가가 수저를 들이대고 미음을 조금씩 흘려보내듯 먹이고 있었다. 보통이라면 몇 수저 받아먹고 더는 먹지 못해 흘리고 말았겠지만 오늘은 달랐다.

"…누구?"

"정신이 드세요?"

눈을 뜨니 객사에서 일하는 하녀였다. 방 안에는 그녀와 나뿐이었다. 그녀는 조금 전까지 내게 미음을 먹이고 있었는지 한 손에 수저를 들고 있었다.

"부축해줘요."

"아, 네에!"

하녀는 순순히 손을 뻗어 나를 일으켜 세웠다. 그 덕분에 쉽게 앉을 수 있었다. 등에서 느껴지는 통증은 여전했다. 하지만 그 통증 덕분에 정신이 바짝 들었다.

"낮인가요?"

난 문틈으로 햇살이 들어오는 것을 보며 물었다.

"아침이에요."

"아침…."

벌써 며칠이나 지난 걸까? 몽남은… 산채에 있던 다른 사람들은….

"이곳에 옥사가 있나요?"

"옥사요? 여긴 객사인걸요. 옥사는 관아에 있죠."

"그럼…."

몽남은 어떻게 되었을까?

"입을 만한 옷을 가져다줘요. 나가봐야겠어요."

"잠시만 기다리세요."

하녀가 일어서서 밖으로 나간다. 그것이 내가 요청한 대로 옷을 가져오겠다는 의미인지, 아니면 다른 사람들에게 내가 깨어났다는 사실을 알리기 위해서인지는 알 수 없었다. 그러나 후자였다는 사실이 곧 드러났다.

얼마 후 누군가가 내가 있는 처소의 문을 열어젖히며 안으로 들어왔다. 그 누군가는 자리에 앉아 있는 나를 보자 급하게 달려온 기색을 가라앉히고는 웃으며 내 곁으로 다가왔다.

"정신이 들었소?"

내 남편. 그리고 이 나라의 임금님.

"며칠이나 지났죠?"

"그대가 객사로 온 지 보름이 다 되어가오."

"보름…."

마지막으로 몽남을 본 뒤로는 며칠이나 흘렀을까?

"잠시 나갔다 오게 해주세요."

"그 몸으로는 아직 무리요."

"잠시만…."

몽남이 있는 옥사에 가보아야 한다. 몽남이 잘 있는지 그리고 은진이를 비롯한 산채의 다른 사람들도 잘 있는지 두 눈으로 확인하고 싶었다. 그가 이런 내 마음을 읽었는지 대뜸 물었다.

"홍몽남 때문이오?"

속마음을 들켜버렸다는 사실에 난 고개를 끄덕이며 시선을 내렸다. 왕은 이런 나를 물끄러미 내려다보다 입을 열었다.

"홍몽남은 안주성에 없소."

"예?"

몽남이 안주성에 없다는 말에 난 놀라 고개를 들었다.

"과인이 풀어주었소. 다른 이들도 모두 풀어주었으나 함경도로 보냈소. 다시는 평안도에 오지 못하도록 했지."

"살려… 주셨다고요?"

몽남은 왕을 죽이려고 했다. 그는 정주성의 홍경래이기도 했다.

"그렇소."

왕이 희미한 미소를 지으며 내게 말했다. 또다시 내 눈가에 눈물이 차올랐다.

"그 말이 사실이라면… 고맙습니다."

'고맙습니다.'라는 내 말이 그에게 상처가 된 모양이다. 돌아오는 그의 말에 씁쓸함이 묻어났다.

"그대가 고마워할 일이 아니오."

"저는 그저…."

그는 또다시 나를 설득했다.

"홍몽남, 그자가 말하지 않았소. 그대는 그자의 정인이었던 김소희가 아니오. 이 조선의 국모이자 과인의 왕비란 말이오."

난 눈물을 흘리며 말했다.

"믿을 수 없어요."

"이건 믿고 안 믿고의 문제가 아니오. 그저 받아들이기만 하면 되는 거요."

"하지만 전 기억을 잃은걸요."

왕이 한숨을 내쉬었다.

"한양 도성에는 그대의 아이들이 있소. 그 아이들을 보면 분명 기억이 날 것이오."

그의 말은 자상했고 또 확신에 차 있었다. 하지만 내 두려움을 완전히 가시게 해주진 못했다.

"기억이 돌아오지 않으면 어떡하지요?"

그가 이불 위에 놓인 내 손 위에 자신의 손을 포개어 잡았다.

"과인이 말했잖소. 그대는 과인의 아내요. 과인은 그대의 잃어버린 기억이 돌아올 때까지… 언제까지고 그대의 곁에서 함께하리다."

눈물에 젖은 내 눈동자가 그의 눈을 바라보았다. 나와 눈이 마주친 그는 슬쩍 웃으며 한 손으로 내 턱을 부드럽게 들어 올렸다.

"어찌 나를 구했소?"

그는 산채에서의 일을 묻고 있었다.

"그리… 다른 이를 마음에 품고서."

웃으면서 말하니 진심을 알아보기 어렵다. 보통 사내라면 아무리 기억을 잃은 아내라고 하더라도 다른 사내를 마음에 품었다는 사실을 알고 절대 가만있지 않을 텐데.

그가 왕이기 때문일까? 왕은 다른 사내와는 조금 다른 것일까?

"다치는 게 싫었어요…. 모두가."

혹시라도 '왕이 다치는 것이 싫었다'라는 말로 오해할까 봐 나는 '모두가'라는 말을 덧붙였다. 그 '모두가'에는 몽남도 분명 포함되어 있었다.

왕도 알 것이다. 그런데도 왕은 더는 추궁하지 않았다.

"의원이 정신을 차린다면 상처가 더욱 빨리 나을 거라 했소. 하지만 언제까지고 지체할 순 없는 법이니 움직이는 데 무리가 없다면 바로 평양으로 갑시다."

"평양이오?"

"그곳으로 원자와 공주를 데려올 생각이오. 환궁하기 전에… 우리 아이들부터 만나봅시다."

우리 아이…. 난 어렵게 침을 삼켰다.

"많이 컸소. 아이들에게 2년이란 어떨 땐 20년 같거든."

"아이들이… 몇 살인가요?"

"음…."

왕이 자신의 매끄러운 턱선을 쓸며 말한다.

"원자는 올해 다섯이고 공주는 올해 세 살이지."

다섯 살과 세 살. 어떻게 난 그 아이들을 기억하지 못하는 걸까?

기억하지 못하는 모정은 부모 잃은 아이들에게 향해 있었다. 고아들을 돌보았던 시간들을 떠올린 나는 여전히 떠오르지 않는 내 아이들을 생각하며 울었다.

"하나도… 하나도 기억나지 않아요…."

아이들은 날 닮았을까? 아니면… 왕의 얼굴을 닮았을까?

왕은 우는 내 얼굴을 손으로 쓸어주며 자상히 말했다.

"아이들을 보면 기억이 날 것이오. 과인은 그렇게 믿소."

난 고개를 끄덕이면서 그의 손길을 피했다. 한없이 부드러운 그의 손길이 여전히 내게는 부담스럽고 낯설었다. 어쩌면 이 부분은 잃어버린 기억이 돌아오는 날 채워지리라 생각했다.

"묻고 싶은 게 있어요."

"말해보시오."

"왜… 그때 산에서 전하라는 사실을 숨기신 거죠? 그 사실을 밝히고… 도련님을 해친다고 제게 겁박이라도 하셨다면, 전 순순히 전하를 따라갔을지도 몰라요."

그럼 내가 칼에 다치는 일 따위는 일어나지 않았을지도 모른다. 또한 몽남에게서 믿고 싶지 않은 슬픈 진실을 듣는 일 따위도 없었을 것이다. 그런데 왕은… 왜 그러지 않았을까?

"그대 앞에서 과인의 신분은 중요한 것이 아니오."

"아니라고요?"

이 나라 임금이라는 사실이 어떻게 나 같은 여인 앞에서 중요한 것이 아닐 수 있단 말인가?

왕이 바로 그 대답을 주었다.

"그대 앞에서 중요한 것은 그대가 과인의 아내라는 사실뿐이지."

왕은 내 놀란 눈을 빤히 바라보다 눈웃음을 지었다.

"자, 이제 그만 쉽시다."

왕이 아이처럼 나를 다독이며 말했다. 난 고개를 한 번 끄덕이고는 순순히 그의 부축을 받아 이불 위에 누웠다.

하지만 나를 이불 위에 눕힌 후에도 왕은 나가지 않았다. 계속 내 옆을 지키고 앉아 있었다. 나는 눈을 멀뚱멀뚱 뜬 채로 왕의 얼굴을 쳐다보았다. 그러자 왕이 내게 묻는다.

"잠이 안 오시오?"

"그건 아니지만…."

내게서 한시도 눈을 떼지 않으려 하는 왕의 모습이 신기했다. 적어도 몽남의 봉기군과 함께 있을 때 내가 상상한 왕의 모습은… 무자비하고 한없이 차가운 사람. 아직 그가 구장복이나 곤룡포를 입은 모습을 보지 못해서인지 그는 그저….

신기하다. 난 아직도 그가 이 나라 임금이라는 사실을 믿기 어려웠다. 그보다도 더 믿기 어려운 건 내가 그의 왕비이자 이 나라의 국모라는 것이었다.

"어찌 그리 과인을 뚫어져라 보시오?"

"예에?"

"과인이 한시도 눈을 떼지 못할 정도로 잘생겼소?"

"…아, 아뇨!"

게다가 이렇듯 장난까지 치는 임금이라니.

"어서 쉬시오. 잠들 때까지 곁에 있어줄 테니."

"…네에."

난 바로 눈을 감았다. 그러자 거짓말처럼 졸음이 쏟아졌다. 지치고 피곤해서 쏟아지는 졸음이 아니었다.

편안해.

몽남에게서 바랐던 것. 몽남에게서 원했던 것. 그것은 안정감이었다. 난 그것을 몽남에게 갈구했고 결국 얻어냈다.

하지만 왕은… 편안했다.

왕이 곁에 있는 것만으로도 편안해.

기억나진 않지만… 왕은 내게 편안한 사람이었을까? 이 낯설지 않은 기분을 온양에서 깨어난 순간 느꼈더라면 좋았을까? 그때는 마냥 불안하고 무서워서 나를 알아본 몽남에게 모든 것을 의지했다.

만약 모든 기억을 잃고 깨어났을 때 왕을 처음으로 보았다면… 이렇게까지 얽히고설켜서 재회하진 않았을 텐데….

여름. 상처가 많이 나아 거동이 자유로워졌다. 다만 아직 팔을 높이 들어 올린다거나 할 때는 미세하지만 통증이 느껴졌다.

의원은 눈으로 보이는 상처는 다 나았으니 나머지는 신경 쓸 필요 없다고 했다. 하지만 이 자잘한 통증까지 모두 느끼지 않으려면 많은 시간이 필요할 것이라고도 했다.

이처럼 내 건강이 좋아진 이후로 왕이 한양을 다녀오는 일이 잦아졌다. 자세히 묻진 않았지만 왕은 안주성에 오지 않은 것으로 되어 있다고 했다.

그사이 한양으로 돌아갔다던 원근도 안주성을 다녀갔다. 그는 내가 알던 사실과 모르던 사실을 다시금 알려주었다. 몽남의 정인이자 진짜 왕비가 되었어야 할 자신의 누이 김소희에 대해서. 이미 몽남에게서 내 이야기로 들었지만, 더는 내 이야기가 아니었다.

"그럼 제 원래 이름은 '황나래'라는 건가요?"

"그렇습니다. 오직 전하와 신만 알고 있지요."

황나래. 그래서 왕이 나를 '나래'라고 불렀구나.

의문은 풀렸지만 또 다른 의문들이 꼬리에 꼬리를 물고 이어졌다.

"그럼 제 진짜 가족은…."

"처음 만난 이후로 단 한 번도 가족을 찾지 않으셨습니다. 아마도… 신이 생각하기에는 입궐하시기 전에 이미…."

고아였나? 하지만 가족이 있었다면 난 분명 찾았을 거다. 10년 가까이 궁궐 생활을 하면서 단 한 번도 가족을 찾지 않으려고 했을 리는 없다. 김소희든 황나래든 그랬을 거야.

"제가… 궁궐에서 잘 지냈나요?"

가장 묻고 싶은 말. 이제 곧 돌아가야 할 궁궐에 대한 두려움을 품고 물은 말이었다. 그러자 딱딱하고 거리감 있게 느껴지던 원근이 활짝 웃으며 말했다.

"신의 눈에는 그 누구보다도 완벽하신 왕비님이셨습니다."

칭찬의 말이었는데 오히려 내 얼굴에는 그늘이 졌다. 내 기억에 없는 내 모습. 그 완벽함을 되찾을 수 있을지 자신이 없었다. 아마도 왕비였던 내 모습이 하나도 떠오르지 않기 때문이겠지.

"걱정되십니까?"

어두운 내 표정을 본 원근이 묻는다.

"네…."

솔직한 심정.

왕은… 내가 아이들을 만나면 기억이 돌아올 거라고 한다. 단순히 희망이 섞인 말인지 위로하고자 하는 말인지는 모른다. 하지만 내 아이를 보고도 알아보지 못한다면… 그때까지도 기억이 돌아오지 않는다면… 난 어떡하지?

"전하께서 많이 도와주실 것입니다. 저도 있고… 이번에 전하를 도왔던 도승지 대감도 계십니다. 그러니 너무 걱정 마시지요, 중전마마."

중전마마….

이 엄청난 진실을… 왜 나는 단 하나도 기억하지 못하는 걸까.

그리고 낙엽이 하나둘씩 떨어지는 가을.

"의원에게 들으니 한양으로 떠나도 된다고 하오. 그러니 내일 환궁합시다."

한양을 다녀온 왕이 말했다.

"환궁요?"

"어찌 그리 물으시오? 환궁하기 싫소?"

왕이 웃으며 물었기에 난 어색한 웃음으로만 응답했다.

내가 왕비였다는 사실이 밝혀지고… 그러니 언젠가 환궁해야 한다는 사실은 인지하고 있었다. 그러나 아직 돌아오지 않는 기억이 내 발목을 잡았다. 기억이 언제 돌아올진 모르지만 그때까지 환궁을 미루고 싶은 기분.

궁궐에 돌아가서 잘 지낼 수 있을까? 난 여전히 산채에서 봉기군과 함께 살던 김소희인 것만 같은데.

"아직요…."

기어 들어가는 목소리로 고백하는 나를 본 왕의 표정에 얼핏 실망감이 비치는 것 같았다. 그래서 난 숨겨왔던 또 다른 고백을 했다.

"하지만… 아이들은 만나고 싶어요."

기억을 되돌리기 위해서가 아니다. 내 아이니까… 내 아이라니까 보고 싶은 거다.

아이들을 보고 싶다는 말에 왕의 얼굴이 다시 펴진다.

"음…. 사흘 후면 만날 수 있을 거요."

"사흘요? 어떻게요?"

원근이 말하길 가마를 타고 가면 한양까지는 넉넉잡고 열흘은 걸릴 거라고 했다.

"평양성에서 옹주와 함께 기다리고 있소."

얼굴이 뜨거워지며 가슴이 두근거렸다. 아이들을 알아볼 수 있을지… 만약 보고도 못 알아본다면? 기억하지 못한다면?

“기대되오?”

왕의 물음에 난 깜짝 놀라 고개를 들었다. 왕이 웃는 눈으로 내 얼굴을 흘겨보았다.

“기억을 잃은 그대에게 이러한 말을 하긴 싫지만, 과인을 볼 때마다 그리 얼굴을 좀 붉히면 안 되겠소?”

“예?”

“올여름부터 가을까지. 도성에서 이곳 안주성까지 여러 차례 말을 타고 오간 것만 어림잡아 수천 리요. 그 힘든 길을 중전을 보러 온다는 생각에 제대로 쉬지도 않고 왔거늘…. 그때마다 과인이 보고 싶은 표정은 보여주지 않았지. 헌데 원자와 공주를 만난다는 이야기에는 보이는구려.”

“전….”

이럴 때는 무슨 말을 해야 할지 알 수 없었다. 왕은 나를 볼 때마다 자연스럽게 대하는데 난 아직 아니었다. 적어도 기억이 완전히 돌아오기 전까지 왕과 나에 대해서 정의를 내리고 싶지 않았다.

“되었소.”

이번에도 왕이 먼저 포기해버린 듯 한숨을 쉬며 한 걸음 물러섰다.

다 내게 부담을 주지 않으려고 그러는 걸 안다. 그러나 오히려 그런 왕의 태도가 내게 더욱 부담이 되었다. 왕이 내게 베푸는 친절과 정성. 그 모든 것은 잃어버린 내 기억이 돌아오는 것을 전제로 하는 것만 같았다. 그러니 기억이 영영 돌아오지 않는다면… 다른 여인에게 가겠지.

원근은 왕과 왕비의 사이가 아주 좋았다고 말했다. 그래서 왕은 단 한 명의 후궁도 두지 않았다고. 그러나 그건 왕과 왕비가 어리고 또 젊었기 때문이다. 세월이 흘러가면… 왕은 새로운 여인을 찾을 거다. 그는… 임금이니까.

"무슨 생각을 그리 골똘히 하시오?"

말없이 생각에 잠긴 나를 왕이 불렀다.

"저… 김 찬선께 들으니… 중전마마는 온양 행궁에서 요양 중이시라고… 하지만 온양은 도성 남쪽에 있고 안주성은 북쪽인데…."

왕이 기다렸다는 듯 말했다.

"그럴 줄 알고 과인이 이미 도승지와 함께 수를 다 써놓았다오."

"어떻게요?"

"이미 달포 전 온양 행궁에서 내금위장이 중전이 탄 가마와 함께 평양으로 출발했소. 아마 며칠 후면 평양에 도착할 거요. 중전은 그곳에서 과인을 만나 함께 환궁하게 될 것이오."

"전 여기에 있는데… 그럼 내금위장이 모시고 오는 중전마마는 또 누구죠?"

왕이 씩 웃는다.

"빈 가마요. 눈속임을 위한 것이지."

"아…."

그제야 왕의 말을 이해한 나는 고개를 끄덕였다.

"또 도승지가 해주관사에 있는 앞으로 그대를 섬길 지밀나인들을 여럿 뽑아 두었소. 그들도 평양에서 중전을 기다리고 있고."

내 몸이 나아가는 동안 왕은 내가 환궁하기 위한 준비를 모두 마쳐놓았다. 그만큼 왕은 나의 환궁을 간절히 바라는 것 같았다.

"또 궁금한 것이 있소?"

난 고개를 저으려다가 갑자기 생각난 것이 있어 입을 열었다.

"궁중 생활은 밖과는 많이 다를 텐데…."

"아, 궁중에는 복잡한 예법들이 많지. 그것도 걱정 마시오. 도승지가 오래전 퇴궐한 노상궁을 찾아왔소. 노상궁이 그대의 곁에서 도와줄 것이오."

그러나 정말 내가 묻고 싶은 것은 따로 있었다.

"전하를… 계속 전하라고 부르면 되나요?"

다들 왕을 전하라고 불렀다. 원근도, 인영도. 그래서 나도 그를 전하라고 불러왔다. 하지만 이 호칭이 맞는지 알 수 없어서 전하라고 부르면서도 늘 불안했다.

"그것이 궁금했소?"

주제가 자신에게 돌려지자 왕이 입가에 미소를 그렸다.

"네."

"맞소. 전하라고 부르시오. 궁중에서는 그대보다 웃전 앞에서 스스로를 칭할 때는 '신첩'이라 말하면 되오. 그것 말고도 배울 것이 참 많으니…. 흐음. 어서 기억이 돌아와야 할 텐데…."

왕은 웃으며 말하면서도 말끝을 한숨으로 끝맺었다.

역시… 내 기억이 돌아오기만을 기다리고 있구나. 그래야 복잡한 문제들이 줄어들 테니까.

"알겠습니다…."

기억을 잃었다는 이유만으로 나는 죄인이 된 느낌이다. 기억에 대한 이야기가 나올 때면 또다시 고개가 숙여진다.

이런 내가… 정말 이 나라의 왕비였던 게 맞을까?

"나래."

왕이 갑자기 내 이름을 불렀다. 난 숙였던 고개를 들어 왕을 쳐다보았다.

"이처럼 둘만 있을 때는 '전하'라고 부르지 마시오. 이름을 부르시오."

"이름을요?"

왕의 이름을 함부로 불러도 되나?

"과인의 이름은…."

그가 이름을 말하려다가 내 눈을 슬쩍 바라보았다. 적어도 자신의 이름은 기억하고 있는지 궁금해하는 눈치다. 그러나 눈을 동그랗게 뜬 채 응시하는 나를 보더니 그는 속으로 한숨을 삼킨 후 말을 이었다.

"'이공'이오. '공'."

"공…."

역시 들어본 기억이 없다. 전혀. 그리고 무엇보다 단둘만 있다고 왕의 이름을 함부로 부를 용기가 나지 않았다.

"아무래도 이름을 부르는 것은 어렵겠어요. 전하는 원하시는 대로 부르세요. 하지만 전…."

"나만 부를 수는 없지. 나래, 그대도 반드시 과인의 이름을 불러야 하오."

꽤나 단호하다. 왕에게 고집이 있다는 건 이번에 처음 알았다. 난 고개를 저었다.

"이름은… 못 해요. 못 하겠어요."

능멸죄에 대해서는 잘 알고 있었다. 왕비라고 하더라도 왕을 이름으로 부르며 하대하는 것은 능멸죄에 해당할 것이다. 들어보니 과거 쫓겨난 왕비들도 많다던데. 폐비가 되면 대부분 사약을 먹고 죽었다고 했다. 이처럼 왕이 기분 좋을 때라면 몰라도 기분 상했을 때 눈치 없이 이름을 불렀다가 사약이라도 받으면….

"어찌 과인을 그리 보시오? 그리고 과인이 허락했소. 그러니 과인의 이름을 부르시오."

저 웃는 얼굴에서 '사약을 내려라!'라는 말을 하는 것은 상상이 가지 않지만.

"못 해요."

난 고개를 세게 도리질 쳤다.

왕이 헛웃음을 지으며 말했다.

"그대가 이리도 '고집'이 있는 줄은 몰랐소."

잠시나마 똑같은 생각을 했다는 사실에 놀란 내가 눈을 크게 뜨자 그가 의아하다는 듯 물었다.

"어찌 그리 보시오?"

"그게…."

나도 왕을 '고집' 있다고 생각했다는 걸 말 안 하는 게 좋겠지? 나중에 트집 잡고 사약을 내릴지도 몰라.

"아무것도 아니에요."

"허면 둘만 있을 때는 이름을 부르는 것이오."

"제가 예전에도 그랬나 보죠?"

"물론."

왕이 너무 아무렇지도 않게 말해서 오히려 거짓말 같았다.

"하지만 못 해요. 기억이 나지 않는걸요. 기억도 나지 않는 걸 전하의 말만 듣고 따를 순 없어요."

"허면 과인이 거짓말을 한다는 것이오?"

왕의 말이 약간 추궁하는 듯 들렸다.

"그건 아니지만… 그럼 조금 다르게 부르는 건 어떨까요?"

"다르게? 어떻게 말이오?"

호기심 어린 눈을 반짝이며 왕이 내 다음 대답을 기다린다. 하지만 딱히 생각해둔 말이 있어서 꺼낸 말은 아니었다. 그랬기에 나는 눈동자를 이리저리 굴리며 머리를 써보았다. 하지만 없는 말을 지어낼 수도 없는 상황이었다.

"이름은 안 되니까… 공… 공… 상공?"

"상공?"

그가 상공이라는 말은 처음 듣는다는 표정을 짓는다.

"네. 상공이오. 상공. 그렇게 부를래요."

"궁중의 상궁에게 내려지는 품계 중 '상공'이라고 있소. 설마 그 '상공'은 아니겠지?"

"아니에요! 설마 모르세요?"

"모르오."

왕은 정말 모르는 표정.

하지만 난 평안도에서 지내며 종종 들었다. 평안도의 여염집 아낙들은 자신들의 남편을 '상공'이라 부른다. 평안도는 청국과 국경을 맞대고 있어 교역이 활발하다. 자연히 말도 오가다 보니 청나라에서 쓰는 말을 아낙들도 쓰는 모양이다. 듣기로는 남편을 우러러보고 존경하는 의미로 부르는 것이라고 했다.

어쨌든 좋은 뜻이잖아!

"평안도의 여염집 아낙들이 지아비를 부를 때 쓰는 말이에요."

내 설명에 왕이 입을 굳게 다문다. 잠시 후… 왕이 씁쓸한 미소를 지으며 말했다.

"좋소. 상공."

"좋다고요?"

"좋다 말했소. 둘만 있을 때는 그리 부르시오. 단 다른 이들 앞에서는 절대로 안 되오. 중전이 과인을 상궁 취급했다고 소문이 나면 흉이 될 테니까."

"좋아요. 그렇게 할게요."

활짝 웃는 나를 보며 왕이 자리에서 일어선다.

"나가서 평양성으로 떠날 준비를 하라 이르겠소."

"네."

웃으며 고개를 끄덕이는 나를 뒤로한 채 왕이 문 쪽으로 돌아섰다. 그런데 왕은 나가기 전 잠시 걸음을 멈추더니 나를 돌아보며 말했다.

"그대는 기억을 모두 잃었다 하지만 과인이 보기에 그대는 달라진 것이 하나도 없는 것 같소. 기억을 잃기 전이나 후나."

그가 왜 이런 말을 하는지는 알 수 없었다.

몽남과 함께했던 2년의 시간이 내게 아직까지도 너무나 뚜렷했다. 모든 거짓이 드러났지만 나는 마음속에 몽남을 향한 그리움을 꾹꾹 눌러 담고 있었다.

시간이 모두 해결해주기만을… 몽남을 향한 그리움이 다시 샘솟아 올라오기 전에, 잃어버린 기억을 되찾기를… 바랄 뿐이었다. 그래야 모두가 행복해질 수 있을 테니까.

사흘 뒤 평양성에 도착했다. 안주성과 달리 평양성에는 평안도를 관할하는 관찰사의 감영이 그 위용을 드러내며 평양성 한가운데에 자리하고 있었다.

우리보다 앞서 평양성에 도착한 숙선옹주와 원자 그리고 공주는 평양성 객사에서 머무르고 나는 왕과 함께 평양성 내아(內衙)에 머물렀다. 안주성에서 지낼 때는 왕과 왕비의 신분을 숨기고 머물렀지만, 이곳 평양성에서는 모두가 왕과 왕비가 왔음을 알았다. 이 때문에 안주성 객사에서 머물던 때와는 비교도 되지 않을 정도로 많은 사람들이 우릴 맞이했다. 대부분은 상궁들과 나인들이었다.

"복 상궁이옵니다. 중전마마를 모시게 되어 영광이옵니다!"

일평생 해주관사에서 여생을 보낼 줄 알았다던 복 상궁은 상당히 밝은 성격에 말이 많은 편이었다. 평양에 와 있던 도승지 인영은 계속 그녀에게 주의를 주었다. 계속 그렇게 말이 많으면 한양으로 돌아가자마자 해주로 도로 내쫓아버리겠다는 것이다. 하지만 인영의 위협에도 복 상궁의 입은 쉽게 다물어지지 않았다.

"이미 소인은 중전마마의 지밀상궁이옵니다. 이런 소인을 해주로 내쫓을 수 있는 것 역시 중전마마뿐이시지요. 그렇지 않사옵니까?"

복 상궁은 물론이고 그녀와 함께 해주에서 온 나인들도 대부분 자유분방하고 밝은 성격이어서 나를 금세 즐겁게 했다. 인영은 이런 상황이 마음에 안 드는 표정을 숨기지 못했지만, 왕의 생각은 달랐다.

"중전이 웃으면 좋은 일이지."

왕도 허락했겠다, 복 상궁은 이제 도승지도 무서워하지 않아도 되게 되었다.

"온양에서 오랜 기간 요양하셨다 들었사옵니다."

"아…. 그랬네. 그랬지."

평양으로 오는 동안 어설프게나마 왕이 가르쳐준 궁중 말투를 흉내 냈다. 천만다행으로 복 상궁은 오늘날까지 왕실 여인들을 단 한 번도 만난 적이 없었다. 그 때문에 그녀는 어색한 내 말투에 드러난 실수를 알아차리지 못하는 것 같았다.

"어서 원자마마와 공주마마를 보러 가셔야지요."

"그래…. 그래야지."

왕의 하나뿐인 누이라는 옹주가 며칠 전에 한양서 원자와 공주를 데리고 평양성에 와 있었다. 드디어… 내 아이들을 만나는 자리.

"옷을 준비해두었사옵니다. 갈아입으시지요."

복 상궁의 말에 가까운 곳에 앉아 있던 왕에게도 내관이 다가가 말한다.

"전하, 옷을 갈아입으시지요."

"알았다."

왕도 옷을 갈아입으려는지 밖으로 나갔다. 왕이 나가자 복 상궁과 나인들이 재빨리 움직이기 시작했다. 그녀들은 혹시라도 누가 볼까, 내 주변으로 병풍을 한 번 더 치고는 옷을 가져왔다.

연분홍빛 당의와 남색 스란치마였다. 치마에 새겨진 금빛

문양은 용. 오직 왕비가 입는 치마에만 새길 수 있는 무늬였다. 안주성에서 평양에 올 때까지 난 반가의 부녀자들이 입는 저고리와 치마를 입었기 때문에, 당의를 입어보는 것은 처음이었다. 처음 보는 단아하면서도 화려함을 품은 당의와 스란치마가 너무나도 예뻤다. 나인이 들고 있는 옷을 살펴보는데 복 상궁이 웃으며 말한다.

"중전마마. 탈의하셔야 하옵니다."

"알겠네."

난 그녀들의 도움을 받아 저고리와 치마를 벗었다. 그리고 그 위에 바로 당의와 스란치마를 입는 것이라고 생각했다. 하지만 저고리와 치마를 벗은 나를 보며 복 상궁이 말한다.

"모두 탈의하셔야 하옵니다."

"모두?"

"예."

그러고 보니 당의와 스란치마를 들고 있는 나인 외에도 속저고리와 속치마, 그 안에 입는 속곳까지 챙겨 든 나인이 있었다. 물론 안주성을 떠나온 뒤로 옷을 모두 갈아입지는 못했으니, 다 갈아입어야 한다는 것은 알지만….

"내가 하겠네."

속곳까지 전부 나인들의 도움을 받아 벌거숭이가 되어야 한다는 사실이 내겐 부담이 아닐 수 없었다.

"예? 무슨 말씀이시옵니까?"

"나는 온양에서도 혼자 갈아입었고…."

핑계라고 댄 말이 거짓말이라니. 하지만 지난 2년 동안 누군가의 도움을 받아 옷을 갈아입은 적이 단 한 번도 없었다. 게다가 속곳까지!

"참말이시옵니까? 그곳 나인들에게 큰 벌을 내리셔야 하옵니다. 어찌 중전마마께서 홀로 갈아입으시게 하였단 말이옵니까?"

이해할 수 없다는 듯 쳐다보는 나인들의 표정을 더 이해할 수 없는 건 바로 나.

"혼자 할 수 있네. 그러니 나가 있게."

"익숙해지셔야지요. 혹 아직 저희들이 낯서셔서 그러시옵니까? 걱정 마시옵소서. 처음에만 그러시지 곧 낯설지 않게 되실 것이옵니다."

그리고 작정한 듯 복 상궁과 나인들이 나를 에워쌌다. 악의는 없겠지만, 이런 분위기에서 도저히 옷을 갈아입을 엄두가 안 났다. 게다가 나 혼자 전부 벗어야 하다니!

또 등의 상처를 본다면 뭐라고 말해야 할지 몰랐다. 이 상처는 안주성에서 입었고 난 온양에서 왔다고 알려졌는데… 중전의 등에 상처가 생긴 것을 보면 나중에 문제가 되지 않을까?

"중전마마."

말없는 나를 보며 복 상궁이 나서서 내 속저고리의 고름을 풀었다. 천천히 풀리는 옷고름을 지켜보고 있자니, 곧 등에 난 상처를 나인들이 발견할 것만 같아 걱정되었다.

"너무 긴장하지 마시옵소서. 다 저희가 중전마마를 위해 하는 일이 아니옵니까?"

넉살 좋은 복 상궁의 웃음이 불편해졌다. 조금씩 불안하게 움직이던 내 눈동자가 병풍 사이에 난 공간으로 보이는 문을 발견했다. 그 순간 속저고리의 옷고름을 모두 푼 복 상궁이 저고리를 벗겨내려 내 어깨 뒤로 천천히 내렸다. 난 복 상궁을 밀치며 병풍 사이로 빠져나가 닫혀 있는 문을 열어젖혔다.

"중전마마!"

복 상궁이 소리쳤지만 이미 한번 달아나기 시작한 내 발걸음은 멈추려 하지 않았다. 문밖을 나와 길게 이어진 관사 복도를 따라 돌았을 때였다. 반대쪽에서 걸어오던 누군가와 부딪히며 그제야 내 걸음도 멈췄다.

"중전?"

부딪힌 누군가가 나를 불렀다. 붉은색 곤룡포의 문양을 따라 고개를 들어 올리니 익선관을 쓴 왕이 그곳에 있었다.

"주, 중전마마…!"

속저고리와 속치마만 입은 내 모습에 왕의 옆에 서 있던 내관이 몸을 엎드리며 고개를 숙인다. 뒤이어 나를 쫓아 나온 복 상궁과 나인들이 나타났다.

"중전마마!"

복 상궁과 나인들이 나타난 것을 알아챈 나는 왕의 곤룡포를 움켜쥔 채 손을 떨었다. 마땅히 둘러댈 말도 생각나지 않았다. 여차해서 말실수를 한다면 들킬지도 모른다.

내가 가짜 중전이라는 것을? 아니면 기억을 잃어버린 중전이라는 것을?

그때 왕이 떨고 있는 내 손을 잡더니 다른 팔로 내 어깨를 감쌌다. 그러고는 위엄 있는 목소리로 복 상궁과 나인들을 향해 입을 열었다.

"무슨 일이냐?"

그 말 한마디에 복 상궁과 나인들은 대답도 잊은 채 바로 복도 바닥에 몸을 엎드렸다.

"소, 소인들은 그저… 중전마마의 탈의를 도와드리고 있었사옵니다."

"예예, 그렇사옵니다! 그런데 갑자기 중전마마께서 뛰쳐나가셔서…."

삽시간에 침묵이 흘렀다. 그 많은 나인들 틈에서 소리가 모두 사라진 것이다.

이제 대답을 해야 하는 것은 나였다. 중전이라면 그렇게 해야 했다. 일은 벌어졌고 나인들은 자신들의 잘못을 모른다. 탈의 도중에 말없이 뛰쳐나온 것은 나였다. 그들의 행동이 나를 불쾌하게 했다면 이 사실을 밝히고 벌을 주면 될 일이다.

하지만 그들은 잘못한 것이 없다. 다 내 잘못이다. 난 두 눈을 꼭 감은 채 오들오들 떨었다. 그때 왕이 침묵을 깨며 말했다.

"중전은 과거 온양에서 요양 중에 다친 일로 몸에 상흔이 있다. 이를 드러내는 것을 어려워한다. 헌데 너희들은 중전의 탈의를 돕는다 하면서도 이러한 사실을 알지도 못하고 중전을 놀라게 하였으니 그 죄가 크다."

왕의 목소리는 화를 품고 있었다. 난 감았던 눈을 떠서 왕을 바라보았다. 그는 정말 화난 얼굴로 엎드린 나인들을 바라보고 있었다. 이러다가 정말 나인들이 큰 벌을 받을 것만 같았다. 엄밀히 따지면 그녀들은 죄가 없었다.

"전하…."

내가 입을 열자 왕의 시선이 나를 향한다. 나인들을 바라보던 그 무서운 눈으로. 하지만 겁에 질린 내 눈을 마주한 왕이 조용히 눈웃음을 지었다.

에? 화난 게 아니었어?

나에게 웃음을 보낸 왕이 다시 나인들을 향해 엄한 목소리로 말했다.

“허나 중전이 간청하니 이번만은 용서해주겠다.”

“황공하옵니다, 전하.”

이 자리에 있는 나인들 모두가 자리에 엎드리더니 ‘황공하다’라며 한목소리를 내었다. 그제야 왕은 내 손목을 잡더니 엎드린 나인들 사이로 말없이 날 잡아끌었다. 난 왕의 손에 이끌려 엎드린 나인들 사이를 벗어났다.

왕은 곧장 조금 전 내가 옷을 갈아입으려던 방으로 나를 데려갔다. 그 안에 들어오고 나서야 왕은 직접 문을 닫고는 긴 한숨을 내쉬었다.

“전하. 그들은 잘못이 없어요. 제가… 아니, 신첩이 놀라서 그랬어요. 신첩의 등에 난 상처를 보고 그들이 무슨 생각을 할지… 뭐라고 물을지 뭐라고 대답해야 할지 몰라서….”

“나래.”

왕이 이름을 부르더니 내 두 손을 맞잡았다. 그때까지도 난 영문을 모른 채 왕의 얼굴을 뚫어져라 쳐다보았다. 그러자 왕의 얼굴이 점점 내 얼굴로 다가왔다.

가까워져오며 천천히 감기는 눈. 당황하는 것도 잠시. 왕의 이마가 내 이마에 닿았다.

“나래.”

또 한 번 부르는 내 이름. 그제야 내 실수를 깨닫고는 얼굴을 붉히며 말했다.

"상공."

왕이 씩 웃으며 고개를 들어 나와 눈을 맞추었다. 그랬다. 지금 이 순간은… 우리 두 사람만 함께 있는 시간.

"앞으로 이런 난처한 일이 생긴다면 과인을 부르시오."

"전하를요?"

"으응?"

또 실수. 내가 부르겠다고 해놓고서도 막상 부르려고 하니 여전히 어색하고 낯설다.

"상공…."

왕이 또다시 입 꼬리를 당겨 씩 웃고는 잡았던 내 손을 놓았다.

"과인이 밖에 서 있을 터이니 옷을 갈아입으시오."

왕이 문을 열고 나간 후 도로 문을 닫았다. 반투명한 한지에 등을 돌리고 서 있는 키 큰 그림자가 비쳤다. 때마침 복도로 들어온 햇살 때문인지 한지를 통해 비치는 왕의 그림자는 마치 구름 속에 잠겨 있는 한 폭의 그림처럼 보였다.

오래전 온양에서 꾸었던 구름 속의 사내. 얼굴을 보지 못했던 사내는 지금의 왕처럼 내 손을 잡아주었다. 그 꿈속의 사내는… 왕이었을까?

"다 갈아입었소?"

왕은 자신이 나간 후에도 안에서 움직이는 소리가 나지 않자 말을 거는 것 같았다.

"아, 금방요!"

서둘러 대답한 나는 바닥에 흐트러진 옷가지들을 주워 올렸다.

"후훗."

문밖에서 왕이 큭큭 웃는 소리가 들렸다. 은근 놀리는 것 같은데 밉진 않다. 조금 전 나를 도와주었기 때문일까?

"고마워요."

내가 고마움을 표하자 그가 웃음을 그치더니 말했다.

"서두르시오. 원자와 공주가 그대를 기다리고 있으니."

옷을 다 갈아입은 나는 문을 열고 밖으로 나섰다. 왕은 여전히 문밖에서 나를 기다리고 있었다.

"잘 어울리는데."

연분홍빛 당의를 입은 나를 살펴보며 왕이 만족한 웃음을 지었다. 그저 왕의 시선이 내 몸 곳곳에 닿았을 뿐인데도 얼굴이 뜨거워지고 저절로 고개가 숙여졌다. 왕이 이런 나를 보며 말했다.

"으응? 중전."

"네, 네네?"

"그거 아시오. 지금 그대의 얼굴이 당의 색과 같아졌소."

이젠 뜨거움을 넘어서 화끈거리다 못해 폭발할 것 같은 얼굴. 어쩔 줄 모르는 날 앞에 두고 왕이 무엇을 보았는지 갑자기 큭큭 웃었다.

"아니오, 더 붉소."

그제야 왕이 나를 놀렸다는 걸 알았다. 난 새침한 표정으로 왕을 흘겨보며 말했다.

"놀리신… 거죠?"

"놀리다니."

왕은 아니라는 듯 말하며 돌아섰지만 오히려 내 마음은 무거워졌다.

잃어버린 기억. 분명 내 안 어딘가에 존재할 기억. 어째서 나는 왕의 표정을 기억하지 못할까….

"주상전하 납시오!"

"중전마마 납시오!"

묵직한 별감의 목소리가 울려 퍼지자 우리를 기다리고 있던 나인들이 일제히 고개를 숙였다. 많은 사람들이 우리 두 사람에게 고개를 숙이는 모습은 위압적이기까지 했다.

먼저 대청마루를 내려간 왕이 나를 돌아보며 불렀다.

"중전?"

안주성에서 처음 만났던 왕의 모습. 그저 키가 큰 선비라고만 생각했다. 그러나 곤룡포를 입은 왕의 모습은 달랐다. 내가 지금 느끼는 위압감을 전부 누를 만큼 더 큰 위엄과 위압감을 동시에 지녔다.

그리고 난… 기억을 잃어버린 그의 아내. 왕비.

왕이 마루 위에서 내려오지 않는 내게 손을 내밀었다. 모두들 고개를 숙이고 있으니 왕의 이런 행동이 보이진 않을 것이다.

왕은 손을 잡아도 되는지 고민하는 나를 보며 재촉했다.

"어서."

자상한 미소. 이 순간 나는 왕이 지닌 위엄에서 내가 예외인 존재라는 걸 느꼈다.

"네, 전하."

왕의 손을 잡고 마루를 내려오면서 생각했다.

난 정말… 이 모든 걸 받아들일 준비가 되어 있는 걸까?

원자와 공주 그리고 숙선옹주를 처음 만난 곳은 평양 감영 내아에 딸린 작은 정원이었다.

"중전마마…!"

막 10대 소녀의 태를 벗은 듯한 옹주가 나를 보자마자 알아보고는 먼저 달려와 인사를 올렸다.

"병이 위중하시다는데도 온양에 가지 못해 송구하옵니다."

"아…. 네…."

난 낯설기만 한 그녀에게 어색한 태도로 답했다.

"그간 얼마나 고생이 많으셨습니까? 그래도 이리 좋아 보이시니 다행이옵니다."

옹주는 타고난 성격이 좋은 것 같았다. 스스럼없이 말을 걸고 또 방긋방긋 웃으면서도 한편으로 나를 오랜만에 만나 정말 감격스러운지 눈물을 훌쩍이기도 했다.

"옹주야."

왕이 그런 옹주를 말리고 나서야 그녀는 내게서 한 걸음 물러섰다.

"어서 만나보셔야지요. 그간 얼마나 보고 싶으셨습니까?"

옹주가 물러서자 가까운 후원에 나란히 서 있는 두 아이가 보였다. 연녹색 사규삼에 복건을 쓴 소년과 노란색 실로 문양을 새긴 상앗빛 당의에 붉은 치마를 입은 소녀였다.

뒷모습만 보였지만 내 가슴은 이미 터질 듯이 뛰고 있었다.

"어서요, 가보세요."

옹주가 내 옆에서 채근했다. 나는 왕을 돌아보았다. 왕은 미소를 지은 채 나를 보며 고개를 한 번 끄덕였다.

난 용기를 내어 아이들이 있는 곳으로 천천히 걷기 시작했다. 원자로 보이는 소년은 단풍잎을 하나 줍더니 소녀에게 친절히 설명해주었다.

"이건 단풍잎이야."

"봤어…! 나도 봤어."

아이들의 목소리가 가깝게 들렸지만 내 마음은 초조해지기만 했다. 낯선 목소리. 조금 전 만난 옹주에게 느꼈던 감정과 별반 다르지 않았다.

정말 내 아이들이라면 멀리서 보기만 해도 잃어버렸던 기억이 돌아올 것만 같았는데…. 왕이 내게 바란 것도 그러한 것이었을 거다. 나도 그러길 바랐다.

"응?"

가까이 다가온 나를 눈치챘는지 원자가 돌아섰다. 원자에게서 나뭇잎을 받아 든 공주도 나를 쳐다보았다. 하지만 아이들은 눈빛에 모든 감정이 드러나는 법.

낯설어하고 있어. 지금도 어린데 더 어릴 적에 헤어진 어머니를 기억한다는 것은 아이들에게 무리였다.

"누구시옵니까?"

소년이 똑 부러지는 목소리로 내게 물었다.

"난…."

내 아이들에게 내가 누구인지를 설명해야 하는 상황, 더욱이 나도 이 아이들도 서로 처음 보는 듯 마냥 낯설기만 한 상황, 그렇지만 난 용기를 내어 말을 이었다.

"나는… 그러니까 나는…."

그때였다. 어린 공주가 내 뒤에 서 있던 옹주에게 두 팔 벌려 뛰어가며 소리쳤다.

"고모! 고모!"

정신없이 뛰어가 옹주에게 안긴 공주는 겁에 질린 눈으로 나를 쳐다보았다.

그러자 옹주가 당황해하며 공주에게 말했다.

"자, 공주님. 공주님의 어머니셔요. 어마마마."

"어마마마?"

"네에. 그러니 어마마마라고 불러야지요. 어서요."

옹주가 안아 든 공주를 억지로 내려놓더니 내게로 등을 떠밀었다. 다시 나와 눈을 마주친 어린 공주는 여전히 겁에 질린 눈을 하고 있었다.

"어서어서, 어마마마, 하고 가보세요."

옹주가 등을 계속 떠밀자 결국 공주가 큰 소리로 울음을 터트렸다.

"으아아앙! 어마마마 아니야…. 으아앙앙…!"

공주가 울음을 터트리자 옹주는 어찌할 줄 모르며 몸을 숙였다. 그러자 공주는 기다렸다는 듯 옹주의 목을 끌어안고 더욱 크게 울었다. 공주는 내가 누구든 옹주와 떨어지게 되는 것을 더 두려워하는 것 같았다.

"누이야!"

원자도 우는 여동생을 보더니 내 옆을 지나쳐 공주에게 달려갔다.

"울지 마아. 울지 마. 뚝! 뚝!"

"으어어엉…."

옹주의 목을 끌어안고 놓지 않는 공주와 그 옆에 다가가 달래는 의젓한 소년.

그런 그들의 뒤로 서 있는 왕과 내 눈이 마주했다. 내 눈에 왕은 크게 실망한 듯 슬퍼 보이는 얼굴이었다.

그리고 그들의 모습은 한 가족이었다. 나는 그들에게 이방인이었다. 그리고 내 기억조차도 이방인이었다.

옹주는 아이들을 달래는 방법을 아주 잘 알고 있었다.

"우리 공주님은 인형 놀이를 가장 좋아하지요."

원자와 공주가 머무르고 있는 객사 안. 아이들만 있는 자리에서 옹주는 왕이 있던 자리와 달리 나와 편하게 말을 주고받았다. 예전부터 그래왔는지 모든 것이 자연스러웠다.

무엇보다 옹주는 타고난 성격이 매우 좋은 듯했다. 나도 별다른 거부감 없이 그녀와 대화를 이어 나갈 수 있었다.

옹주는 한양에서부터 싸 온 인형 여러 개를 줄지어 꺼내놓았다. 대부분 천으로 한 땀 한 땀 꿰매서 만든 것들이었다. 인형만 있는 것은 또 아니었다. 인형들이 입을 옷들은 그 수십 배였다.

"와…. 많네요."

"만드느라고 무지! 힘들었어요. 이 어린 공주님이 어찌나 욕심이 많으신지… 저보다야 희순이가 더 고생이지만요."

"희순이?"

이 역시 처음 듣는 이름이었다.

"아…. 희순이도 기억하지 못하세요?"

내가 병을 앓아 기억을 일부 잃었다는 왕의 설명을 듣고도 옹주는 계속 내가 모르는 이야기만 풀어놓았다.

"누구죠, 희순이가?"

"나인이죠. 원래 중궁전 나인이었는데…. 아니지, 어머니의 나인이었다가 오라버니가 대비전으로 보냈다가 다시 대비마마가 중궁전으로 보냈다가… 아마 전하 오라버니의 후궁으로 삼으려고 그러셨을 거예요. 그런데 나중에 공주님이 태어나자 중전마마께서 공주의 나인으로 삼게 하셨죠. 그 덕에 오라버니의 후궁 자리는 영영 물 건너갔지만."

"후궁?"

"아, 나 좀 봐. 이런 말실수를…."

옹주가 손바닥으로 자신의 입술을 툭툭 쳤다.

"신경 쓰지 마세요. 다 과거의 일이니."

그러고 보니 왕에게도 묻지 못한 게 있었다.

"전하께… 후궁이 있나요?"

그러자 옹주가 황당한 표정을 짓더니 큰 웃음을 터트렸다. 가까운 곳에서 공주와 함께 인형 놀이를 하던 원자가 고개를 들어 우리를 쳐다보았다. 그러나 어린 공주는 오로지 인형 놀이에만 관심을 쏟고 있었다.

"오라버니에게 후궁요? 들였어야지요, 그것도 아주아주 많이 들였어야지요."

"에?"

난 옹주의 말을 이해하지 못해 고개를 갸웃거렸다.

"모두가 다 후궁을 들이라고 했죠. 특히 대비마마가 그러셨고. 아마 중전마마께서도 후궁 하나쯤은 들여야 한다고 말씀 올렸을지도 몰라요."

"제가요?"

"음…. 저도 보지 못했으니 잘 모르지만 그랬을 거라고요. 아마 제 부군이 전하 오라버니의 반만 같았어도 벌써 첩을 셋은 들이게 허락해줬을 거예요."

"미안하지만 무슨 말인지 잘 모르겠어요."

옹주가 주변을 살폈다. 그래 봤자 아이들밖에 없었지만.

"알려 드릴 테니까 나중에 기억이 돌아오셔도 저를 꾸짖지 않는다고 약속해주세요."

"좋아요."

난 고개를 끄덕였다. 그러자 옹주가 원자와 공주의 눈치를 살피더니 내 귓가에 속삭였다.

"중궁전 죽돌이."

"에?"

"궐에서 나인들이 전하를 부르는 별칭이에요."

"'죽돌이?'"

"국구의 위세가 시간이 갈수록 높아지니 제조상궁도 별말을 못 하는 거지요."

"잠깐만요…. 이해가 안 가서 그러는데 전하를 왜 '죽돌이'라고…."

"말 그대로 중궁전에서만 사시니까요. 일 년 열두 달 하루도 빠짐없이 중궁전에서만 잠드시는걸요."

여기서 말하는 중궁전의 주인은 나다. 하지만 기억에는 없는 또 다른 나다. 영문을 모르겠다는 내 표정에 옹주가 친절히 설명해준다.

"왕과 왕비는 제조상궁이 정한 날짜에만 합방이 가능하죠.

그게 말이 제조상궁이 날짜를 잡는 거지… 이런저런 상황이 나 조건을 다 따지고 들어가면 일 년에 한두 번 합방이 가능할까 말까예요. 그런데 그게 사라졌어요."

"사라졌다고요?"

"합방이 가능한 날짜에 모두 동그라미를 치는 우리 오라버니 때문이죠. 결국 어느 순간부터 제조상궁이 날짜를 올리지 않더라고요. 그러자 보란 듯이 중궁전 죽돌이가 되어버린 우리 오라버니…. 풋."

옹주는 재밌다고 계속 웃는데 난 웃지 않았다. 내 표정은 더욱 심각해졌다. 기억이 전혀 나지 않으니 마치 나와 전혀 상관없는 남의 이야기를 듣는 것만 같아서였다.

"그래도 건강을 되찾으셨으니 대군도 낳으시고 공주도 더 낳으셔야죠."

내 눈이 휘둥그렇게 되었다. 그러자 옹주가 내 눈치를 보며 말했다.

"설마 아무것도 기억이 안 나세요?"

나는 말없이 울상을 짓고 말았다. 왕과 왕비의 합방 그리고 합궁. 이 내밀한 기억까지도 하나도 떠오르지 않다니…. 정말 나는 앞으로 왕비로 살아갈 수 있을까?

공주를 재울 시간이라며 유모가 들어오자 난 자리를 비켜주려고 일어섰다. 옹주도 이런 나와 함께 나가려고 했다. 하지만 공주가 옹주의 목을 끌어안고 놓아주지 않았다.

"알았어요, 공주님."

옹주가 공주를 부드럽게 달래며 내게 미안한 표정을 지었다. 결국 나 혼자 밖으로 나왔다. 내가 낳은 아이인데도 기억하지 못하고 아이는 나를 낯설고 불편해한다. 나 역시 그런 상황이 불편했다.

쓸쓸하게 불어오는 가을바람이 내 옷 속을 헤집고 살과 뼈를 꿰뚫고 지나가는 느낌에 나는 잠시 걸음을 멈췄다. 눈물이 쏟아져 나올 것 같은 심정이었지만 울 만한 이유를 찾지 못해 울 수도 없었다.

울고 싶다는 감정보다도 여전히 낯설기만 한 모든 것에… 이제는 사라졌을 산채에서의 생활이 자꾸만 떠올랐다. 내게 그곳은 고향이자… 안식처였다.

"…흑."

마지막에 떠오른 몽남의 얼굴에 결국 울컥하고 말았다. 하지만 내 뒤에는 나인들이 서 있었다. 나는 그들이 혹시라도 내가 우는 것을 알아차릴까 봐 아랫입술을 꽉 깨물었다. 그때였다.

작은 손이 내 스란치마를 잡고 흔들었다. 고개를 숙이자 공주와 함께 있을 원자가 그곳에 서서 나를 올려다보고 있었다.

"원자?"

"울어요?"

걱정스럽게 나를 쳐다보는 아이의 눈동자를 보자 내 마음을 모두 들킨 것 같아 결국 울음이 터졌다.

"안 울어요."

난 몸을 숙여 원자와 눈높이를 맞추며 웃었다. 그런데도 내 눈에서 흐르는 눈물을 본 원자는 자신의 옷자락으로 닦아주며 말했다.

"울지 마세요."

원자의 귀여운 행동에 난 피식 웃고 말았다.

"이제 보니 전하를 많이 닮으셨네요."

내 말에 원자가 활짝 웃었다.

"히힛."

그게 원자에게는 칭찬인가 보다.

"자, 이리 와요."

난 굽혔던 몸을 일으켜 세우며 원자에게 손을 내밀었다. 원자는 기다렸다는 듯 내 손을 잡았다.

원자의 손을 잡은 나는 비어 있는 듯한 객사의 건물 마루에 앉았다. 곧 복 상궁이 쟁반에 약과를 담아 왔다. 약과는 한입에 쏙 넣을 수 있을 정도로 아주 작은 크기였지만 젓가락이 함께 놓여 있었다.

"먹어요, 어서."

원자가 젓가락을 집더니 자그마한 약과를 집어 먹으려고 애를 썼다. 난 어린 원자도 한입에 먹을 수 있는 약과를 젓가락으로 집으려는 것을 이해하지 못했다.

"자."

난 약과를 하나 입에 쏙 넣고는 또 다른 약과를 집어 원자의 앞에 내밀었다.

그때까지도 젓가락을 쥐고 있던 원자가 당황한 듯 나를 쳐다보았다.

우리 주변에 서 있던 나인들도 마찬가지였다. 특히 원자는 내가 내민 약과를 눈앞에 두고도 자신의 상궁을 돌아보았다. 나이가 많아 보이는 상궁은 원자를 엄하게 쳐다보며 고개를 가로저었다.

그제야 난 무엇이 잘못되었는지를 알아차렸다. 약과와 함께 나온 젓가락의 정체를 깨달았기 때문이다.

"아, 젓가락으로 먹어야 하는구나."

난 손에 쥔 약과를 다시 접시 위에 내려놓으려고 했다. 그때 원자가 얼굴을 내밀더니 내가 손에 쥐고 있던 약과를 입으로 덥석 물었다.

이런 원자의 행동에 놀라는 것도 잠시, 약과를 입에 문 원자가 맛있게 먹었다.

"헤헤…."

장난기 가득한 원자의 얼굴을 보며 나는 또다시 웃었다.

"정말로 전하를 닮았네."

밤이 되었다. 원자와 공주가 잠들자 옹주는 자리를 비켜주었다. 오랜만에 만난 아이들과 조금이라도 더 같이 있으라는 배려였다.

나 역시 매우 피곤했다. 오늘 아침 일찍 도착해 원자와 공주를 만나기까지 많은 일정들이 있었다. 하지만 몸은 피곤해도 눈은 감기려 하지 않는다.

잠든 원자와 공주의 얼굴을 계속 바라보고 바라보다 보면… 무언가 생각나지 않을까 싶어서.

'우리가 혼인한 사이라면서요? 우리에게도 아이가 있었다면서요?'

'나와 혼인을 약조한 것은 그대가 아닌 소희였소. 또한 그대는 기억을 잃었으나… 무의식중에 아이를 그리워했지. 그래서 그 모든 말은 내가 다 꾸며낸 것이오…. 미안하오.'

그러나 떠오르는 것은 마지막으로 몽남이 내게 했던 말뿐이다. 그 말이 거짓이든 진실이든 내겐 어차피 중요하지 않았다. 그와 함께할 수만 있다면….

그러나 이제는 내가 모르는 진실을 마주하고 받아들여야만 한다. 나는 버텨낼 수 있을까?

"중전마마."

복 상궁의 목소리. 원자와 공주가 잠든 것을 아는지 아주 작은 목소리로 나를 부른다.

"무슨 일인가?"

"전하께서 오셨사옵니다."

왕이 왔다는 말에 놀라는 것도 잠시, 문이 열리는 소리가 들렸다. 난 자리에서 일어섰다. 밤이 되었는데도 옷을 갈아입지 않고 아직 곤룡포를 입고 있는 왕이 들어섰다.

"중전."

"전하…."

왕은 나를 한번 바라본 후 잠든 아이들을 바라보았다. 그리고 다시 나에게로 돌아온 그의 눈이 곡선을 그리며 웃었다.

"어찌하여 아직도 이곳에 계시오?"

"아…."

그제야 내가 평양 감영으로 돌아가야 한다는 사실을 잊고 있었다는 걸 깨달았다. 좁은 객사와 달리 평양 감영은 훨씬 컸다. 왕과 왕비는 수행원들도 함께 지내야 하기 때문에, 객사는 옹주를 비롯한 원자와 공주에게 내어주고 우리는 감영 내아에서 머물기로 했던 것이다.

"그만 돌아갑시다."

돌아가야 한다는 것은 안다. 그렇지만 조금이라도 더 이 아이들과 함께 있고 싶다. 있다 보면… 기억이 돌아올지도 모르니까.

"신첩은… 오늘 이곳에 있으면 안 되나요?"

"아이들과 함께 지내고 싶소?"

"네…. 그게 좋을 것 같아서요."

"허면 과인은?"

"네?"

예상치 못한 말이 되돌아와 나를 당황시켰다. 왕은 나를 당황시키는 말을 던져놓고도 아무렇지도 않은 듯 말을 이었다.

"옹주와 유모가 있지 않소. 아직 어린아이들은 언제 깨어나 그들을 찾을지 모르는데… 중전의 잠자리가 불편할 것이오."

"괜찮아요. 정말… 상관없어요."

한밤중에 아이들이 깨어나서 칭얼대더라도 상관없었다. 솔직한 심정이었지만… 그보다도 내게는 피하고 싶고 외면하고 싶은 것이 한 가지 있었다.

왕도 이를 눈치챘는지 한숨을 길게 내쉬며 말한다.

"그리고 이곳은… 그대의 침소가 아니오."

왕비의 침소는 왕의 곁이다. 왕은 이를 알려주려는 것이다.

나 역시… 낮에 옹주에게서 들어 알고 있다. 나인들에게

'죽돌이'라는 별칭까지 얻을 정도로 왕은 중궁전, 즉 왕비의 곁을 떠난 적이 없는 사내였다.

평양성으로 올 때부터 내 건강은 이미 많이 좋아져 있었다. 그러니 어디서든 왕과의 합방을 피할 순 없겠지…. 이건 내 기억이 돌아오고 안 돌아오고의 문제가 아니다.

"네…. 알겠어요."

난 순순히 고개를 끄덕였다.

객사에서 평양 감영으로 이동하는 길에는 옥여를 이용했다. 때는 가을. 밤바람이 차가워지고 있었다. 가림막 없는 옥여에 탄 왕과 나를 배려한 나인들이 이미 두꺼운 털옷을 준비해놓았다.

왕이 탄 옥여가 먼저 출발하고 내가 탄 옥여가 그 뒤를 조용히 따랐다. 객사에서 감영까지 이동하는 동안 나는 앞서가는 왕의 넓은 등을 가만히 응시했다. 쳐다볼수록 한숨을 숨길 수가 없어서 결국 고개를 들어 하늘을 쳐다보았다.

별이 가득한 하늘은 산채에서 보았던 하늘과 똑같았다. 총총 박힌 별들이 마치 내가 잃어버린 기억의 조각인 것처럼 보였다.

그래서 그중 하나라도… 왕과 함께한 하나라도 돌아오기를 간절히 바랐다. 이 밤이… 부디 길게 느껴지지 않도록.

평양 감영에 도착하자 모든 준비가 끝나 있었다.

나는 홑겹으로 된 옷만 입고 따뜻한 물이 담긴 목욕통 안에 들어갔다. 창포의 잎과 뿌리를 갈아 만든 가루를 끓인 물이 목욕통 안의 물과 섞여 들어가자 은은한 향이 내 몸을 감쌌다. 나른한 온도에 취하는 사이 나인들이 땋은 내 머리를 풀어 감겨주었다. 목욕을 마치자 후덥지근하게 불을 땐 방 안에 돗자리를 깔고 옆으로 누웠다.

그사이 나의 긴 머리카락을 나인들이 은은한 부채 바람으로 말리며 동시에 동백기름을 발랐다. 향 때문인지 아니면 바람 때문인지 감영으로 오며 긴장했던 몸이 풀리며 저절로 눈이 감기고 잠이 쏟아졌다. 그렇게 얼마나 잠들어 있었을까?

"중전마마…. 중전마마. 여기서 주무시면 아니 되옵니다."

조용히 나를 부르는 나인의 소리에 눈을 떴다. 여전히 밖은 어두웠다.

누워 있던 몸을 일으켜 세우자 나인들이 기다렸다는 듯이 말리기 위해 풀었던 내 머리를 곱게 땋아 올리기 시작했다.

여전히 나른한 상태에서 짧은 하품을 하는 내게 복 상궁이 다가와 말했다.

"전하께서 기다리고 계시옵니다."

왕이 나를 기다린다는 말에 신경이 곤두서며 눈이 번쩍 뜨였다. 잠깐 잠에 빠져드느라 잊었던 사실이 떠오른 것이다. 오늘 밤 내가 한 모든 일은 왕과의 합방을 위한 것이었다.

"따라오시지요."

준비가 모두 끝나자 나인의 뒤를 따라 내아의 침소로 향했다.

"전하. 중전마마 드셨사옵니다."

상궁이 이를 알리는 동안에도 문 주변에 두 줄로 나란히 선 상궁들과 나인들은 물러설 기미가 보이지 않았다. 오늘 밤, 왕과 왕비의 합방에는 많은 이들이 함께 숙직을 서게 될 것 같았다. 곧 왕을 마주한다는 사실보다도 이 많은 나인들이 밤새 지키는 상황에서, 벽이 아닌 문으로 둘러싸인 침소 안으로 들어가야 한다는 사실이 나를 더욱 긴장시켰다.

드르륵. 조용히 문이 열렸다. 그 안은 아주 작은 방이었다. 오늘 밤 문밖에 서 있을 나인들 전부가 들어가지도 못할 정도로 아니, 나인들이 전부 이 방을 줄지어 에워싸고도 남을 만큼 작은 방.

그 방 안에 왕과 왕비를 위한 금침이 깔려 있고 왕은 그 위에 앉아서 나를 기다리고 있었다.

"전하."

왕을 보고 곧바로 고개를 숙여 인사를 올리자 나인들이 재빨리 문을 닫고 나가버렸다. 정확히는 나간 것이 아니라 문을 사이에 두고 밖에서 밤새 당번을 서는 것일 테지만.

"이리 오시오."

왕은 평소와 다름없이 웃는 얼굴로 나를 불렀다. 하지만 나는 잔뜩 어깨를 움츠린 채 거의 기어갈 듯한 걸음으로 왕에게 다가갔다. 그래도 방의 크기가 너무 작아서 몇 발자국 걷기도 전에 곧 발끝이 금침에 닿았다.

"앉으시오."

금침 위에 앉은 왕이 내게 자신의 옆자리를 권했다. 나는 긴장한 상태로 고개도 제대로 들지 못한 채 왕의 옆에 다소곳이 앉았다.

"불편하오?"

왕이 물었다.

"예?"

왕의 물음에 내가 고개를 들었다. 왕은 내게 눈웃음을 지으며 좁은 방 안을 둘러보았다.

"평안도 관찰사의 내아이니 어쩔 수 없음을 이해하시오. 궐과는 비교할 수 없을 만큼 크기가 작지."

왕의 설명에 고개를 끄덕이며 듣는 것도 잠시, 왕이 이불을 들어 올렸다. 그 위로 나란히 놓인 두 개의 베개가 내 눈에 들어왔다.

"그대가 기억하지 못하는 것 같으니 이제부터 과인이 친절히 알려주리다."

"예?"

무엇을 알려줄 건지 알면서도 계속 반문하게 된다. 어쩌면 당장 내게 닥친 현실을 어떻게든 피해가고자 하는 마음이 드러나는 것인지도 모른다.

왕이 웃으며 말한다.

"왕과 왕비가 밤에 만나 함께 하는 일 말이오."

왕과 왕비도 사내와 여인인데 다를 게 뭐가 있을까. 알지만…. 딱딱하게 굳어버린 내 얼굴을 웃는 그의 시선이 좇았다. 마치 앞으로 일어날 일들에 겁부터 먹고 있는 내 속을 전부 들킨 것만 같아서 얼굴이 화끈거렸다.

"어찌 그리 얼굴을 붉히시오?"

아니나 다를까 왕은 대놓고 캐물었다. 난 고개를 돌려 붉어진 얼굴을 최대한 감추려 노력했다.

"신첩도… 알아요."

"안다고?"

"남녀 간의 일… 기억을 잃었다고 해서 그 일이 무엇인지까지… 잊은 건 아니에요."

"그렇소? 잘 아니 다행이오."

에?

"어서 누우시오."

대놓고 누우라는 왕을 보며 난 속으로 무거운 침을 삼켰다.

이제 피할 곳도 피할 수도 없다. 상대는 왕이다. 내 남편이기 전에 왕이었다. 이 세상에 그 어떤 여인이 왕의 시침을 거부할 수 있을까.

난 모든 것을 포기한 채 그가 가리킨 자리로 올라가 조심스럽게 누웠다.

"훅…."

왕은 불을 끄더니 내 옆으로 다가와 누웠다. 그러자 서로 어깨가 맞닿았다. 단지, 닿은 곳은 어깨뿐인데도 심장이 쿵쾅거리며 호흡이 가빠졌다. 스스로 제어할 수 없는 긴장감이 몸을 휘감으며 잔뜩 굳어버렸다.

빛이라고는 문틈으로 새어 들어오는 것뿐인 어둠 속. 닿아 있던 왕의 어깨가 떨어지는가 싶더니 왕이 상체를 들어 올리며 내 쪽으로 몸을 숙여왔다.

"중전…."

왕의 몸이 그림자를 만들며 내 몸을 덮쳤다. 빠르게 가까워지는 왕의 체취에 나는 두 눈을 질끈 감아버렸다. 그런데….

이불이 걷힌 상태에서 그 위에 누웠던 나는 아직 이불을 덮고 있지 않았다. 왕은 발끝까지 내려가 있던 이불을 끌어올리더니 내 가슴께까지 덮어주었다. 그리고 다시 내 옆에 누워버리는 왕.

이건… 뭐지?

"잘 주무시오."

그러더니 자려는 듯 왕이 다시 내 옆에 누웠다. 나는 믿을 수가 없어 어둠 속에서 눈만 깜빡였다. 가빠왔던 호흡이 가라앉자 편안하게 가라앉은 왕의 숨 쉬는 소리가 가깝게 들렸다. 잠시 고민하던 나는 작은 목소리로 입을 열었다.

"전하…."

"으응…."

돌아오는 목소리가 작았다.

왕은 벌써 반쯤 잠든 것 같았다.

"그냥… 주무실 거예요?"

잠시 침묵하던 왕이 낮은 소리로 읊조리듯 말했다.

"밤이 깊었소."

아니, 내 말은 그게 아니라…!

"저…."

뭐라고 설명해야 할지, 아니 뭐라고 물어야 할지 몰랐다.

만약 오늘 밤 아무 일도 없을 거라면 나인들은 왜 나를 준비시킨 걸까? 왜 목욕을 시키고 옷을 갈아입히고 사내인 왕을 자극할 치장을 해주고 향을 뿌려주었던 걸까?

"으응?"

천장을 보고 누웠던 왕이 내 옆으로 돌아누웠다. 갑작스러운 왕의 움직임에 당황한 나는 서둘러 반대편으로 돌아누웠다. 그렇게 간신히 왕과 마주하는 것을 피한 채 작은 목소리로 말했다.

"신첩은 오늘 전하와 합방하는 줄로 알았어요…."

왕의 목소리가 등 뒤에서 들려왔다.

"합방하고 있지 않소."

합방하고 있지. 틀린 말은 아니다.

"전하는… 신첩을 놀리시네요."

내가 무슨 마음으로 이곳까지 따라왔는지… 왕은 모르는 것 같다. 왕이 보기에 난 단순히 기억을 잃었을 뿐이고, 그러니 기억을 잃기 전의 나를 떠올리면 모든 것이 자연스럽겠지.

하지만 내게 기억을 잃었다는 것은 어마어마한 일이었다. 남편인 왕의 얼굴도 잊었고… 두 아이의 존재도 잊어버렸다. 난 이 모든 기억을 되찾지 못할까 봐 너무나도 두려웠다. 원래대로 돌아가지 못할까 봐…. 그래서 계속… 끊임없이 산채를 그리워하고 나를 속인… 몽남을 그리워할까 봐.

이 두려움을… 왕은 모르겠지. 알 수 없겠지.

"신첩은… 노력하고 있는데."

마음을 열기도 전에 몸을 열어주려 했다. 그것이 당연한 일이고, 내가 기억을 빠르게 되찾는 데 도움이 될지도 모른다고 생각했으니까. 그래서 나와는 달리 아무렇지도 않은 왕이 야속해지려던 그때였다.

"중전."

그가 내 한쪽 어깨를 잡았다. 내가 고개를 돌려 왕을 바라보자, 왕이 다른 손으로 내 어깨를 잡아 자신에게로 돌려세웠다. 결국 난 옆으로 누워 왕과 마주 보게 되었다.

희미하게 새어 들어오는 빛 속에서는 왕의 표정이 어떤지 알 수 없었다. 마지막, 그가 불을 끄기 전에 보았던 웃는 얼굴 그대로일지 아닐지 알 수 없었다.

왕도 내 표정을 알지 못하는지 한 손으로 이마를 쓸어내렸다. 이어 이마를 쓸며 코를 쓸고 입까지 내려온 왕의 손이 턱을 부드럽게 잡으며 매혹적인 목소리로 내게 속삭였다.

"과인은 오늘 밤 그대를 안고 싶소."

"…!"

"과인의 욕심을 다 채울 때까지, 그대가 버거워 과인을 밀어내려 한다 해도, 과인의 욕심을 다 채울 때까지 그대를 놓아주지 않을 것이오. 그래야만 그대를 미치도록 그리워한 지난날을 위로받을 수만 있을 것 같아서."

왕이 품은 마음에 난 대꾸할 말을 잊어버렸다.

"허락해주겠소?"

그가 내게 허락을 구한다. 이 나라의 왕이… 한 여인에게.

내가 허락한다면… 오늘 밤 나는 그가 내게 무슨 짓을 하든 거부하지 않겠다고 약조하는 것과 다름없겠지. 그는 우리가 헤어져 있던 시간 동안 품고 있었다던 미칠 듯한 그리움을 모두 풀어내려 하겠지.

나는 왕의 그 마음을 감당해낼 수 있을까? 내가 기억하지 못하는 과거와… 기억하고 있는 현재를 모두 잊고서?

나의 기억. 내 기억이 시작되는 그곳에 홍몽남이라는 이름 석 자가 박혀 있다. 내가 유일하게 의지할 수 있었고 오랜 시간에 걸쳐 어렵게 마음을 열어주었고 결국 내 마음을 소유했던 사내.

"흑… 흐흑…."

도저히 홍몽남, 내 안에 있는 그를 지울 수 없었다. 내 기억을 또다시 모두 지워버리지 않는 한.

"중전…?"

"저는… 저는… 흑!"

왕은 그리고 원자와 공주는 진짜 내 가족이다. 그러나 마음에 와 닿지 않았다.

노력해보았지만… 그들은 나와 다른 세계 사람인 것 같다.

차라리 산채에서 지내던 그 시절 돌보던 아이들이 더 익숙하고 가깝게 느껴진다면… 내가 잘못된 것일까?

나도 이러고 싶지 않다. 서둘러 잃어버린 기억들을 모두 되찾고 싶어.

"죄송해요…. 전하, 죄송해요…. 흐흑. 못 하겠어요…."

왕은 흐느끼는 나를 끌어안았다. 이상하게 왕이 안아주자 내 울음이 더 크게 터져 나왔다. 눈을 기댄 왕의 어깨 쪽 옷자락이 내 눈물로 젖었다. 왕도 느껴질 텐데 그는 끌어안은 나를 놓지 않았다. 그리고 우는 내 등을 쓸어주고 또 쓸어줄 뿐이었다.

기억은 낯설지만 몸은 익숙한 사내. 난 왕의 품 안에서 잠이 들었다.

마치 소곤대듯 조용히 주고받는 대화 소리에 잠이 깼다. 눈을 뜨자 여전히 어둠 속. 아직 밤이라는 걸 알고 주변을 둘러보니 옆자리가 비어 있었다.

전하?

지난밤까지 함께 있었을 왕의 흔적을 찾아 두리번거리던 그때였다. 닫힌 문 너머로 희미한 불빛이 아른거렸다.

자리에서 일어나 조용히 문을 열고 밖으로 나오자, 분명 서 있어야 할 나인들이 한 명도 보이지 않았다. 그 대신 침소 건너편 방에서 불빛이 아른거리며 두 사내의 그림자가 비쳤다.

"그래서?"

왕의 목소리.

"정씨라는 계집아이가 자신은 그자의 노비라며 죽어도 떨어지지 않겠다 소동을 피우는 통에… 찬선이 당분간은 함께 지내도록 조치하겠다 하였사옵니다."

도승지 조인영의 목소리. 그는 이번 원자와 공주의 평양 행차에 따라왔다고 들었다. 그런데 그들은 한밤중에 나인들도 모두 물려놓고 무슨 대화를 주고받는 것일까?

나인들을 보이지 않게 내아에서 떨어뜨려놓았다면, 필시 다른 사람들이 알아서는 안 되는 내용일 것이다. 호기심이 생긴 나는 그들이 있는 처소로 최대한 발소리를 내지 않은 채 다가갔다.

그때였다.

"홍몽남, 그자는 뭐라던가?"

왕의 입에서 나온 몽남의 이름에 난 흠칫하며 걸음을 멈췄다. 다행히 그들은 내 존재를 아직 알아차리지 못한 듯했다.

"별말을 하지 않았다고 들었사옵니다."

홍몽남. 정씨라는 계집아이…. 은진을 말하는 건가? 은진이 몽남과 함께 있어?

분명… 산채의 다른 사람들과 함께 함경도로 보내졌을 거라고 생각했는데…. 함경도에 같이 있는 건가?

자신의 대답을 듣고 침묵하는 왕을 향해 인영이 다시 입을 열었다.

"전하. 그가 더 이상 힘을 쓸 수 없어 무능하다 하여도 역당의 괴수이옵니다. 그런 자를 어찌 도성 안에 두셨사옵니까?"

도성? 몽남이 도성에 있다고?

소름이 돋을 만한 이야기였다.

차라리 그가 먼 함경도에 있다고 한다면, 도성으로 가야 할 나와는 정반대 지역에 살게 된 셈이다. 그리되면 영영 만날 수 없게 된다. 만날 수 없으니 언젠간 그가 내 마음속에서도 잊히리라 믿었다. 그런데 내가 돌아갈 한양에 그가 있다니….

"따로 그자에게 감시꾼을 붙여놓았느냐?"

왕이 물었다.

"도성 안이라 눈에 띄게 감시꾼을 붙일 수가 없어 그리하지 못하였사옵니다. 그 대신 도성 수문장들에게 홍몽남의 얼굴을 알려, 절대 도성 밖으로는 나가지 못하도록 하였사옵니다. 마침 그자가 있는 풀무재 인근에 광희문이 있어, 광희문 수문장에게 특별히 그자를 감시하라고 따로 명을 내린 것이 전부이옵니다."

"…잘했다."

잘했다는 말은 칭찬이었지만 이 말에서 어쩐지 왕의 고뇌가 느껴졌다.

원래대로라면 홍몽남은 죽어야 마땅한 역당의 괴수. 여기에 그는 중전인 나를 속이고 심지어 왕을 해하려고까지 했다. 목숨을 살려준 것만 해도 감지덕지.

혹시… 왕은 훗날을 대비해 몽남을 살려두지 않기로 마음을 바꾸려는 걸까?

"앞으로 그자를 어찌 처리하실 요량이시옵니까?"

문밖에서 왕의 대답을 엿듣는 내 몸이 덜덜 떨려왔다.

"살려둘 것이다."

"전하!"

살려둔다고?

"김 찬선이 보내온 서신을 보니 방에 운둔하며 식음을 전폐하고 지낸다고 한다. 그자가 그렇게 행동하는 이유가 자신의 죄과를 뉘우치기 때문인지 혹여 과인이 자신을 죽이려 할까 두려운 마음에 그러는지는 모른다. 허나, 과인은 그자를 살려둘 것이다."

"전하. 어찌하여 그자에게 아량을 베푸시옵니까?"

"그자가 주도한 거병으로 많은 이들이 죽었다. 그자는 지금 혼자 목숨으로 살아 있는 것이 아니라, 그자를 따르다 죽은 많은 이들의 목숨도 지고 살아가는 것이다. 그러니 과인은 그 자를 죽이지 않을 것이다."

"하오나 그자가 중전마마께 한 짓만으로도 살려두셔선 안 되옵니다!"

인영이 꺼낸 내 이야기에 왕은 끝내 대답을 하지 않았다.

홍몽남이 내게 한 짓.

내가 돌아왔는데도 왕은 몽남에게 분노를 품고 있을까? 그 분노가 쌓이고 쌓여 언젠가는 몽남을 살려두려던 마음이 바뀔까?

끝내 알 수 없는 왕의 속내에 나도 애가 탔다.

한양으로 출발하는 날이 왔다.

어느새 나와 가까워진 원자는 옹주 곁에서 떨어지지 않는 공주와 함께 가는 대신에 내가 있는 연을 타기로 선택했다. 왕에게 허락을 받은 원자가 내가 탄 연으로 쪼르르 달려왔다. 원자는 연 아래에 서서 나를 보며 물었다.

"중전마마. 중전마마. 소자도 함께 연을 타도 되옵니까?"

그러자 가까운 곳에 있던 복 상궁이 원자에게 말했다.

"어마마마라고 하셔야지요."

아직까지 원자는 '어마마마'라고 부르는 것이 어색한 것 같다. 그것은 나도 마찬가지. 난 웃으며 복 상궁에게 말했다.

"편한 대로 부르게 놔두게. 다 같은 말이 아닌가."

"아니 되옵니다. 원자마마는 중전마마의 소생이온데, 다른 이들처럼 중전마마를 부르시게 두셔서는 아니 되옵니다."

복 상궁이 예를 따지며 워낙 강경하게 나오니 원자가 슬슬 내 눈치를 보았다.

나는 피식 웃으며 원자에게 손을 내밀었다.

"자, 올라오세요."

그제야 원자가 안심한 듯 활짝 웃으며 연 위로 올라왔다. 그런데 천천히 올라오는 것이 아니라 신이 나서 뛰어오르듯 올라오다 보니 연이 한쪽으로 쏠리며 삐거덕거리는 소리가 났다.

"원자마마! 연 위에서 뛰시면 아니 되옵니다!"

연이 내는 소리에 놀란 복 상궁이 소리쳤다. 그러나 난 연 위로 뛰어든 원자를 두 팔로 끌어안으며 소리 내어 웃었다.

"예전에는 내 품에 안겨 연에 올랐는데, 이제는 스스로도 올라올 줄 알고. 대견하구나."

"소자가요? 소자가 언제요?"

"어?"

원자가 던지는 질문에 난 고개를 갸웃거렸다.

"방금 전에요. 방금 전에 중전마마께서 그러셨잖아요. 소자를 안고 연에 타셨다고요. 그게 언제이옵니까? 소자는 기억이 안 나는데…."

"내가?"

그러고 보니 방금 전 무심코 그런 말을 한 것 같긴 했다. 하지만 내가 왜 기억에도 없는 말을 했는지는 알 수 없었다. 원자가 던진 말에 표정이 멍해진 나를 대신해 복 상궁이 원자에게 대답했다.

"온양 행궁에 가실 때 그러셨겠지요. 그때는 원자마마께서 아주 어리셔서 지금은 기억하지 못하시는 것이옵니다."

"아…. 그렇구나."

복 상궁의 설명에 어린 원자가 고개를 끄덕였다.

하지만 나는 전혀 기억에 없는 일이었다. 곰곰이 생각해보았지만 어린 원자를 안고 연에 오른 기억은 없었다.

혹시 기억이 돌아오려는 걸까? 기억이 돌아오려 한다면 마음이 놓여야 하는데 오히려 더 불안해졌다. 그리고 난 그 불안이 무엇인지 잘 알고 있었다. 지금 내가 가진 기억과 돌아온 기억이 마주칠 때를 두려워하는 것이다.

불안한 마음을 안고 고개를 들어 올리자 멀지 않은 곳에서 말을 탄 채 나를 쳐다보고 있는 왕이 보였다. 왕은 나와 눈이 마주치자 미소 짓더니 돌아서 앞으로 가버렸다.

이유 모를 초조함이 나를 찾아왔다.

돌아와야 해. 하루라도 빨리.

따뜻한 밥과 국. 몇 가지 반찬에 품삯으로 사 온 귀한 생선 구이까지. 은진은 자신이 차려낸 소박하지만 부족하지 않은 밥상을 보며 만족한 웃음을 지었다. 그러나 그것도 잠시.

"휴우…."

또다시 입도 대지 않고 식어버린 채 돌아 나올 음식들을 생각하면 한숨부터 나왔다.

"자자…."

그래도 은진은 포기하지 않고 어깨를 활짝 폈다.

밥상을 든 채 부엌을 나온 은진이 향한 곳은 초가 방문 앞. 성인이 겨우 엉덩이를 깔고 앉을 만큼 작은 마루 위에 상을 아슬아슬하게 올려놓고는 문 너머를 향해 소리쳤다.

"도련님, 식사하세요."

한양에 온 뒤로 몽남은 아침에는 입맛이 없다며 아무것도 먹지 않았다. 저녁은 먹지 않겠다고 하진 않았지만 보통 손도 대지 않았다. 그나마 먹는 것이 점심. 그것도 국물을 한두 번 수저로 떠먹는 것이 전부였다. 그렇지만 은진은 그 한 번뿐인

점심상을 위해 늘 바지런하게 움직였다.

“어제 저녁도 드시지 않았잖아요. 그러니 이건 꼭 드세요. 도련님이 좋아하시는 생선도 사 왔어요. 제가 생선 굽는 냄새 맡으셨죠? 아주 맛있을 거예요. 네?”

하지만 안에서는 아무런 소리도 들려오지 않았다. 몽남은 평소 자는 시간을 제외하고는 하루 종일 방에 앉아 꼼짝도 하지 않았다. 그렇다고 은진이 건네는 말에 대답을 하지 않는 것은 아니었다.

“도련님…?”

걱정스러운 마음에 은진이 서둘러 방문을 열어보았다.

“도련님….”

한양에 온 뒤로 방 밖을 한 번도 나선 적이 없던 몽남이 사라진 것이다.

“물렀거라! 주상전하 행차시다!”

“물렀거라!”

엄청난 행렬이었다. 평양에서 돌아오는 왕과 왕비의 행차가 도성 문을 막 통과하고 있었다. 본 행렬은 그 끝을 알 수 없을 정도로 도성 문밖 저 멀리까지 끝없이 이어졌다.

"이번에 중전마마도 함께 돌아오셨다지?"

"온양에 계신다던 중전마마?"

"오랜 요양 끝에 병이 모두 나으셨다더구먼. 그래서 전하와 평양 행차를 가셨다가 환궁하신대."

"그럼 중전마마를 뵐 수 있는 건가?"

"예끼! 이 사람아, 우리 같은 사람이 어찌 중전마마를 볼 수 있겠는가? 멀리서 중전마마가 타신 연의 꼭지나 보면 용하지."

어른 아이 할 것 없이 모두 행차를 구경하러 몰려들었다. 행차와 가까운 곳에서는 별감들이 눈에 불을 켜고 백성들이 고개조차 들지 못하게 했다. 그러나 행차가 지나는 구역에 있는 집들 지붕마다, 높은 담벼락마다 올라가 구경하는 백성들의 눈까지 막을 수는 없었다.

"저기, 연이 지나간다!"

"비켜봐, 나도 좀 보자고!"

왕비가 탄 연 주위에는 둥글게 붉은 천막을 쳐서 아무도 그 안을 들여다보지 못하게 했다. 그래서 행렬의 바로 옆에 있는 사람들은 연의 안을 들여다볼 수 없었다.

도성 성벽을 따라 엇나가듯 자리한 언덕 위. 옹기종기 모여 앉은 아이들 사이에 한 사내가 서 있었다. 그는 바로 홍몽남이었다.

"저 연에 타고 있는 여인이 중전마마인가?"

"저 붉은 옷 입은?"

"아니, 푸른 옷도 보이는데?"

"그건 원자마마인 게지."

아이들 틈에 앉아 있던 노파의 말이었다. 그러자 아이들이 까르륵 웃기 시작했다.

"원자마마는 우리보다 더 어린아이네! 아직도 중전마마의 치마폭을 벗어나지 못하다니!"

먼 거리였지만 왕비의 치마폭에서 뒹굴뒹굴하며 즐거워하는 어린 원자의 얼굴이 똑똑히 보였다. 다만 연의 지붕 높이 때문인지 왕비는 옷만 보일 뿐 얼굴은 전혀 보이지 않았다.

하지만 치마폭에 누운 어린 원자의 얼굴을 왕비가 쓸어주는 모습은 백성들의 눈에도 뚜렷이 들어왔다. 이런 모습에 백성들은 흐뭇한 미소를 지었다. 왕비도 원자도 구중궁궐에 사는 대단히 지체 높으신 분들이지만, 실상 사는 모습은 자신들과 별반 다를 바가 없다는 사실을 알게 되어서였다.

"원자마마께서 무럭무럭 건강히 자라셔야 할 텐데…. 이제 중전마마도 환궁하셨으니 말이다."

노파의 말을 가만히 듣고 있던 몽남이 조용히 언덕에서 돌아섰을 때였다. 그와 얼마 떨어지지 않은 곳에 눈을 부릅뜬 채 서 있는 은진이 보였다.

"은진아…."

은진이 몽남의 곁으로 다가오더니 그의 팔을 세게 잡아당겼다.

"따라와요."

행차 구경에 쏠린 시선을 뒤로한 채 은진은 몽남을 데리고 언덕을 내려왔다. 그 아래는 초가들이 몰린 골목이었다. 평소 많은 사람들이 통행하는 골목길에 지나다니는 사람이 한 명도 없었다. 다들 행차를 보러 큰길로 몰려 나간 까닭이었다. 은진은 이 골목길에 멈춰 서더니 몽남을 사납게 쏘아보며 소리쳤다.

"왜 여기에 있어요?"

몽남이 고개를 숙인 채 아무 말도 하지 않자 은진이 눈물을 쏟으며 말했다.

"그 계집 행차를 보려고?"

"은진아!"

나래를 '계집'이라 부르자 몽남은 즉각 눈을 들어 은진을 쳐다보았다. 그러나 흐느끼지도 못한 채 눈물만 흘리는 은진의 얼굴을 보자 그는 또다시 할 말을 잃어버렸다.

"말해봐요! 왜요? 왜 보는데요!"

몽남이 은진에게서 고개를 돌리며 대답했다.

"죽기 전에… 한 번이라도 보고 죽으려 했다."

은진이 코웃음을 쳤다.

"하…! 그래서요? 보니까 죽을 마음이 나요? 어디, 임금님 행차가 지나가는 길목 한가운데서 목을 매지 그러셔요?"

"은진아…. 그래, 미안하다. 네가 나를 따라와서 고생이 많은 것 다 안다. 이제 그만하면 되었다. 너도… 네 삶을 찾아야지."

은진은 제 마음과 다르게 자꾸 흘러내리는 눈물을 훔쳐내며 몽남에게 소리쳤다.

"저는 갈 길 가고 도련님은 콱 죽으시려고요? 죽으려면 어디든 가봐요. 도련님이 죽는 거 제 두 눈으로 똑똑히 보고 따라 죽을 터이니!"

몽남도 은진의 고집스러운 태도에 결국 화를 냈다.

"너는 처음부터 나와 아무런 상관도 없던 사람이다. 그러니 이제라도 네 살 길을 찾아가거라, 은진아!"

"제가 왜… 도련님과 상관이 없는 사람인데요?"

은진이 펑펑 울음을 쏟았다.

"도련님이 그 계집을 온양에서 데려왔듯 나도 온양에서부터 도련님을 따라왔어요. 다복동 산채에서 종년처럼 도련님을 모시며 살았고요. 그 뒤에 안주성 산채에서까지도… 그렇게 도련님과 평생을 함께하려고 살았다고요!"

"난… 네가 그럴 만한 가치가 없는 사람이다. 그러니 이제 그만….”

은진이 두 눈을 질끈 감으며 비명을 질러댔다.

“내 오라버니를 죽였잖아!”

다시 눈을 뜬 은진이 쉴 새 없이 눈물이 흐르는 눈으로 몽남을 응시했다.

“다 봤어요…. 암자에서.”

“은진아…!”

“그 계집 때문이었지… 그 계집 때문에 오라버니가 도련님 손에 죽었지.”

“난…!”

은진이 알고 있었다?

알면서도 그녀는 몽남과 함께했다. 그것은 몽남에게 큰 충격이었다. 은진은 처음부터 다 알면서도 자신을 따라다니며 모든 것을 희생해왔다.

“알아요. 내 오라버니는 왕을 죽이려다 왕비를 죽이려 했으니, 천하에 죽일 놈이죠. 당장 저잣거리에 효수된다고 해도 할 말 없다는 거. 그래도… 그 누구보다도 가까운 지기였던 도련님의 손에 죽어서는 안 되는 거였다고요…. 흐흑!”

몽남은 할 말을 모두 잃은 채 은진의 다음 말만을 기다렸다. 이제 그는 진실을 모두 알아버린, 아니 알고 있었던 은진에게 자신의 삶의 결정권을 내어줄 때가 되었다고 여겼다.

어차피 죽으려고 한 목숨이었다. 또한…. 언젠가는 반드시 지기 정승보를 죽인 대가를 치를 날이 있을 것이라 여겨왔다. 그날이 오늘인 것이다.

"도련님이 왜 그 계집의 얼굴을 보고 죽어야 하는지는 모르겠지만… 어차피 죽으려고 한 목숨이라면 날 줘요."

몽남이 고개를 끄덕였다.

"주마. 네가 죽으라는 어떤 식으로든 죽으마. 그리고 저승에 가서 네 오라비 앞에서도 사죄할 것이다."

"지금 말한 목숨 값. 내 것이죠? 내 것 맞죠?"

몽남이 재차 고개를 끄덕였다.

"네 오라비의 원수를 갚겠다면 응당 네게 주마. 그러니 말하거라. 네 손에 피를 묻히려 하지 말고. 내 스스로… 네가 죽으라는 대로 죽을 터이니."

"나와 평생 함께 살며 갚아요."

"은진아…?"

생각지도 못했던 은진의 말에 몽남이 눈을 크게 떴다.

"평생 나와 살면서 갚으라고요. 내 오라버니의 목숨 값. 그리 살다 제 명에 죽으면 저승 가서 내 오라버니 얼굴을 마주할 면목은 챙겨 갈 수 있을 터이니."

몽남이 고개를 가로저었다.

"날 살리려 애써 그럴 필요 없다. 너도 알겠지만 나와 함께

하는 삶은….”

“시끄러워!”

“…은진아.”

“마음 달라는 거 아니에요. 그런 건 처음부터 포기했으니까…. 다른 여인을 위해서 지기의 목숨까지 가볍게 죽이는 도련님의 마음 따위… 지금이라도 준다 해도 안 받아요! 필요 없어요! 내가 원하는 거… 그건 도련님의 몸뚱어리에요. 마음은 얻을 수 없으니, 그 몸뚱어리라도 가져야겠어요.”

은진이 몽남의 멱살을 잡아챘다. 그리고 그보다 키가 작은 자신의 얼굴 가까이로 끌어당겼다.

은진은 보여주고 싶었다. 몽남을 향한 자신의 분노. 원망. 그리고… 마음까지. 그 전부가 복잡하게 뒤섞여 하나의 원을 만든 눈동자를 그의 얼굴 앞에 들이대며 강조하고 또 강조하듯 자신의 마음을 드러냈다.

“도련님이 가벼이 버리려는 그 목숨. 이젠 내 거라고요.”

몽남은 일평생 알아보지도 못할 그 마음을.

외전 : 약조

'운이 나빴다.'

천연두에 걸려 생사를 헤매는 딸을 보겠다며 별궁으로 찾아온 아버지의 첫마디는 바로 그것이었다.

'대감, 어찌 아픈 여식을 두고 그런 말씀을 하십니까?'

어머니는 울며 아버지에게 말했다.

'계집아이를 이리 허약하게 낳은 것은 부인이 아니오!'

그러나 아버지는 오히려 어머니를 다그치셨다. 어머니는 그런 아버지에게 아무런 대꾸조차 하지 못했다.

내 어머니 홍씨는 아버지의 첫 번째 부인 남씨가 죽은 후 맞이한 재취녀였다. 아버지와 어머니의 나이 차이는 서른 살이 넘었다. 어머니는 자신의 부친보다도 더 나이가 많은 아버지를 늘 어려워했다.

내가 열이 끓어 숨이 넘어가는 상황에서도 어머니는 '허약한 딸을 낳은 죄'로 울기만 했다. 그것도 아버지의 눈치가 무서워 소리 없이 조용히 흐느끼기만 했다.

나는 아픈 것도 잊고 흐느끼는 어머니의 얼굴을 바라보며 속으로 눈물을 삼켰다.

내 나이 아홉. 세손빈을 뽑는 간택령이 내려졌다.

아버지는 왕의 두터운 신임을 받는 관리였다. 또한 우리 집안은 가깝게는 숙종대왕을 낳으신 명성왕후의 친가였다. 이러한 점 때문에 내가 삼간택까지 오르는 데는 별다른 걸림돌이 없었다. 그리고 난 삼간택에서 임금님의 용안을 뵈었다. 이 자리에는 임금님은 물론이고 중전마마와 세손 각하의 생모이신 세자빈까지 함께했다. 아버지는 삼간택에 들어가던 내게 딱 한마디만 하셨다.

'네 한마디에 우리 집안의 명운이 달려 있다는 사실을 명심 또 명심하여라.'

어차피 세 명의 규수 중 한 명이다. 뽑힐 사람이 이미 정해져 있다는 소문도 돌았다. 아버지는 그 소문에 대해서 일절 언급하진 않으셨지만, 난 뽑힐 사람이 내가 아니라는 사실을 이미 알고 있었다. 그러나 아버지는 희망을 품고 계셨던 것 같다.

"대사헌의 여식이 고운 말을 잘하오."

대사헌 윤득양의 여식은 바로 내 옆자리에 앉아 있었다. 그녀는 턱이 길고 두상이 좁은, 새끼 여우 같은 외모였다. 눈에 띄는 외모는 분명 아니었기에 처음부터 왕실 여인들의 관심을 받지 못하였다. 하지만 전하는 계속 그 소녀에게 눈길을 주고 만족스러운 점을 찾아내려 애쓰는 것 같았다.

이렇듯 윤득양의 여식을 향한 왕의 지나친 관심을 부담스러워하는 눈길이 있었다. 바로 세손의 모친인 세자빈 홍씨였다. 세자빈보다도 어려 보이는 중전마마께서는 이런 세자빈의 마음을 알았는지 전하께 사근사근한 목소리로 아뢰었다.

"세손은 전하의 귀한 손자이지만, 빈궁에게는 하나뿐인 아들이니, 빈궁의 의사도 존중해주시옵소서."

중전마마의 이러한 뜻 때문에 정해져 있던 결과가 한순간에 뒤바뀌고 말았다.

중전이 될 여인이든 세자빈이 될 여인이든, 하물며 세손빈이 될 여인이든 최종 간택이 된 후에는 모두 별궁에 입궐하여 교육을 받게 된다. 이것은 모두 궐 안의 생활에 빨리 적응하기 위한 것이고 실수를 하지 않도록 하기 위한 것이다.

삼간택에서 '세손빈'으로 최종 간택된 나 역시 별궁에 입궐했다. 이후 중전마마와 세자빈마마가 보내신 훈육 상궁 밑에서 왕실에서의 호칭과 생활, 사소한 것까지 사적인 모든 것을 배웠다.

그전까지 고관의 여식으로 자랐는데도 내게는 모두 생소한 것들이었고 나를 당혹스럽게 만드는 것도 있었다. 이 모든 것들이 아직 어렸던 내게는 부담이었던 것 같다. 매년 강약을 다르게 해서 찾아오는 천연두에 덜컥, 걸리고 만 것이다.

왕실에서는 내의원 의관을 내려주시고 의녀를 상시 대기토록 해주셔서 석 달 만에 천연두는 내게서 완전히 떠났다. 그러나 상처가 남았다.

"세손빈마마의 얼굴이 어째 저리 붉대?"

"마마에 걸리신 뒤로 그러시다네. 게다가 자세히 보면 마맛자국도 있어."

거울 속 내 얼굴은 하루 종일 붉었다. 마치 무언가를 잘못하다가 걸린 아이처럼 말이다.

국혼을 치르고 입궐한 뒤, 내 지밀나인들은 모두 내 얼굴을 쳐다보며 수군대기 일쑤였다. 여기에 다른 전각 나인들도 모두 내 얼굴을 뚫어져라 쳐다보며 붉은 얼굴에 가린 마맛자국을 찾아내려 했다. 그렇다고 내 외모가 흉측하게 변해버린 것은 아니었다.

"선녀를 간택한 줄 알았더니 추녀를 간택하였구나, 하하!"

하지만 전하께서 농담으로 던지신 이 한마디가 빠르게 궁궐에 퍼지면서 나는 전하께서도 인정한 '추녀'가 되고 말았다.

나중에 자신이 한 말로 인해 사태가 걷잡을 수 없게 너무 커진 것을 알게 된 전하께서는 일부러 연회 자리에서 아버지께 이렇게 말씀하셨다.

"자고로 외모가 뛰어난 여인은 임금의 마음을 어지럽혀 나라에 분란을 초래한다. 세손빈이 입궐 전 마마에 걸린 일로 말이 많다는 것을 과인은 잘 알고 있다. 그러나 세손빈은 오로지 이 나라의 후사를 위해 들인 것이지 세손의 총애를 위해 들인 여인이 아니다. 무엇보다도 이미 마마에 걸렸으니 다시는 마마로 인한 병증이 없을 터. 이 역시 왕실의 복이 아니겠는가?"

내가 입궐 전 걸린 마마를 두고 왕실의 복이라고까지 칭했으니, 앞으로 내 외모에 대해 수군덕대는 이들은 모두 벌을 주겠다고 공표한 것이나 다름없었다.

그러나 이 역시 어린 마음에 상처를 입은 내겐 큰 위로가 되지 못했다. 무엇보다 걱정인 것은 따로 있었다.

"어찌 저리도 늠름하실까."

지밀상궁은 내 부군인 세손을 멀리서 볼 때마다 이런 말을 꺼냈다. 그것은 오로지 나 때문이었다.

나와 국혼을 치른 열두 살 세손각하는 열다섯으로 보일 정도로 키가 크고 체구가 당당하며 풍채도 멋있었다. 그런 세손각하를 멀리서 쳐다보는 것만으로도 내 얼굴은 붉다 못해 활활 타올랐다.

그때마다 지밀나인들의 지적이 잇달았으므로 난 일부러 세손을 피해 다니고 또 마주치더라도 고개를 숙인 채 그와 눈도 마주치려 하지 않았다. 이런 나의 행동은 나중에 세손을 싫어하는 것으로 비쳤다.

열다섯이 되기 전까지는 합궁례를 치를 수 없었고, 그 때문에 같은 전각에서 마루를 끼고 나뉜 방을 각각 쓰고 있는데도 하루 종일 마주칠 일이 거의 없었다. 세손은 세손대로 일정이 있었고 나는 나대로 일정이 있었기 때문이다. 지밀상궁은 이런 나와 세손의 거리를 가깝게 해주려 무던히도 애를 썼다.

그런데 그해, 임오화변이 일어났다. 내 시아버지인 사도세자께서 뒤주에 갇혀 죽는 끔찍한 일이 벌어졌다. 어렸던 내게도 큰 충격이었고 어쩌면 세손께는 더한 충격이었을지도 모른다. 이 일이 있은 후 맞은편 세손의 침소에서 매일 밤 흐느끼는 소리가 들려왔지만, 열 살이던 나는 어떻게 해야 할지를 몰랐다.

계절이 여러 번 바뀌었다. 그간 왕실에도 이런저런 일들이 있어 열다섯이 되던 해에 치렀어야 할 합궁례가 내 나이 열여섯이 되도록 미뤄지고 있었다. 마침내 중전마마께서 이를 지적하시고 공식적인 합궁례 날이 잡혔다.

사실, 합궁례라 하여 큰일이 벌어지는 것은 아니었다. 이미 오래전부터 합궁례 시 일어날 일에 대한 교육을 충분히 받은 상태였다. 또한 전하와 중전마마, 세자저하와 세자빈마마와 달리 세손과 세손빈의 합궁례에 대해서는 정해진 사항이 따로 없었다.

그저 두 남녀가 성년이 되어 치르는 '첫날밤' 의식의 성격이 강했으며, 이후로는 언제든지 별다른 규제 없이 합궁이 가능했다. 합방에서 합궁까지 절차가 까다롭기 그지없는 중전마마의 경우와는 달랐다.

"흐음…."

그러나 내 지밀나인들에게는 크나큰 고민이기도 했다. 무엇보다도 시도 때도 없이 붉어지는 내 얼굴 때문이었는데 분명 세손 앞에서는 얼굴이 더더욱 붉어질 것이고 이것은 나도 그녀들도 원치 않는 일이었다.

"분칠을 좀 해볼까요?"

분가루는 있었다. 다만 전하께서 분칠은 궐 밖 기생들이나 하는 것이니 왕실 여인들은 되도록 하지 못하도록 하셨다. 이것을 특히 '사치'로 규정하신 뒤로는 중전마마부터 일개 나인들까지 얼굴에 분칠을 하여 치장하는 여인이 드물었다.

"한번 발라보지요."

어렵게 구해온 분가루를 두고 지밀상궁이 나섰다. 처음 상궁은 내 얼굴에 쓱쓱, 옅게 분칠을 했다. 그러나 이미 오랜 기간에 걸쳐 붉어진 내 얼굴에 옅은 분칠은 거의 효과가 없었다. 시간이 갈수록 분칠이 점점 두꺼워졌다.

"자, 한번 보시옵소서."

상궁의 분칠이 모두 끝나자 나인이 거울을 내 앞으로 들어올렸다.

거울 속 내 얼굴은 마치 밀가루 포대를 뒤집어쓴 것 같았으나, 늘 달고 살던 붉은색 얼굴이 사라진 것만큼은 마음에 들었다.

"어떠시옵니까?"

"이리… 분칠한 티가 난다면 전하께서 싫어하실 것이다. 궁중 여인들은 분칠을 자제하라 하셨다던데…"

"세손저하의 앞에서만 보이시면 되시지요. 전하의 앞에 가실 때는 분칠을 지우시고요."

세손저하.

세자는 '저하', 세손은 '각하'라 호칭한다. 그러나 세자저하가 뒤주에서 죽은 이후로 전하의 어명으로 세손은 더 이상 '각하'가 아닌 '저하'라는 호칭으로 불렸다.

"합궁례 때만 칠하시옵소서."

상궁의 말을 받아 나인이 꺼낸 말에 내 얼굴이 뜨거워졌다. 그러자 자연히 분칠한 얼굴 위로 붉은 기가 감돌았는데, 그것이 분칠을 하지 않은 것보다는 훨씬 나았기에 내 마음에 꼭 들었다.

"그리할까?"

수줍게 묻는 내 말에 상궁 나인들이 모두 합심하여 고개를 끄덕였다. 그때였다.

"저하께서 오고 계시옵니다!"

서연을 마친 세손이 돌아오고 있다는 소식이 들려왔다. 보통 이 시각에는 내가 처소에 머무르지 않기에 마주칠 일이 없지만 이런 경우는 다르다. 처소에 머물고 있으면 밖으로 나와서 세손을 맞이해야 했다.

"지워라, 어서."

"예에…!"

분칠을 지우기에는 시간이 모자랐다. 그러자 상궁이 분칠을 지우려던 나인을 제지했다.

"어차피 세손저하만 계시지 않사옵니까? 한번 보여 드리소서. 칭찬하실지도 모르옵니다."

두근거리기 시작하는 마음.

"알겠다."

이제 붉은 얼굴을 감추지 않고 당당하게 세손의 얼굴을 보며 대화를 나눌 생각에 꿈에 부푼 나는 서둘러 밖으로 나섰다.

"세손저하 납시오!"

내관의 목소리가 끝나는 그곳에서 그 누구보다도 늠름한 나의 부군 세손이 나타났다.

"저하…."

나인들과 함께 고개 숙여 세손을 맞이했을 때였다. 세손은 늘 그래왔듯이 내게 고개를 한번 끄덕여 아는 체를 하고는 그대로 자신의 처소로 들어가려 했다.

평소처럼 고개를 너무 숙이고 있었나? 그대로 지나가버린 세손을 보고 한숨이 절로 나오려던 그 순간이었다.

세손이 걸음을 멈추더니 돌아서 다시 내게 다가왔다. 돌아선 그를 보자마자 늘 그렇듯 코가 땅에 닿을 듯 내 얼굴이 숙여졌다.

"빈궁."

그리고 들려오는 세손의 목소리. 심장이 터질 듯이 뛰며 가슴에 자잘한 통증까지 느껴질 정도로 떨리고 흥분이 되었다.

"예에…. 저하…."

"고개를 드시오."

나는 침을 꼴깍 삼키며 고개를 천천히 들었다. 그러나 시선은 여전히 땅을 향해 있었다. 그사이 세손이 내 얼굴을 살펴보는지 말이 없었다. 그 침묵에 슬그머니 눈동자를 굴려 세손의 얼굴을 쳐다보았다.

그리고 마주친 세손의 눈동자에 화들짝 다시 시선을 땅으로 보냈을 때였다.

"분칠을 하였소?"

세손이 물었다. 나는 대답 대신 고개를 한 번 끄덕였다. 곧이어 싸늘한 세손의 목소리가 들려왔다.

"괴기하군. 어서 지우시오. 전하께서 보시면 무슨 꾸지람을 들으려 그리하였소?"

세손이 던진 말에 크게 놀란 나는 입도 벙긋하지 못한 채 눈물을 흘렸다. 그러나 세손은 이런 나의 눈물을 보기도 전에 돌아서 제 처소로 들어가버리고 말았다.

눈이 퉁퉁 부었다. 원체 작은 눈이라서 눈이 붓자 앞을 내다보는 것도 힘이 들 정도였다. 그러나 기력이 다시 들면 또

다시 눈물이 흘렀다. 이처럼 밤새 울다 눈이 멀어버리기라도 하면, 세손의 관심이라도 받을 수 있지 않을까라는 못된 마음마저 들었다.

며칠 있으면 합궁례였다. 이 일로 합궁례 전부터 소동이 있을까 또 웃전들에게 크게 혼이라도 날까 지밀나인들은 나를 달래느라 난리였다. 위로의 말도 건네고 자신들의 잘못이니 나는 잘못이 없다는 말도 했다.

그러나 눈물은 쉬이 멎지 않았다. 이때 나는 혹시라도 건넛방에서 세손이 내가 우는 소리를 듣고 자신 탓에 내가 우는 줄 알고 마음이라도 상할까 소리 죽여 울기만 했다.

밤이 찾아와도 잠들지 못하고 우는 나를 지밀상궁이 달래며 깊어가는 밤. 지밀나인이 조심스레 들어오더니 상궁에게 아뢰었다. 그 말이 내 귀에도 똑똑히 들려왔다.

"저하께서 조금 전 처소를 나서셨사옵니다."

"이 시각에?"

지밀상궁이 나서서 내가 우는 사실을 절대 저하가 알지 못하도록 처소의 모든 나인들에게 엄하게 주의를 준 뒤였다. 그런데 공교롭게도 이날 밤 세손이 갑자기 처소를 나간 것이다.

혹시 내가 운 사실을 어떻게 알아서, 이 사실을 세자빈마마나 전하께 알리려 하는 것일까? 저리 우는 세손빈은 필요 없으니 궐 밖으로 내쳐 달라고?

떠오르는 상상에 눈물은 뚝 그쳤지만 도리어 불안감이 커져만 갔다.

"어디를 가신 것이냐?"

"말씀하지 않고 나서셔서 어디로 가시는지는 소인도 모르옵니다."

난 통통 부은 눈을 안고 자리에서 일어섰다.

"저하께 가겠다."

"마마!"

"혹시라도 내 잘못을 전하께 고하거나 세자빈마마께 고한다면… 나 역시 가서 죄를 청해야 하지 않겠느냐?"

세손빈이 처소에서 분칠이나 하고 세손을 기다렸다는 말은 크게 꾸지람을 받고도 남을 만한 일. 지밀상궁도 내 말에 우려감이 들었는지 딱히 길을 막진 않았다. 난 서둘러 처소를 나와 세손이 향했다던 길을 뒤쫓았다.

그리고 그날. 난 보지 말았어야 할 장면을 보고 말았다.

휘황찬란한 보름달만큼이나 얼굴빛이 고운 성 나인의 손을 잡고 그녀의 뺨을 매만지고 또 쓰다듬던 세손의 모습을. 그는 입궐 후 내가 단 한 번도 보지 못했던 그 미소를 성 나인에게 아낌없이 보여주고 있었다.

이미 흘릴 수 있는 눈물은 다 흘린 줄 알았는데, 내 눈에서는 또다시 눈물이 흘렀다.

세자빈 홍씨가 흥분했다.

"네가 세손의 명줄을 잡아 쥐고 흔들 생각이 아니고서야 어찌…!"

열일곱 나인 성덕임은 그런 세자빈 앞에 머리를 조아린 채 눈물을 뚝뚝 흘렸다.

"너도 입이 있으면 말해보아라! 대체 어찌 된 일이냐!"

지난밤, 세손은 어머니 세자빈의 처소를 찾았다. 이미 잠든 어머니 홍씨를 만나러 온 것이 아니었다. 그녀의 나인이었던 덕임을 만나러 온 것이었다.

이들의 밀회는 이미 알 사람이 모두 아는 것이었다. 하지만 어린 시절부터 함께 얼굴을 익혀가며 자랐기에 그 누구도 의심하지 않았다. 아니, 의심할 수가 없었다.

이들의 만남은 늘 대낮에 이루어졌다. 그런데 어젯밤, 갑작스럽게 세손이 한밤중에 덕임을 찾아오면서 이것은 위험한 '일'이 되어버렸다.

그날, 이를 목격한 세손빈 김씨는 밤새 자지러지게 울다 결국 혼절했다. 그 소문이 삽시간에 전 궁궐로 퍼져 나갔다.

"소, 소인은… 그저… 저하께서 찾아오시어, 인사… 인사를 올리옵고…."

"세손이 너를 품었느냐?"

"아, 아니옵니다! 그것은 절대 아니옵니다!"

덕임이 고개를 세차게 가로저으며 울먹였다. 홍씨가 그런 덕임을 보며 긴 한숨을 내쉬었다.

"덕임아. 내 너를 두 공주와 같이 기르며 친딸처럼 어여뻐했다. 그렇다고 네가 어찌 세손빈과 같을 수가 있겠느냐? 무엇보다 너는 총명한 아이이지 않느냐? 이제 곧 세손과 세손빈의 합궁례인데, 너로 인해 두 사람 사이가 서먹해지고 그래서 후사를 잇는 것이 조금이라도 지체된다면, 나는 물론이거니와 세손도 주상전하와 종묘사직에 큰 죄를 짓게 되는 것이다. 이리 되면 내가 죽는 날, 너를 입궐시켜 곁에 둔 것이 천추의 한이라는 말을 남기고 죽게 될 것이다. 그리되길 바라느냐?"

"아니옵니다! 절대 아니옵니다! 소인이… 소인이 죽을죄를 지었사옵니다! 소인을 죽여주시옵소서! 흐흐흑!"

또다시 긴 한숨을 내쉰 홍씨가 말했다.

"세손이 네게 무슨 말을 하였든 네게 무슨 약조를 하였든… 넌 받아들여서는 아니 된다. 알겠느냐?"

"마마…. 흐흑…."

예뻐하던 덕임이 우는 것을 보는 혜경궁의 마음도 편치 못했다. 하지만 합궁례를 앞두고 세손이 덕임과 밤에 만난 일을 이제 주상전하도 알게 되었다.

"과거 사도세자께서 어찌 명을 달리하셨는지 알 것이다. 이처럼 세손의 명줄은 전하의 손에 달려 있지. 그런데 어제 네가 한 일은 세손의 명줄을 잡아 쥐고 흔드는 일과 진배없었다. 그러니 내가 부탁하마. 세손을 위한다면… 너는 결코 세손의 곁에 있어서는 안 된다."

보름달이다. 세손이 갑자기 자신을 찾아왔던 지난밤과 같은 보름달. 아직 보름은 지나지 않았다. 그러나 덕임에게는 많은 일들이 있었다.

"흐흑…."

방에서 나와 마루에 걸터앉은 덕임은 달을 보며 흐느꼈다.

지난밤. 갑작스럽게 세손이 자신의 처소를 찾아왔다. 별말을 하진 않았다.

늘 낮에 묻던 안부 인사를 밤에 했을 뿐이고 그들은 자연스레 대화를 나누며 세자빈에 대한 걱정도 함께 나눴다. 어린 시절부터 자연스러웠던 모든 것들.

그리고 세손이 갑자기 자신의 손을 잡았다. 빰을 쓰다듬었다. 곱다고 했다. 그 말에 덕임은 가슴이 뛰었고 세손의 손길이 싫진 않았다.

하지만… 세손빈이 그 장면을 지켜보고 있을 줄은 꿈에도 몰랐다.

"성 나인."

"…!"

갑자기 세손의 내관이 찾아와 부르는 바람에 덕임은 깜짝 놀라 마루 위에서 일어섰다.

"나리."

"저하께서 부르시네."

"지, 지금 말이옵니까?"

내관이 어두운 표정으로 고개를 끄덕였다. 덕임은 곰곰이 생각하다가 답했다.

"이미 오래전에 잠들었다 전해주시면 아니 되옵니까?"

"허면 저하께서 직접 이곳으로 납시실 터인데, 오늘과 같은 사달이 내일 또다시 일어나길 바라는가?"

"하오나…."

덕임이 난처한 표정을 짓자 내관이 말했다.

"걱정 말게. 내일이 합궁례 날이 아닌가? 별일이야 있겠는가?"

내관의 말보다도 덕임은 세손을 더 믿었다. 하지만 그녀도 간과한 사실이 한 가지 있었다. 세손은 더 이상 어릴 적 그녀와 손 붙잡고 어울리던 소년이 아니었다.

사내였다.

지난밤 세손이 덕임을 찾아간 일로 궁궐이 발칵 뒤집어졌는데도… 이 사태의 심각성을 유일하게 잘 모르는 사람이 바로 세손 이산이었다.

세손빈은 종일 중궁전과 세자빈의 처소를 오가며 위로의 말을 들었고 반대로 덕임은 세손빈에게 끌려가 호된 말을 들었는데도 그 누구도 세손을 불러다가 꾸지람을 주는 이가 없었다. 세손은 단지 자신이 덕임을 한밤중에 찾아간 일이 소문으로 돈다는 선에서만 알고 있었을 뿐이다.

"덕임아."

후원 정자. 문이 열리며 덕임이 들어서자 세손이 반갑게 다가가 그녀의 손을 잡았다.

그러나 덕임은 세손에게 잡힌 손을 바로 빼냈다. 더욱이 덕임은 세손의 얼굴을 바라보지도 웃지도 않았다. 어젯밤과는 다른 덕임의 태도에 세손이 살짝 당황하며 말했다.

"혹 곤혹스러운 일이 있었느냐?"

"무슨… 말씀이신지요?"

"지난밤 내가 너를 찾아간 일로 말이다. 어머니께 불려갔다는 말도 들었다. 혹 꾸지람을 들었느냐? 그렇다면 내가 어머니께 찾아가서 해명하마. 난 단지 어머니의 안부가 궁금하여 네게 물으러 찾아갔을 뿐이라고."

세손은 여전히 이 사태의 심각성을 깨닫지 못하고 있었다. 이것이 사내와 여인의 차이였고 세손과 나인의 차이였다. 덕임은 이 모든 상황을 이해하면서 최대한 세손에게 걱정을 끼치지 않기 위해 밝은 표정을 지으려 노력했다.

"아니옵니다. 꾸지람이라뇨. 세자빈마마를 모르시옵니까? 소인을 딸처럼 어여뻐해주시옵니다. 절대 그런 일은 없었사옵니다."

"그래? 그럼 되었다."

세손이 덕임의 손을 잡아끌어 자신의 앞에 앉혔다.

얼핏 세손의 얼굴을 본 덕임의 가슴이 떨려왔다. 세손은 덕임에게서 두 눈을 떼지 못했다. 얼굴이 붉게 상기되어 있었고 호흡이 조금씩 가빠왔다. 그의 눈이 이제 덕임의 얼굴을 떠나 그녀의 목과 쇄골 언저리에 차례차례 닿았다. 그 후에는 그녀가 단정하게 묶은 저고리 끈에 닿았다.

밤중. 둘만 한 공간 안에 있는 것도 덕임은 처음이었다.

"소인… 이제 물러가도 되옵니까?"

"덕임아!"

물러가겠다는 덕임의 말에 갑자기 세손이 한 팔로 덕임의 허리를 끌어당겨 안았다. 덕임이 당황할 새도 없이 세손의 입술이 덕임의 입술에 닿았다.

"저하…!"

"나는 너를 합궁 나인으로 삼으려 한다. 나중에는 너를 후궁으로 들이마. 그러니 오늘 밤 나의 시침을 들어라."

세손의 합궁례는 세자의 합궁례를 따르기 때문에 왕과 달리 굳이 합궁 나인을 들이지 않는다. 즉 합궁 나인이 있어도 되고 없어도 된다는 소리다. 하지만 합궁 나인에 대한 이야기를 들었을 때 세손의 머릿속에 덕임이 떠올랐다. 급한 대로 그녀를 합궁 나인으로 삼으면 세손빈과 합궁례를 치르기 전에 먼저 품을 수 있었다. 그다음에 세손빈과의 합궁례가 모두 끝나면 덕임을 후궁으로 들여 어여뻐해줄 생각이었다.

세손은 단순하게 합궁례 전날인 오늘 밤 덕임과 초야를 치르기로 마음먹은 것이다.

"저하…! 저하…!"

"덕임아…!"

활쏘기와 격구로 다져진 단단한 팔과 가슴이 덕임의 몸을 꼼짝도 할 수 없게 만들더니 그녀의 얼굴에 입맞춤을 퍼부었다. 여인과의 밤이 처음이라는 사실이 믿기지 않게 세손의 손은 능숙하게 움직였다. 계속 달아나려는 덕임을 붙들고 그녀의 옷을 벗겨내고 치맛자락을 잡아 올렸다. 덕임은 세손의 몸 아래에서 발버둥 치며 울먹였다.

"싫습니다! 놓아주십시오!"

"어찌 그러느냐? 너도 나를 좋아하지 않느냐? 좋아하는 이에게 몸을 내어주는 것이 어찌 싫다는 것이냐? 응?"

찰싹! 덕임의 손이 세손의 뺨을 쳤다.

한순간 모든 것이 정지한 듯 세손의 움직임도 멈췄다.

"너…! 네가 감히…!"

세손. 그것도 일개 나인인 덕임이 왕족의 뺨을 쳤다. 당장 세손이 그녀의 목을 베어도 될 만큼의 대죄였다.

덕임은 풀어 헤쳐진 옷을 쥔 채 벌벌 떨며 말했다.

"아직도 모르시겠습니까? 어젯밤 일로 세손빈마마께서는 몸을 가누지 못할 정도로 우셨다는데도요. 저하께서는 소인이 아니더라도 합궁 나인으로 삼을 나인들이 많으시겠지요. 허나 세손빈마마께는 오로지 저하뿐이옵니다. 어찌 그분의 마음을 보듬기도 전에 계집을 탐하려 하시옵니까? 여색을 탐하는 군주라는 소리를 듣고 싶으시옵니까? 저하께서 기어코 오늘 소인을 품으시겠다면 이 자리에서 혀를 깨물고 죽을 각오를 하고 이곳으로 왔사옵니다. 그러니 저하의 뺨을 내려친 소인을… 죽여주시옵소서."

말을 마친 덕임이 엎드려 엉엉 소리 내어 울기 시작했다.

세손은 화가 났다. 자신의 뺨을 때린 덕임에게 화가 난 것이 아니라 자신에게 화가 났다. 자신의 뺨을 때리고 자신이 듣기 싫어하는 말을 늘어놓은 덕임이 여전히 어여뻐 보이는 자신에게 화가 났고, 치마가 걷어 올려진 그녀의 희고 매끈한 두 다리에 정신없이 입을 맞추고 싶은 자신의 욕구에 화가 났다.

이대로라면 흥분한 자신을 주체하지 못한 채 덕임을 끝까지 범할 것만 같았다. 그리고 덕임은 정말로 혀를 깨물고 죽어버릴 것이다.

"나가! 당장 이곳에서 나가란 말이다!"

"저… 저하…."

"너를 귀히 여긴 내 마음 따위는 알지도 모르는 너 따위! 다시는 내 눈에 띄지 말거라!"

"저하!"

"다시 내 눈에 띄는 날, 너를 절대 살려두지 않을 것이다! 그러니 나가!"

세손이 내지르는 비명에 덕임은 미처 추스를 새도 없이 정자 밖으로 뛰쳐나갔다. 그녀가 사라진 뒤에야 털썩 주저앉은 세손은 거친 숨을 내쉬며 화를 삭이려 애를 썼다. 그 화는 오롯이 자신에게 향한 것이었다.

여전히 그의 마음은 덕임의 처소로 달려가 그녀를 강제로 끌어안고 싶은 욕구뿐이었다.

"…하아!"

달아오른 사내의 욕정을 끌어안은 세손은 정자를 나와 곧장 자신의 처소로 향했다. 그러나 그가 도착한 곳은 침소가 아니었다.

"저… 저하?"

여전히 부기가 가라앉지 않은 눈으로 잠들지 않고 있던 세손빈의 침소였다.

"내게 아들을 낳아줄 것이오?"

분칠 하나 없이 맨 얼굴로 세손을 맞이한 세손빈은 평소와 다르게 무서워 보이는 세손을 향해 그저 고개만 연신 끄덕였다.

"허면 그대 외에는 일평생 다른 여인을 두지 않으리라."

"저하…."

"약조하겠소."

이 자리에는 없는 덕임에게 하는 말. 그녀가 상처받았으면 하는 말.

"저하…."

세손빈이 눈물을 글썽거리는 사이 세손이 그녀의 주변에 있는 지밀나인들에게 말했다.

"모두 물러가라."

"예에?"

"물러가라 했다!"

세손은 상당히 화가 나 보였고 지밀나인들은 그런 세손을 말릴 수가 없었다. 그 대신 눈치 빠른 세손의 나인들이 세손빈의 나인들을 모두 처소 밖으로 내몰았다.

"저하?"

잔뜩 겁에 질린 세손빈을 앞에 두고 세손은 처소의 모든 불을 껐다.

정조 2년(1778년). 모든 것은 처음부터 이례적이었다. 조정의 실권자이자 표면적으로 스물다섯 젊은 국왕의 막강한 신임을 받고 있던 홍국영의 누이가 후궁으로 간택되는 모든 과정이 그러했다.

열네 살. 겨우 소녀티를 벗은 어린 후궁에게는 원빈이라는 빈호와 숙창궁이라는 당호가 주어졌다. 별궁에 입궐해 교육을 받고 정식 후궁이 되어 왕과의 합궁례까지 무사히 치른 어린 후궁에게는 이제 조현례라는 무시무시한 예식만이 남아 있었다. 첫날밤을 치른 새 신부가 왕실 어른들을 뵙고 인사를 올리는 것으로 그 왕실 어른들 중에는 왕의 정비인 중전 김씨도 물론 포함되어 있었다.

"날이 더워 어지럽구나."

때는 한여름. 땡볕 아래에 여러 겹으로 된 원삼을 입고 가체까지 머리에 올린 어린 숙창궁은 숨 쉬는 것조차 버거워했다. 이를 아는지 모르는지 중전은 숙창궁을 문밖에 세워놓고 더위 타령이었다. 쩔쩔매는 것은 오히려 중전의 지밀나인들.

이미 숙창궁은 영조의 계비인 왕대비와 왕의 모친인 혜경궁에게 조현례를 모두 마쳤다. 이제 남은 것은 중전에게 올리는 조현례뿐. 이 조현례를 무사히 마치지 못하면 정식 후궁 생활을 시작할 수조차 없다.

"중전마마…."

지밀나인들이 간곡히 청했지만 중전은 요지부동이었다.

"어지럼증이 가라앉을 때까지 숙창궁에게 기다리라 하거라. 본궁보다는 젊고 어리니 그 정도 기다린다고 별 탈이야 있겠느냐?"

하지만 이미 밖에서 숙창궁은 비틀거리기 시작했다. 몇 번이나 쓰러지려는 것을 나인들이 부축해 세워놓은 상황.

"오늘은 쉬시옵고 내일 다시 오라 하시지요. 이러다가 숙창궁마마께서 쓰러지시겠사옵니다."

"네 눈에는 숙창궁만 보이고 본궁은 보이지 않더냐?"

사납게 돌아오는 중전의 말에 지밀나인들은 입을 굳게 다물고 말았다.

중전도 알고 있었다. 숙창궁 입궐은 꼭 그녀가 실세 홍국영의 누이라서가 아니라는 것을. 중전으로서 왕의 아내로서 한때는 세손빈으로서 그녀는 단 한 번도 회임하지 못했다. 세손빈이던 시절에는 그럭저럭 넘어갔으나, 세손이 즉위하자 상황이 많이 달라졌다. 대신들은 아직까지 후사가 없는 왕을 걱정하며 후궁이라도 들여 후사를 볼 것을 끊임없이 주청해왔다.

왕은 후사에는 관심이 없어 보였다. 오히려 조정 일에 더욱 열심이었고 내명부 일에는 관심조차 두지 않았다.

그러나 왕이 즉위하고 홍국영이 실세로 떠오르면서 상황이 많이 바뀌었다. 왕은 간택령을 내리자마자 콕 집어 홍국영의 누이를 후궁으로 들일 것을 왕실 웃전들 앞에서 이야기했다. 그 자리에는 중전도 있었다.

"예로부터 여인을 들여 외척을 형성하는 것은 늘 있어왔던 일이오. 허나 그만큼 감당해야 할 대가도 따를 것이오. 그래도 홍국영의 누이를 후궁으로 들이려 하오, 주상?"

예리한 왕대비의 지적에 왕의 결심은 확고했다.

"지금으로서는 그의 도움이 필요합니다."

"허면 그 문제는 주상이 알아서 하시오."

후궁 하나를 들이는 문제로 심각한 대화가 오가는 가운데 모두들 중전의 존재는 관심에 두지 않았다. 바로 왕의 옆에 앉아 있으면서도 중전은 모두가 이 자리에 자신이 있다는 사실을 모른다고 생각했다.

이것이 마음의 상처가 되었지만 한편으로는 위안 삼을 일도 있었다.

"소손도 원해서 맞아들이는 것은 아니옵니다. 당장 홍국영이라는 인재가 필요하기에 그런 것입니다."

왕대비에게 건넨 이 한마디가 중전에게는 유일한 위안이었다.

하지만 얼마 지나지 않아 상황이 반전되었다. 입궐한 지 반 년도 채 되지 않아 숙창궁이 병으로 세상을 떠난 것이다. 이때 홍국영이 중전을 모함했다.

그녀가 숙창궁을 질투해서 죽였다는 것이다. 중전이 아직 후사를 보지 못한 상황에서 숙창궁이 원자를 낳을까 봐 두려워했다는 것이 그 이유였다.

중전은 억울했다. 그렇다고 나서서 아니라고 말한다 한들 믿어줄 사람도 없었다. 내의원에서 끝내 숙창궁이 죽은 원인을 가려내지 못하자 중전을 향한 의심은 비단 홍국영에게서 그치지 않았다. 궐의 모든 나인들까지도 중전을 의심하며 수군덕거렸다.

일이 점점 커지는 가운데 왕은 모르쇠로 일관했다. 왕의 입장에서는 말도 안 되는 일이라고 생각했기 때문이지만 중전의 생각은 달랐다.

억울한 자신을 위해서 나서지 않고 침묵하는 왕의 행태는 모두에게 '중전이 숙창궁을 죽였다.'라는 확증을 주는 것으로만 보였다.

이 답답한 사건들이 느리게만 지나가는 가운데 왕대비가 중전을 불러놓고 말을 꺼냈다.

"나도 소문을 들었소. 중전이 많이 억울하리라 짐작되오. 그러나 모든 것은 중전이 원자만 낳으면 사라질 것들이오."

원자. 중전의 눈꺼풀이 파르르 떨려왔다.

"이럴 때일수록 뜬소문에 신경 쓰는 것이 아니라, 어떻게 해서든 원자를 생산할 수 있도록 노력하시오."

늘 말없이 자신의 편이 되어준다고 여겼던 혜경궁조차도 싸늘하게 한마디를 던졌다.

"내의원에서도 중전이 회임 못 할 이유가 아무것도 없다 하는데, 어찌 아직까지 회임을 하지 못하시는 겁니까?"

동궐 세답방. 젊은 왕의 조심스러운 걸음이 이곳 세답방까지 이른 데는 이유가 있었다.

"성 상의께서 이곳까지 어인 일이십니까?"

세답방 나인과 무수리들이 혜경궁의 상궁인 덕임의 등장에 일제히 자리에서 일어섰다.

궁궐에서는 자신이 모시는 사람에 따라 대우가 달라진다. 지금으로서는 왕대비와 혜경궁 그리고 왕과 왕비를 모시는 상궁이 가장 지위가 높은 궁인이었다.

"혜경궁마마의 의복을 찾으러 왔네."

"소인들이 직접 가져다 드릴 터인데요."

"내가 직접 챙겨야 안심이니."

"마른 것은 개켜놓았고 아직 마르지 않은 것은 이쪽에 널어두었습니다."

바로 가장 따사로운 햇볕이 내리쬐는 곳에 왕족들의 옷을 말려두었다.

종종 불러오는 선선한 바람에 온통 흰색인 의복들이 바람에 펄럭였다.

"어머나!"

잘 고정해놓았음에도 혹시 몰라 덕임이 손을 뻗어 널어놓은 빨랫감을 붙잡았을 때였다. 펄럭이는 흰 빨랫감들 사이로 붉은 곤룡포가 아른거렸다.

자신이 잘못 본 것인가 싶어 붉은 색감이 아른거리는 곳에 눈길을 주었다. 그러나 분명 조금 전까지 보았던 붉은 곤룡포는 온데간데없이 사라지고 공터를 채운 빨랫감들만 바람에 펄럭이고 있었다.

"대사헌 윤득양을?"

"예. 전하."

도승지가 비변사에서 새로 공조판서에 임명할 사람들을 여럿 추천하였는데 모든 이들이 입을 모아 윤득양을 천거한 사실을 강조했다.

"윤득양이라면 생전에 선왕께서도 특별히 총애하셨던 신하로 알고 있소."

그러자 앞에 앉아 있던 좌의정도 대답했다.

"그러하옵니다. 지난번 간택 때도 윤득양의 여식을 간택하려고 하셨지요."

왕이 웃으며 고개를 가로저었다.

"좌상께서 헷갈리신 모양이오. 지난 간택 때는 윤득양의 여식이 오른 일이 없소."

"지난번 간택이 아니옵니다."

"지난번이 아니라니? 허면 과인이 세손이던 시절 세손빈을 간택할 때를 이르는 말이오?"

"그러하옵니다, 전하."

"음…."

왕이 생각에 잠겼다. 자신은 어릴 적이라 잘 기억나지 않았다. 게다가 세손빈을 맞이하던 해는 사도세자가 죽은 해이기도 해서, 왕은 세손빈 간택에 대해서는 전혀 기억이 없다. 또한 세손빈 간택은 오롯이 웃전들의 뜻이었다.

"그 후 윤득양의 여식은 누구와 혼인하였소?"

조선 초, 삼간택에서 떨어진 처자는 보통 왕의 후궁이 되었다. 그러나 근래에는 삼간택에서 떨어지더라도 많은 선물을 왕실에서 받고 돌아가 다른 곳으로 시집을 갔다. 그러나 대부분 삼간택에서 떨어졌다는 사실 때문에 고관에서는 그 처자와의 혼인을 기피했고, 관직에 나갈 일이 없는 향반에게 시집가는 것이 일반적이었다.

"소신은 잘 모르옵니다. 대사헌을 불러 하문하시옵소서."

며칠 뒤 공조판서에 제수된 윤득양과 왕이 독대했다. 왕은 그 자리에서 가벼운 말투로 물었다.

"과인이 어려 잘 기억하지 못하오만, 지난날 공의 여식이 세손빈 간택에 올랐다 들었소."

"송구하오나 그러하옵니다, 전하."

"선왕께서도 각별히 총애하셨던 신하인 만큼 삼간택에서 떨어진 점이 매우 애석하시었겠소?"

왕이 던진 농담에 윤득양이 놀라 고개를 저었다.

"그럴 리가 있겠사옵니까! 삼가 아뢰옵건대 오히려 소신의 여식이 부족하여 왕실에 누가 되지나 않았을까 걱정이옵니다."

"다 옛일이 아니오."

왕이 웃으며 다독이듯 말했다.

"하여 그대의 여식은 누구와 혼인하였소?"

선왕이 각별히 총애하던 신하였다. 그의 사위에게 뛰어난 재주라도 있다면 기용하여주려던 왕의 배려였다.

"그게…."

그런데 왕의 배려 섞인 말에 윤득양은 말을 주저했다.

"응?"

"그게… 소신의 여식은… 혼인하지 못하였사옵니다."

왕이 눈을 크게 떴다.

"그게 무슨 말이오? 혼인하지 못하였다니?"

"삼간택에서 낙방한 이후에 소신이 백방으로 혼처를 알아보았고… 혼인시키려 하였으나, 그 아이가 자신은 삼간택에 오른 여인이니 일평생 세손저하를 마음속에 품고 살겠다 하여 막지 못하였사옵니다."

"그런 일이…."

"송구하옵니다…."

"그것이 송구할 일은 아니지. 하여 그대의 여식은 어찌 지내고 있소?"

"소신에게 고모할머님이 한 분 계시온데, 혼인 후에도 아이가 없어 늙은 뒤에도 홀로 살아가고 계시옵니다. 그 댁 살림을 도와주며 서로 의지하며 살아가고 있사옵니다."

"올해 여식의 나이가 어찌 되오?"

"열 아홉이옵니다."

윤득양의 대답에 왕은 침묵을 지켰다.

이제 열아홉. 남은 생이 얼마나 남았을지 몰라도 일평생 왕을 품고 살겠다는 처자의 이야기였다. 게다가 그 처자의 부친은 선왕이 총애하던 신하이기도 했다.

왕은 속으로 한숨을 내쉬었다.

미복의 왕이 윤득양과 향한 곳은 그의 여식이 살고 있다는 집이었다. 작은 대문을 지나니 다 쓰러질 듯이 허름한 기와집이 있었다.

윤득양이 잠시 왕에게 양해를 구하고 기와집 안으로 들어섰다. 노쇠한 고모할머니가 왕이 왔다는 사실에 크게 놀랄 수 있으니, 먼저 자신이 말씀드릴 수 있도록 해 달라는 것이었다. 왕이 허락했고 윤득양은 안으로 들어갔다.

잠시 밖에서 주변을 살피며 서성이던 왕이 무심코 기와집의 뒤편으로 돌아갔다. 그 뒤에는 초가지붕을 얹은 아담한 행랑채와 좁은 마당이 있었다.

마당 앞에는 바지랑대 두 개가 세워져 있고 한 여인이 빨래를 널고 있었다. 그 여인의 옆에서 계집종으로 보이는 듯한 어린 소녀가 빨랫감을 여인에게 건네주고 있었다. 두 여인의 옷차림이 엇비슷하게 낡아서 둘 다 여종인지 아니면 한 명만 여종인지는 알 수 없었다.

"응?"

그때 바람이 불어왔고 빨래를 널던 여인이 빨랫감이 날아갈까 서둘러 빨래를 잡았을 때였다.

"…!"

그 모습을 바라보던 왕의 머릿속에 얼마 전 세답방에서 본 덕임의 모습이 떠올랐다.

"전하…!"

뒤늦게 나타난 윤득양이 왕을 불렀다. 그러자 빨래를 널던 두 여인이 왕을 발견하고는 돌아섰다.

"전하?"

빨래를 널던 여인이 바로 윤득양의 여식 희선이었다. 그녀는 아버지가 왕을 부르는 것을 알아차리고는 놀라 고개를 숙였다. 왕을 제외한 모두가 고개를 숙인 가운데 왕이 희선에게 다가갔다.

"고개를 들라."

하지만 희선은 고개를 들지 않았다. 아니, 들 수가 없었다. 가슴이 너무나도 떨려 가까운 곳에서 용안을 감히 올려다볼 용기가 나지 않았던 것이다.

"어서 고개를 들래도."

왕이 재차 명령하자 희선이 조금 고개를 들었다.

그러나 여전히 왕이 그녀의 얼굴을 전부 확인하기에는 모자람이 있었다.

결국 왕이 자신의 손으로 직접 그녀의 얼굴을 들어 올렸다. 전체적으로 기다랗고 매끈한 얼굴형에 딱 어울리는 자리에 눈썹과 눈, 코, 입이 자리 잡고 있었다. 미인이라기보다는 평범한 축에 가까운 얼굴이었으나, 수줍게 웃는 모습이 참으로 매력적이었다. 여기에 숯을 칠한 듯 분명한 눈썹 색깔과 입술에 살짝 묻다 만 연지가 왕의 눈에 콕 박혔다.

왕이 피식 웃으며 희선에게 말했다.

"과인이 오는 것을 알고 있었더냐?"

희선이 놀란 눈을 치켜떴다. 다행히 왕은 웃고 있었다.

"아버지께서… 알려주셨습니다."

"그랬구나."

그사이 윤득양이 서둘러 여종에게 손짓을 보냈다. 잠시 후 윤득양과 여종이 사라지자 희선이 열려 있던 창고 쪽으로 이끌듯 왕의 옷깃을 잡아당겼다.

"이 어리석은 것아! 그래서, 어찌하셨다고?"

"별말씀은 없으셨습니다…."

"승은을 내리시고도 별말씀이 없으셨다니! 그게 말이나 되느냐?"

"참말입니다. 그리… 떠나셨습니다."

"아이구!"

윤득양이 답답한 듯 제 가슴만 쳤다. 어렵게 마련한 자리였고 승은까지 입어서 모든 일이 잘 풀리리라 여겼다. 그런데 왕은 승은만 내리고는 말없이 궐로 돌아가버렸다. 이렇게 여식이 왕에게 잊힌다면 앞으로 조정에서 왕의 얼굴을 어찌 보아야 할지 난감하기만 했다.

"이러다 덜컥 아이라도 들어서면 어찌하느냐? 명분도 없는 아이라 아비 없는 소리를 듣고 자랄 터인데!"

"차라리 그 아이를 핑계로 전하의 곁에 갈 수도 있지 않겠습니까?"

계속된 아버지의 추궁에 화가 난 희선이 버럭 내지른 말이었다. 윤득양의 눈이 비상하게 빛났다.

"네가 회임을 한다면…."

왕은 아직 후사가 없었다. 게다가 처음으로 맞아들였던 후궁 숙창궁도 이미 세상을 떠났다.

이런 상황에서 승은을 입은 자신의 여식이 회임을 한다면… 그리고 그 아이가 아들이라면….

원자다!

"무슨 뾰족한 방안이라도 있으십니까?"

"일단 네 입궐부터 서둘러야겠다."

"입궐이라뇨? 제가 어찌 입궐을 합니까?"

"회임을 했다고 거짓으로 아뢰자."

희선이 난색을 표했다.

"말도 안 됩니다. 전하의 승은은 한 번뿐이었는 데다가 아직 회임 여부를 가리려면 시간이 좀 더 필요한데…"

"그전에 입궐부터 해야지! 이 일로 회임이 되었다면 다행이지만, 아니어도 상관없다. 내가 알기로 후궁들은 회임 후 석 달이 지나면 배가 눈에 띄게 불러올 때까지 합궁하는 일이 종종 있다 한다. 설사 이번 승은으로 회임이 되지 않았더라도 입궐 후 진짜 회임을 하게 되면 될 일이 아니냐."

희선이 기대하는 눈빛으로 윤득양을 바라보았다.

"아버지만 믿겠습니다."

곧 윤득양의 말은 사실이 되었다. 그는 얼마 후 왕을 알현해 희선이 회임을 한 것 같다고 아뢰었다. 오랫동안 왕에게는 후사가 없었다. 만약 희선이 아이를 낳는다면 왕의 첫아이였다. 왕은 크게 기뻐하며 이 사실을 왕대비에게 우선 알렸다.

원칙적으로 삼간택에서 떨어진 처자를 후궁으로 맞아들이는 전례는 있었다. 그러나 그것은 왕의 경우에 한했다. 희선은 세손빈 간택에서 떨어졌고 이 경우는 전례가 없었다.

왕대비는 꾀를 냈다. 희선이 정말 회임을 했다면 배가 불러오기 전에는 반드시 입궐시켜야 한다고 생각했다.

왕대비는 희선을 돈녕부 말단 종4품 첨정이던 윤창윤의 양녀로 삼아 간택 후궁으로 입궐시켰다. 빈호는 화빈, 궁호는 경수궁이었다.

입궐까지는 모든 것이 일사천리로 진행되었다. 세손빈 간택에서 떨어졌던 희선은 오랜 세월이 지난 후 당당히 '빈'의 지위를 얻어 입궐했다.

이제 아들만 낳으면 모든 것이 완벽했다.

"적당히 때를 보아 호산청을 설치해주마. 그전까지는 과인의 약원을 받아라."

모든 것이 희선에게는 파격적인 대우였다. 호산청은 후궁이 해산하기 한 달 전쯤에 세워지는 것이 보통인데, 배가 불러오기 전부터 호산청을 세워주겠다고 한 것이다. 여기에 왕을 진찰하는 내의원 어의를 보내 진맥까지 해주겠다고 하니, 희선으로서는 영광도 이런 영광이 없었다.

그러나 그녀는 이를 받아들일 수가 없었다.

"신첩이 어릴 적부터 진맥해주던 의원이 있사옵니다. 그 의원에게 받아야 안심이옵니다."

"그래?"

왕대비의 말을 들은 왕은 희선을 어릴 적부터 진맥했다는 의원에게 내의원 관직까지 주어 그녀를 진맥할 수 있도록 했다. 하지만….

"흐음…."

윤득양의 앞에서 희선을 진맥한 의원은 고개를 가로저었다.

"그게 무슨 뜻인가? 어찌 고개를 가로저어?"

"회임이… 아닌 듯합니다."

"회임이 아니라고?"

"예."

"혹 유산되거나 그런 것은 아닌가?"

희선도 간절하게 물었지만 의원은 고개를 또다시 가로젓는다.

"회임한 적도 없으십니다."

“그럴 수가….”

윤득양이 의원을 돌아보았다.

“자넨 입조심하게. 입을 함부로 놀렸다가는 우리만 죽는 게 아니라 자네도 죽을 터이니.”

“아, 예에….”

의원이 나간 후 윤득양이 희선을 잘 타일렀다.

“지금부터 기회를 가지면 된다. 전하를 뵐 기회마다 놓치지 말고.”

“네…. 아버지.”

그러나 희선의 입에서는 한숨만 나왔다. 그녀도 입궐 후 노력하지 않은 것이 아니었다. 백방으로 노력하고 또 왕에게 갖은 아양을 모두 떨어보았지만 소용이 없었다.

그때마다 왕은 배 속 아이를 생각해서라도 몸조심을 해야 한다면서 오히려 희선을 더 멀리했다. 반대로 유일한 후궁인 희선이 회임 중이니 제조상궁은 대놓고 왕과 왕비의 합궁 날만 잡았다.

희선의 눈에는 왕과 수없이 합궁하고도 회임조차 하지 않은 왕비가 여우였다.

“왕비가 된 지 벌써 10년이 다 되었는데도 여태껏 회임조차 하지 못했다니. 분명 석녀가 분명하거늘, 아직도 전하와 합궁을 한단 말이냐. 고것이 중전이 아니라 여시 중에 여시로구나!"

"화빈마마. 궐에서는 말조심을 하셔야 하옵니다."

"내가 무슨 틀린 말을 했다더냐?"

흥분한 화빈을 달래느라 쩔쩔매는 것은 늘 그녀의 지밀나인들이었다.

어차피 왕의 후궁은 지금 자신뿐. 기회만 있으면 어떻게든 왕의 시침을 들어 아이를 가지려고 애를 쓰는 화빈에게 중전은 그저 눈엣가시였다.

"화빈이 그런 말을 했다고?"

"예, 중전마마. 이번 기회에야말로 왕대비마마께 아뢰어 크게 경을 치셔야 하옵니다."

"본궁이 왜?"

"예?"

중전이 참담한 표정으로 말했다.

"화빈은 회임 중이니 본궁이 웃전께 무슨 말을 아뢰든 투기한다 여기실 것이 분명하네. 그러니 가만히 있는 것이 낫지."

그때 중궁전 나인이 안으로 들어와 다급히 아뢰었다.

"중전마마! 어서 왕대비전으로 가보시옵소서!"

"무슨 일이냐?"

나인의 소란에 중궁전 상궁이 물었다.

"화빈마마께서…."

나인의 뒷말을 모두 듣기도 전에 중전은 왠지 불길한 일이 일어났음을 느꼈다.

왕대비전. 이 자리에 혜경궁과 왕 그리고 화빈까지 모두 앉아서 중전을 기다리고 있었다. 중전이 들어서서 웃전들에게 인사를 올리는 틈에도 당연히 자리에서 일어서야 할 화빈은 배가 무거운 척을 하며 꿈쩍도 하지 않았다.

"중전."

왕대비가 중전을 맞이한다. 그러나 오늘따라 왕대비전의 분위기가 아주 무거웠다. 하지만 중전을 응시하는 화빈의 눈만큼은 영롱하게 빛이 났다.

"왕대비마마."

"오늘 어찌 이 자리에 불렀는지 아시오?"

중전이 고개를 저으며 대답했다.

"모르옵니다."

"궐에 잘못된 소문이 떠돌고 있소."

"소문이라 하심은…."

소문이라면 화빈이 입을 함부로 놀려서 낸 소문이다. 자신이 석녀라 아직까지도 회임을 하지 못하고 있다는 말. 이 일로 크게 혼나야 할 사람은 당연히 화빈이라고 생각했다. 그런데 분위기는 죄를 묻는 쪽이 화빈이 아니라 중전인 것만 같았다.

"중전이 아직까지 회임하지 못하는 이유가 석녀이기 때문이라고."

중전이 어렵게 침을 삼켰다.

"소문을 낸 범인을 잡아내기에 앞서 진위를 판가름하는 것이 우선이라 여기었소. 그것이 중전의 억울함을 풀 수도 있다 여겼고."

"그 말씀은…."

"진맥을 받으시오, 중전. 중전이 회임이 불가능한지 아닌지를 내의원의 진맥을 받아 확실히 하도록 하십시다."

"…!"

끝났다.

얼마 전 아버지가 돌아가시면서 사실상 그녀 집안의 위세는 조정에서 약해졌다. 이런 가운데 회임까지 영영 못한다면 언젠가는 중전의 자리에서 물러나게 될 것이라고 두려워했다. 그것이 현실이 되었다.

하지만 중전 자리에서 물러나야 한다는 사실보다도 더 끔찍한 것은 바로 내의원의 진맥을 받아야 한다는 것. 그것은 여인으로서 가장 은밀한 곳을 다른 이에게 내보이고 검사를 받아야 한다는 말이기도 했다.

그녀는 중전이었다. 명실상부 이 나라의 국모로서 자존심도 있었다. 이 모든 것을… 버려야 한다.

"신첩은…."

참고 참았던 눈물이 조금씩 차올랐다. 그런데도 이를 악물고 눈물을 참으려고 애를 썼다.

눈물을 흘리더라도 화빈의 앞에서만큼은 죽어도 눈물을 흘리고 싶지 않았다.

"중전. 억울함을 풀고 싶다면 왕대비마마의 명에 따라 진맥을 받도록 하세요."

혜경궁조차도 왕대비의 편을 들었다. 이제 중전에게 남은 사람은 단 한 사람. 왕뿐이었다.

중전이 간절한 눈빛으로 옆에 앉은 왕을 돌아보았다. 그 뒤로 앉은 화빈이 묘한 웃음을 지으며 중전을 쳐다보고 있었다.

'제발….'

중전의 간절한 눈빛을 본 왕이 그녀에게서 고개를 돌리며 왕대비를 향해 입을 열었다.

"소손의 생각에도 중전이 내의원 진맥을 받는 것이 옳을 듯합니다."

풀린 듯 크게 뜨인 중전의 동공이 눈물에 가려 흔들거렸다. 입술이 떨려오다 못해 미세한 파동을 만들었고 그 탓에 눈에 찬 눈물이 하염없이 흘러내렸다.

그러나 중전의 편은 그 어디에도 없었다.

"중전마마. 시작하겠사옵니다."

크고 넓은 중궁전 안을 가득 채운 많은 사람들.

발을 사이에 두고 발 너머에 부인과를 맡은 내의원 의관들이 여럿 앉아 있었다. 그 뒤에는 왕대비와 대비, 화빈이 있었다. 발 안쪽에는 이불 위에 반듯하게 누운 중전과 그 중전을 둘러싼 내의원 의녀들과 나인들이 있었다. 내의원 의녀들은 우선 이불을 걷어내고 중전이 입은 치마를 모두 곱게 접어 무릎 위까지 걷어 올렸다.

"중전마마. 다리를 벌리겠사옵니다."

이 말에 중전이 두 눈을 질끈 감았다. 머리맡에 앉아 있던 중궁전 상궁이 재빨리 중전의 옆으로 다가와 그녀의 손을 잡아주었다. 상궁의 손을 잡은 중전의 손에 힘이 바짝 들어간 순간, 내의원 의녀들이 중전의 다리를 벌려 위로 세웠다.

치욕스러웠다. 치욕도 이런 치욕이 없었다.

"모두 조치하였느냐?"

발 하나를 사이에 두고 내의원 어의의 말이 들려왔다. 그들은 의녀의 눈과 입을 통해서 전해 듣는 모든 상황들을 머릿속으로 그리고 또 떠올리며 중전의 몸 상태를 탐색해 나갈 것이다.

"예. 어의영감."

"허면 다음 차례를 행하여라."

"예."

밝은 대낮에 훤히 드러난 중전의 다리 사이로 의녀들의 매서운 시선이 향했다.

"중전마마. 조금 아프실 것이옵니다."

의녀의 말이 끝나기가 무섭게 나인이 중전의 입에 재갈을 물렸다. 잠시 후 중전의 내밀한 곳에 차갑고 딱딱하며 거친 무언가가 비집고 들어왔다.

'어머니!'

모든 진맥을 마친 내의원 의관들이 기다리고 있던 왕대비와 대비 그리고 화빈에게 고개를 숙이며 아뢰었다.

"검사 결과 아무런 이상이 없으시옵니다."

"이상이 없다니? 허면 중전이 회임할 수 있다는 말이냐?"

"예. 그러하옵니다."

"헌데 어찌 아직까지 회임을 하지 못하였다는 것이냐?"

"회임을 하지 못하시는 데에는 여러 이유가 있을 수 있사옵니다. 하오나 진맥 결과 중전마마께서는 회임이 가능하신 몸이 맞사옵니다."

왕대비 옆에서 의원의 말을 듣고 있던 혜경궁이 안도의 한숨을 길게 내쉬었다.

"그렇다면 다행이오. 앞으로도 좋은 약재를 올려 하루라도 빨리 중전이 회임할 수 있도록 힘써주시오."

"예, 혜경궁마마."

왕대비가 먼저 자리에서 일어서자 혜경궁이 그 뒤를 따랐다. 다음으로 화빈이 나인의 부축을 받아 일어서더니, 발 뒤로 누워 있는, 그림자만 비치는 중전을 한번 쏘아보고는 밖으로 나갔다. 의원들도 의녀들도 모두 떠난 자리에 중궁전 상궁과 나인들만 남았다.

"중전마마…?"

이불을 덮고 가만히 천장을 보고 누워 있는 중전을 상궁이 조심스럽게 불렀다. 그러나 중전은 대답 없이 눈만 깜빡이고 있을 뿐이었다. 그러자 상궁이 다른 나인들을 모두 내보내고는 다시 중전에게 다가와 말했다.

"중전마마. 쉬고 싶으시옵니까? 다른 무언가 필요하신 것은 없으시옵니까?"

이번에도 돌아오는 대답이 없었다. 상궁은 눈치껏 자리에서 일어섰다.

"하오면 소인은 밖에 나가 있을 것이오니 언제든지 필요하시면 불러주시옵소서."

멍하니 천장만 바라보고 있던 중전을 홀로 놔둔 채 상궁마저 밖으로 나갔다. 이제 중전은 정말 혼자였다. 그제야 중전의 눈에서 참았던 눈물이 흘러내렸다.

열 달이면 나와야 할 아이가 열두 달, 그리고 서른 달이 다 되도록 세상에 나오지 않았다.

처음에 의원들은 간혹 이런 경우가 있다는 이런저런 이유를 댔지만, 스무 달이 넘어가자 더는 아이가 태어나지 않는 이유에 대해 마땅히 지어낼 말을 잃어버렸다.

그리고 마침내, 화빈의 회임이 그녀가 꾸민 거짓이었음이 만천하에 드러났다. 왕은 큰 충격을 받은 듯 화빈을 서궐의 빈 행랑으로 유폐하라는 명을 내렸다. 왕대비와 혜경궁은 이러한 왕의 명에 동의하는지 아무런 의사 표현을 하지 않았다. 궁궐이… 화빈의 처소를 제외하고는 모든 곳이 침묵을 지켰다.

"왕대비마마를 뵐 것이다! 왕대비마마를 뵙게 해다오!"

화빈은 자신을 서궐로 데려가려는 나인들을 피해 왕대비의 처소로 달려갔지만 왕대비는 그녀를 만나주려 하지 않았다. 혜경궁도 마찬가지였다.

"어서 그만 서궐로 떠나셔야 하옵니다!"

왕의 명을 받은 나인들이 억센 힘으로 화빈을 끌어내려 했다. 화빈은 몸부림치며 전하의 마음을 되돌리겠다고 고래고래 비명을 질렀다.

"전하를 뵙게 해 다오! 전하!"

죽기 살기로 버티기에 들어간 화빈을 당해낼 재간이 있는 나인들은 없었다. 결국 내관들이 나서서 화빈을 붙들고서야 겨우 움직이지 못하게 할 수 있었다.

"계속 이러시오면 묶어서라도 서궐로 모실 수밖에 없사옵니다, 화빈마마!"

상선의 위협에도 화빈은 눈을 부릅뜨며 고개를 세차게 가로저었다.

"전하를 뵙게 해 다오! 전하를 뵙기 전에는 죽어도 못 간다! 죽어도 못 가!"

반나절을 이어진 긴 씨름에 결국 먼저 지친 것은 화빈이었다. 지친 상태로 몸이 오랏줄에 묶여 강제로 가마에 태워진 화빈은 그렇게 서궐로 끌려갔다. 서궐에서도 가장 외진 행랑채가 앞으로 그녀가 죽을 때까지 살게 될 곳이었다.

"이제야 조용해졌사옵니다."

중궁전 상궁의 말에 중전이 고개를 들었다.

조금 전까지만 해도 들려오던 화빈의 목소리가 더는 들려오지 않았던 것이다.

"중궁전까지도 들려오다니… 경수궁마마도 보통은 아니십니다."

점점 말수가 적어지는 중전 때문에 상궁은 오히려 눈치 보는 일만 늘었다.

"인과응보이옵니다. 거짓 회임을 앞세워 악행을 저질렀으니 말이옵니다."

"그나저나…."

"예?"

"다시… 궁궐이 조용해지겠구나."

화빈으로 인해 잠시나마 소란스러웠던 궁궐은 그렇게 조용해지는 것 같았다. 왕이 즉위한 지 4년. 여전히 아이의 울음소리는 들려오지 않고 있었다.

휘영청 밝은 보름달이 뜬 밤이다.

"비나이다. 비나이다. 천지신명께 비나이다. 부디 이 나라의 대통을 이을 원자마마를 내려주시옵소서."

정화수를 떠놓은 채 덕임이 간절히 빌고 있었다.

"원자마마를 내려주셔서 혜경궁마마와 전하의 근심을 덜어 주시옵소서. 천지신명께 비나이다. 비나이다."

"너는… 세월이 흘러도 어찌 그리 변함이 없느냐."

"…!"

등 뒤에서 들려온 왕의 목소리에 덕임이 화들짝 놀라며 돌아섰다. 왕이 홀로 서서 덕임을 안쓰러운 눈으로 응시하고 있었다.

"너는 일평생 누군가를 위해 살 생각만 하고, 너 자신을 위해 살려고는 하지 않는구나."

덕임이 주변을 두리번거리며 말했다.

"이곳에 오시면 아니 되시옵니다!"

"아니 된다니? 임금인 내가 이 궁궐에서 가지 못할 곳이 어디에 있단 말이냐?"

"그 뜻이 아니오라…"

"네 곁에만, 네 곁에만 갈 수 없게 하였지."

"전하…!"

"네가 원치 않았기에 과인이 그리했던 것이다."

왕의 말에 덕임이 고개를 숙였다.

"소인같이 하찮은 나인 따위의 말을 어찌 전하께서 따르시옵니까. 소인은 그저 전하께 누가 될까 그리한 것이옵니다.”

“스스로를 하찮은 나인이라? 네가 정녕 너 스스로를 나인이라 칭한다면 과인의 어명을 받으라.”

“무슨… 명이시옵니까?”

덕임이 용안을 바라보았다. 왕이 구슬프도록 목멘 목소리로 말했다.

“과인은 이제 너의 시침을 받아야겠다.”

“전하!”

덕임이 황급히 왕에게서 한 걸음 뒤로 물러섰다. 그리고 고개를 숙인 채 왕에게 아뢰었다.

“중전마마께 가시옵소서. 중전마마께… 가시옵소서, 전하.”

“넌… 끝까지 과인에게만은 잔인하구나.”

왕이 입술을 깨물며 돌아섰다.

다음 날 아침. 평상시와 다름없이 중전이 아침 문후를 올리기 위해 왕대비전을 찾았다. 그러나 왕은 없었다. 왕은 내관을 보내 대신 문후를 올렸을 뿐이다.

이 역시도 일상적인 일이었다. 언제부터인가 왕과 왕비는 함께하는 일이 아예 사라졌다. 어렵게 제조상궁이 잡은 합궁 날에도 피곤하다며 왕이 먼저 잠들기 일쑤였다.

"전하께서는…?"

그래도 중전은 형식적으로라도 왕의 문후를 받았는지 왕대비에게 물어야 했다. 중전의 물음에 왕대비가 의아한 표정을 지으며 말했다.

"문후를 올 일이 있다면 벌써 왔을 것이고, 오지 못하여도 내관을 보냈을 텐데…. 어찌 아직까지 주상에게서 소식이 없는지를 모르겠소."

그때 밖에서 왕대비전 상궁이 급히 들어와 아뢰었다.

"왕대비마마!"

"으응? 무슨 일이냐?"

"지금 내시부에 혜경궁마마의 나인이 끌려가 곤장 형을 받고 있다 하옵니다."

"무어라? 무슨 죄를 지었기에 곤장 형을 받는다더냐?"

"잘은 모르옵고 전하의 어명이라 하옵니다!"

"아침부터 어찌…. 간밤에 주상에게 무슨 일이라도 있었느냐?"

"소인이 알아본 바로는 지난밤 잠을 깊이 이루지 못하셨다고 하옵니다. 그러다 아침부터 명을 내리셔서 혜경궁마마의 지밀인 성 상의의 나인들을 끌어내 곤장 형에 처하라 하셨다고 하옵니다."

"성 상의라니?"

왕대비가 반문하는 말에 중전의 눈에 힘이 실렸다.

"혜경궁마마의 지밀 말이옵니다."

"나도 성 상의가 누구인지는 잘 안다. 허나 성 상의의 나인들에게 벌을 내렸다면 응당 성 상의가 잘못한 것이 있어서겠지. 헌데 성 상의에게는 벌을 내리시지 않았다더냐?"

"듣기로는 성 상의에게는 벌을 내리지 않으신 듯하옵니다."

왕대비가 무언가를 직감한 듯 자리에서 일어섰다.

"혜경궁은 지금 어디에 있느냐?"

혜경궁은 자신의 처소에 있었다. 그녀는 덕임의 나인들이 내시부로 끌려갔다는 말을 듣자마자 덕임을 불러들였다.

"지난밤에 주상이 너를 찾아왔다 들었다. 분명 내시부에 끌려간 아이들도 어젯밤 일로 벌을 받는 것이겠지. 도대체 무슨 일이 있었느냐?"

덕임은 고개를 숙인 채 말을 잇지 못했다. 그러자 혜경궁이 답답한 듯 덕임을 채근했다.

"주상이 명을 거둘 때까지 곤장 형을 내리라고 했다 들었다. 이러다가 아이들이 매 맞다 죽는다. 어서 말하지 못하겠느냐?"

덕임이 눈물을 뚝뚝 흘리며 입을 열었다.

"전하께서… 시침을 들라 명하셨사옵니다. 헌데 소인이 따르지 못하겠다 하였사옵니다."

"무어라?"

"그게 무슨 말이냐?"

탁! 닫혀 있던 문이 열리더니 왕대비와 함께 중전이 안으로 들어섰다.

놀란 혜경궁과 덕임이 서둘러 자리에서 일어섰다. 덕임은 혜경궁의 뒤에 서서 고개를 숙인 채 왕대비를 맞이했다. 왕대비는 안으로 들어오자마자 자리에 앉지도 않고 덕임의 앞에 섰다.

"성 상의."

"예. 왕대비마마."

"네가 주상의 시침을 거절하였다고?"

"…예, 그러하옵니다."

덕임이 눈물을 흘리며 대답했다. 그러자 왕대비가 이해할 수 없다는 듯 혜경궁을 돌아보았다.

"성 상의는 혜경궁의 나인이 아니오? 주상이 원한다면 혜경궁이 알아서 주상에게 보냈으면 될 것을, 어찌하여 시침의 명을 거절케 하여 주상을 분노케 하였소?"

혜경궁도 당황하며 말했다.

"아뢰옵기 황송하오나 이 일은 오래되었사옵니다."

"오래되었다니?"

"주상은 이미 세손 시절 성 상의가 나인이던 때에 후궁으로 삼으려 하였사옵니다. 허나 세손빈이던 중전께서도 회임 전인지라 감히 받잡아서는 아니 된다고 제가 엄명하였사옵니다. 하여…."

"이 얼마나 잘된 일이오!"

그런데 돌아오는 왕대비의 표정은 혜경궁이 예상했던 것과는 전혀 달랐다.

"예?"

"안 그래도 이번에 간택 후궁을 새로이 들이려 주상에게 말하려 하였으나, 주상이 도통 들으려 하는 기색이 아니었소. 알고 보니 마음을 궐 밖에 둔 것이 아니라 궐 안에 두고 있었구려. 차라리 잘되었소. 이리 주상의 마음을 알게 된 이상, 성 상의를 주상의 후궁으로 삼도록 하십시다."

왕대비가 기뻐하자 혜경궁도 안심한 듯 덕임을 돌아보았다. 덕임은 이 상황이 낯설면서도 왕대비의 뒤에 선 중전의 눈치를 보게 되었다.

그날 밤. 덕임은 왕의 침전에서 시침을 들었다.

'그대 외에는 일평생 다른 여인을 두지 않으리라. 약조하

겠소.'

중전의 가슴에 묻어두었던 오랜 두려움이 현실이 되어 찾아온 순간.

"으흥흐흑…! 흐흑…!"

그녀는 밤새도록 스스로 머리를 쥐어뜯고 몸부림치며 괴로워했다.

승은을 입은 덕임은 바로 '승은 상궁'이 되었다. 그 뒤에도 거의 매일같이 왕의 침전으로 불려가 시침을 들던 덕임이 회임했다는 소식이 들려왔다. 그러자 아직 상궁의 신분인데도 전각이 주어졌다.

연화당. 그곳은 왕이 일상 업무를 보던 선정전 인근이자 왕의 침전인 희정당으로 가는 길목에 있었다. 덕임은 지금껏 왕의 후궁들 중에서 그 누구보다도 왕이 일상을 보내는 곳에서 가까운 처소에 사는 여인이 되었다.

열 달 후, 덕임은 이곳 연화당에서 원자를 낳았다.

"과인이 드디어 아비라는 소리를 듣게 되었으니, 참으로 기쁘고 다행스러운 일이다."

왕의 기쁨은 말로 다 표현할 수가 없었다.

이후 덕임은 정3품 소용의 자리에 올랐다. 게다가 1년이 지나자 왕은 아직 어린 원자를 세자에 책봉했다. 동시에 세자의 어머니가 된 덕임은 정1품 의빈이 되었다.

모든 것이 행복할 줄 알았던 이들에게도 서서히 불행의 구름이 몰려왔다. 그 시작은 태어난 지 두 달 만에 옹주가 사망한 일이었다. 의빈은 한동안 어린 옹주의 사당을 떠나지 못했다. 왕도 이런 의빈의 곁에 머무느라 사당에서 함께 시간을 보내는 일이 잦았다.

왕과 의빈의 사이는 애틋해졌다. 그리고 의빈은 옹주를 잃은 슬픔을 이겨내고 또다시 회임을 하게 되었다.

궁궐에서 가장 쓸쓸하고 조용한 곳은 바로 중궁전이었다. 아무도 중전을 찾지 않고 아무도 중전을 부르지 않았다. 그런 일상이 너무나도 당연한 듯 흘러가던 어느 날이었다.

"합궁 날이라고?"

"예. 돌아오는 마지막 날이 길일이라 하옵니다."

"하하…."

"중전마마?"

중전은 저도 모르게 웃음을 터트렸다.

한때는 고대하고 또 고대하던 밤이었다. 그러나 이제는 다른 이가 어렵게 얻은 행복을 빼앗는, 서로에게 고통스러운 밤일 뿐이다.

왕은 매일같이 의빈의 처소에서 살고 지낸다. 의빈이 달거리 중일 때는 아이들을 본다는 핑계로 의빈의 처소에 가서 지냈다. 이런 상황에 오죽 중전이 불쌍했으면 혜경궁이 나서서 왕대비에게 청했다. 제조상궁에게 명해 중전과의 합궁 날을 잡아줄 것을 말이다.

이 말을 들은 의빈의 표정이 굳어버렸다고 하니 굳이 말로 전해 듣지 않아도 안다. 그들도 중궁전이라는 성 안에 사는 중전의 존재는 이미 오래전에 잊어버린 것이다.

그러다 새삼 깨닫게 되니 불편해졌겠지. 제아무리 참한 계집이라도 사내를 두고 다른 여인과 겨루게 되면 신경이 날카로워지는 법이다.

"어찌하올까요?"

"본궁은 몸이 좋지 않으니…."

뻔한 말. 그래도 할 때마다 슬픈 말이다.

"…이번 길일에는 합궁이 어렵다 전하여라."

"하오나 중전마마. 반년 만에 겨우 잡은 길일이온데…."

"의빈이 회임하지 않았느냐. 옹주를 잃고 매우 힘들어한다던데…. 전하께서는 그런 의빈의 곁에 있으셔야 한다."

“예에….”

상궁은 이제 상전인 중전을 불쌍하게 쳐다보았다. 이런 눈길을 받는 데도 익숙해진 중전은 피식 웃고 말았다.

“헌데 말이다.”

“예?”

“간택에서 내가 아닌 화빈이 중전이 되었더라면….”

어떻게 되었을까?

화빈은 영악하니 분명 아이를 여럿은 낳았을 것 같았다. 의빈이 뒤늦게 후궁이 되었다고 하더라도… 이미 아이를 낳은 화빈도 총애를 받았을 것이다.

결국 모든 불행의 원인은 ‘아이’였다. 아이를 못 낳는 여인은 죽어야 할 만큼 큰 죄를 짓는 것이다. 더욱이 왕실에서는.

궐에 마마가 돌기 시작했다.

“꺄아아아!”

어제까지만 해도 멀쩡하던 중궁전 상궁이 쓰러졌다. 쓰러진 사람으로 따지자면 벌써 네 번째였다. 상궁은 하루가 다르게 병세가 나빠져 보름이 채 지나지 않아 결국 숨을 거뒀다.

“중전마마. 이곳에 오셔서는 아니 되옵니다.”

상궁이 떠난 자리에는 그녀가 쓰던 물건들만 남았다. 대부분 태워서 없애야 했으므로 물건을 가족이 찾으러 오기도 전에 빠르게 정리가 이루어졌다.

"본궁은 괜찮다. 전에 마마에 걸린 적이 있으니."

입궐 전 별궁 생활 시절에 걸렸던 것이 이럴 때 도움이 될 것이라고는 미처 생각 못 한 중전이었다. 그녀는 마마에 걸린 적이 없어 두려워하는 나인들을 떼어놓고 상궁의 처소 안으로 들어갔다. 이미 한 보따리 안에 정리된 그녀의 물건들을 살펴보던 중전의 눈에 작은 아기 딸랑이가 눈에 들어왔다.

중전은 그것이 무엇인지 잘 알고 있었다. 오래전 청국에 갔던 사신이 왕실에 바친 것으로 언젠가 태어날 대군을 위해 중전에게 바쳤다. 하지만 아이는 태어나지 않았고 중전은 그것을 버리라고 상궁에게 명을 내렸다. 그때… 버려 없앤 줄만 알았는데….

"본궁은 포기한 것을… 자네는 포기하지 않았구려."

중전은 먹먹한 가슴을 안고 딸랑이를 집어 들었다.

딸랑. 딸랑이가 딸랑거리는 소리를 내자마자 중전의 마음에 사악한 생각이 떠올랐다. 그 생각은 삽시간에 그녀의 머릿속을 지배하고 가슴을 미치도록 두근거리게 만들었다.

"중전마마?"

오래도록 상궁의 처소에서 나오지 않는 중전을 나인들이

찾았다. 중전은 서둘러 딸랑이를 소리가 나지 않게 옷 속에 챙기고는 조용히 상궁의 처소를 나왔다.

세자가 마마로 세상을 떠났다. 고작 다섯 살. 태어난 해를 기준으로 따지면 고작 3년밖에 지나지 않았을 때였다.

딸랑. 청국에서 왔다던 귀한 딸랑이가 먼 길을 떠나는 어린 세자의 손에 쥐였다.

"으흐흑…. 세자! 세자! 이 어미의 눈을 좀 보세요! 세자!"

산달을 앞두고 있던 의빈에게 세자의 죽음은 큰 충격이었다. 세자의 장례가 끝나기까지 의빈이 까무러치기를 여러 번. 결국 열이 올라 병이 나더니 그대로 앓아눕고 말았다. 결국 의빈도 세자가 죽은 지 반년이 되지 않아 세상을 떠나고 말았다.

이번에는 왕이 큰 충격을 받았다. 태어나지 않은 배 속 아이까지 연달아 셋을 잃은 데다가 그 누구보다도 총애하는 의빈을 잃은 왕의 슬픔은 그 누구도 감싸 안을 수 없는 깊이였다.

의빈의 시신을 염하는 날까지도 여러 가지 소문들이 궐을 휩쓸었다. 세자와 의빈이 죽은 시기가 묘하게 가깝다는 것이 그 이유였다. 독살설도 제기되었다.

의빈의 시신을 염하는 날, 소문을 들은 왕이 크게 분노해 관련자들의 목을 베어버리겠다며 소동을 일으켰을 정도다. 많은 이들이 친국을 받고 귀양을 떠났다. 백성들은 또 다른 사화가 벌어지지 않을까 두려워했다.

왕실의 가장 큰 어른인 왕대비는 이 소동을 묵묵히 지켜보며 한마디를 던졌다.

"주상의 슬픔은 세월이 치유해줄 것이다."

그리고 왕대비의 말처럼 세월이 흘렀다.

이제 왕의 곁에는 또다시 회임하지 못한 왕비만이 남았다. 원빈이 죽고, 화빈이 떠났으며, 의빈마저 죽고 떠난 그 자리에 백년해로하기로 약조한 왕비만이 남은 것이다.

"주상전하 납시오!"

어김없이 찾아온 합궁 날. 의빈이 죽은 이후에 찾아온 첫 합궁 날이기도 했다.

열세 살 세손과 열한 살 세손빈으로 만나, 서른여섯 살의 임금과 서른네 살의 중전이 되어 마주한 그들의 사이에는 늘 변함없이 한기만이 흘렀다.

"전하…."

공허한 듯 보이지 않는 곳을 응시하는 왕의 뺨을 중전이 살포시 쓸었다. 그러나 땅속에 묻힌 의빈과 함께 사라져버린 왕의 영혼은 이 자리에 돌아오지 않았다. 중전은 담담하게 왕을 응시하며 말했다.

"귀히 여기고 아끼시던 의빈을 잃은 전하의 슬픔을 어찌 신첩이 다 헤아릴 수 있겠사옵니까? 이 자리를 만든 것에 제조상궁이나 그 뒤에 전하의 슬픔을 하루라도 빨리 잊게 하시려는 웃전들의 뜻이 담겨 있음 또한 잘 알고 있사옵니다. 허나, 불가능하겠지요."

왕의 시선이 조금씩 조금씩 중전에게 향했다.

"하여… 오늘은 신첩이 서온돌로 건너가 쉴 것이오니, 전하께서는 이곳 동온돌에서 편히 쉬소서."

중전이 왕에게 인사를 올리고 자리에서 일어서려는 그때였다. 왕이 중전의 손을 낚아채듯 잡더니 그대로 자신의 품 안으로 끌어안았다.

"흐으윽…. 덕임아…."

왕이 흐느꼈다. 이러한 모습은 중전도 처음 보는 것이었다.

"전하…."

하지만 동정은 가지 않았다. 동정을 주기에 왕은 너무나도 모질고도 모진 사람. 또한… 중전에게는 못난 사람. 이처럼 왕은 중전에게 못나고도 못난 사내였다.

그러나 그가 지닌 슬픔을 오롯이 나눌 수 있는 여인은 슬프게도 중전 한 사람뿐이었다.

"오늘 이 자리에 주상을 부른 것은 논의할 것이 있기에 그렇소."

왕대비는 혜경궁과 중전까지 부른 자리에 마지막으로 왕을 부른 후 입을 열었다.

"의빈의 죽음은 애석한 일이나, 그렇다고 후사를 기대하지 않을 수도 없는 일이오. 하여 간택 후궁을 들이고자 하오."

왕의 굳은 얼굴을 보고 중전은 드디어 올 것이 왔다는 생각이 들었다.

"이 일은 내가 다 알아서 준비하겠으니, 주상은 관여 말고 정사에만 집중하도록 하시오."

"주상?"

대답 없는 왕의 얼굴을 왕대비가 살폈다. 그러자 왕이 힘없는 목소리로 대답했다.

"예. 그러하겠…."

"읍!"

갑자기 중전이 헛구역질을 하기 시작했다.

"중전?"

"우읍! 읍!"

속이 심하게 메슥거리며 어지럽기까지 했다.

"소, 송구하옵… 우웁!"

금방이라도 무언가 올라올 듯하여 중전은 서둘러 그릇 따위를 찾았다. 놀란 혜경궁이 의관을 불러오라 명을 내렸고 왕대비는 친히 중전의 등을 두드려주었다.

"혹여 무엇을 잘못 먹은 게요?"

"신첩은 그저…. 웁!"

말도 제대로 잇지 못한 채 중전이 계속 헛구역질을 하는 동안 이를 이상하게 여기던 혜경궁이 말을 꺼냈다.

"혹시… 회임은 아니겠지요?"

일순간 왕대비전이 침묵에 휩싸였다.

"우웁!"

그러나 그 침묵을 깬 것 역시 중전의 헛구역질이었다.

"제조상궁을 들여라."

왕대비가 급히 제조상궁을 불러들였다.

"주상과 중전의 마지막 합방이 언제였느냐?"

"석 달이 다 되어가는 것으로 아뢰옵니다."

"석 달이라 함은… 중전이 달거리를 마지막으로 한 날은 언제이더냐?"

이번 질문에 제조상궁은 대답하지 못했다. 사실 중전의 회임 가능성이 거의 없다고 보았기 때문에 형식적인 합방 외에 따로 챙겨야 할 것들은 챙기지 않은 지 오래되었기 때문이다.

"우웁…!"

메슥거리는 속을 가다듬으려 계속 가슴을 쓸어내리는 중전의 등에 묵직하고도 따스한 손길이 닿았다. 조금 전 느꼈던 왕대비의 손길과는 다른 느낌이었다. 중전이 고개를 들자 왕이 중전의 등을 쓸어주고 있었다.

"괜찮소?"

"네네…."

처음으로 느낀 왕의 자상한 손길에 중전은 눈물이 핑 돌 지경이었다.

"마마, 내의원 의관 입시이옵니다."

"어서 들라 하라!"

"예, 왕대비마마."

문이 열리며 내의원 의관이 들어왔다.

"중전을 진맥해보게."

"예. 왕대비마마."

왕대비의 명에 의관이 중전의 맥을 짚으려 했다. 하지만 직접 맥을 짚을 수는 없었기에 의녀를 통해 손목에 실을 둘러 맥을 짚는 방식을 취하려고 했다. 그러자 왕대비가 답답한 듯 소리쳤다.

"발만 내리면 되지 않는가! 발만!"

"아, 예에…."

의관이 당황하며 물러서자 왕대비전 나인이 중전과 내관 사이에 발을 쳤다. 그 발아래로 중전이 손을 내밀자 내관이 고개를 돌린 채 맥을 짚었다.

잠시 후 왕대비가 애간장이 타는 목소리로 의관에게 물었다.

"어떤가? 뭐가… 잡히는가?"

직접적으로 '태맥'을 언급하진 않았지만, 사실상 회임했는지를 묻는 말이었다. 의관은 잠시 고민하다가 대답했다.

"확실치는 않사오나 우선 중전마마께 여쭈어보아야 할 것이 있사옵니다."

"그럼 여쭈어보게."

이 말도 왕대비가 먼저 했다.

"흠흠, 중전마마. 있어야 할 것이 끊긴 지는 얼마나 되셨사옵니까?"

중전은 잠시 생각하다 대답했다.

"두 달은 되었네."

"전에도 두 달 이상 없으신 일이 있으신지요?"

중전이 기억을 더듬는 사이 왕대비와 혜경궁, 왕의 시선이 중전을 향했다. 중전은 큰 부담을 느끼면서도 이런 상황이 왠지 싫지 않았다.

"없네."

"흐음…."

의관이 엎드리며 왕대비에게 아뢰었다.

"확실한 것은 더 두고 보아야 하오나, 현재로서는 회임일 가능성도 배제할 순 없사옵니다."

사실상 의관은 회임일 수도 있음을 피력했다.

그러자 왕대비전에 침묵이 찾아왔다. 단 한 번도 회임을 한 적이 없었던 중전에게 회임 증상이 나타났다. 그리고 그것이 정말 회임일 수도 있었다.

"의관의 말대로 더 두고 봐야 하나… 우선 축하하오. 중전."

혜경궁이 먼저 인사를 건넸다. 중전은 떨떠름한 표정으로 혜경궁의 인사를 받았다.

"예…. 마마. 황공하옵니다."

석 달이 지나고 넷, 다섯, 여섯 달에 이르자 점점 아랫배가 불러오기 시작했다. 이후에는 가슴이 커지더니 나중에는 태동까지 느껴졌다. 태동을 처음 느꼈을 때는 눈물까지 났다. 중전은 태어나서 처음으로 인생에서 가장 행복한 시절을 보냈다.

"여아든 남아든 아무 상관없다. 건강하게만 낳을 수 있다면….”

중전의 간절함은 날이 갈수록 깊어져갔다.

반대로 내의원 안에서는 의견이 분분했다. 중전에게서 회임한 징후들이 끊임없이 나타나고 있었지만, 정작 태맥, 아이의 맥이 짚이지 않았다. 그것만 제외한다면 모든 것은 회임 증상과 동일했다. 의원들은 조심스럽게 중전의 가짜 회임 가능성을 점쳤다. 그러나 그 누구도 나서서 웃전에게 아뢸 생각을 감히 하지 못했다.

앞서 화빈의 경우도 있었다. 화빈이야 후궁이었으니 서궐에 유폐되는 것으로 끝났지만, 이번에는 중전이었다. 중전이 화빈처럼 거짓 회임을 꾸며냈다면 폐위까지 될 수 있는 위험한 상황이었다. 그렇게 시간이 점점 흘러가고 있었다.

가을. 중전의 산달이 점차 가까워지고 있었다.

날이 추운데도 걷는 것이 아이에게 좋다는 말에 중전은 매일 하루에 한 번씩 후원에 산책을 나왔다. 쓸쓸한 낙엽 사이를 걸으면서도 중전은 그 어느 때보다도 소녀처럼 생기 있고 활기찬 모습이었다.

그런 중전을 바라보는 왕의 표정은 무겁기만 했다.

“전하.”

왕을 부르는 목소리. 내의원 어의였다.

“가까이 오게.”

“예.”

왕이 어의를 가까이 부르자 주변 나인들이 멀리 떨어져 섰다. 왕은 어의와 독대하는 상황에서 조심스럽게 물었다.

“의관들의 논의는 어찌 되었는가?”

“아뢰옵기 황송하게도 모두 대답을 회피하고 있사옵니다.”

왕이 속으로 한숨을 내쉬었다. 산달이 코앞인데도 의관들이 모두 회임에 대한 답을 회피하는 이유는 단 하나였다. 회임이 아니기 때문이었다. 의빈 생전부터 의서를 읽어왔기에 왕도 가짜 회임에 대한 내용을 알고 있었다.

“전하. 중전마마께서 회임하신 게 맞다면 산달이 곧 다가오니 이제라도 산실청을 세우셔야 하옵니다.”

“….”

왕은 끝내 대답하지 않았다.

다음 달. 전국에 간택령이 내려졌다.

웃전들의 결정이었기에 중전은 섭섭했으나 슬퍼하진 않았다. 곧 태어날 자신의 아이를 기대하고 있었기 때문이다. 아이가 무사히 태어나주기만 한다면… 아주 오래전 포기했던 왕의 마음도 차지할 수 있을 것이라는 희망에 부풀어 있었다.

"좌찬성의 여식이라 하옵니다."

최종 간택에서는 좌찬성 박준원의 여식이 뽑혔다. 올해 18세 소녀는 재간택에서는 2등을 했다. 그랬기에 최종 삼간택에서는 뽑힐 가능성이 낮았다. 그런데 삼간택 자리에 참석했던 왕이 그녀를 보고 직접 선택해 최종 낙점했다. 빈호는 수빈, 궁호는 가순궁이었다.

회임 막달을 이유로 간택에 참석하지 않았던 중전은 왠지 왕이 직접 선택했다는 규수 이야기에 왠지 불안해졌다. 그리고 그 불안은 첫날밤을 치른 수빈이 조현례를 치르기 위해 중궁전을 찾았을 때 현실이 되었다.

"중전마마께 인사 올리옵니다."

순한 인상을 지니고 있는 수빈이 고개를 들어 올렸을 때, 그녀의 외모에서 죽은 의빈과 닮은 뽀얗게 빛나는 달님 같은 얼굴빛이 여실하게 드러났던 것이다.

그리고 중전은 깨달았다. 자신이 원자를 낳고 대군을 무수히 낳는다고 하더라도 죽은 의빈은 결코 이길 수 없음을.

중전의 배 속 아이는 막달이 되어도 태어나지 않았다. 그러나 여전히 중전에게는 회임의 징후들이 있었다. 왕도 의관들도 그리고 왕대비와 혜경궁도 더는 아무 말도 하지 않았다.

궁궐 안에서 오직 중궁전을 둘러싼 모든 것만 다시 침묵 속에 빠져들었다. 중전과 그 배 속 아이를 위해 설치되었던 산실청은 1년여를 더 유지하다 폐지되었다.

그리고 다음 해 수빈이 아들을 낳았다. 의빈 때보다는 덜했지만 왕의 총애는 확실히 수빈에게 기울었다. 그리고 더는 왕과 중전의 합방은 없었다.

정조 24년(1800년), 여름.

왕은 종기를 앓았다. 하루 이틀 만에 종기가 등으로 번졌고 그 크기가 점점 커지기 시작하여 피고름이 줄줄 흘러나올 정도로 상태가 악화되었다.

한 달도 채 지나지 않아 미음도 들지 못할 정도로 상태가 더욱 심해졌다. 결국 의식을 잃고 쓰러지더니 하루걸러 겨우 정신을 차렸다가 또다시 잃기를 반복했다. 왕의 마지막이 가까워지고 있었다.

"흐음… 흐음…."

불안정하게 호흡하던 왕이 힘없이 눈을 떴다. 마침 왕의 곁을 지키고 앉아 있던 중전의 눈과 왕의 눈이 마주쳤다.

"중전…."

중전은 말없이 왕의 얼굴을 가만히 쳐다보았다. 그때 왕이 이불을 덮고 있던 자신의 손을 빼내더니 중전의 손 위에 얹었다. 그러자 무표정하던 중전의 눈이 조금 흔들렸다.

"고생하시었소…."

중전은 여전히 대답하지 않았다.

잠시 후 왕은 두 눈을 감았고 그것이 왕과 중전이 이승에서 나눈 마지막 대화였다. 이후 다시 혼수상태에 빠진 왕은 며칠 후 숨을 거뒀다.

왕의 나이 49세. 중전의 나이 47세였다.

국상이 거행되는 동안에도 중전은 무표정한 얼굴을 유지했다. 억지로라도 눈물을 흘려보려 했지만 도무지 왕을 위한 눈물이 나지 않았다. 오히려 보는 시선만 없다면 어디서라도 크게 웃어보고 싶을 만큼 가슴이 시원하게 뚫리는 기분이었다.

분명 중전은 왕에게 아무런 감정이 남아 있지 않았다. 그녀는 이제 자신을 얽어맨 모든 것으로부터 자유로워졌다. 아이를 낳지 못할까, 아들을 낳지 못할까, 임금의 사랑을 받지 못할까, 들이는 후궁이 늘어날까, 결국 모든 것을 잃고 중전의 자리에서 내쫓기게 될까…. 그녀를 매 순간 불안하게 내몰던 모든 것들이 왕의 죽음과 함께 그녀의 곁을 모두 떠났다. 종말을 고한 것이다.

그제야 그녀는 완전한 평안을 얻었다. 그토록 갖고 싶었던 평안을 왕의 죽음과 함께 손에 넣은 것이다.

그리고 이제 중전은 대비가 되었다.

원칙적으로 후궁의 아들은 세자라 하여도 왕이 될 수 없다. 그러하기에 죽은 왕비든 살아 있는 왕비든 왕비의 양자가 되어 즉위한다.

세자 이공. 그는 대비가 된 중전의 양자가 되어 열한 살의 나이로 즉위했다.

대비는 붙임성 좋고 성격 밝은 소년 왕을 매우 귀여워했다. 그에게만큼은 잘 보여주지 않던 미소도 종종 드러내곤 했다.

"주상. 곧 간택령을 내려 중전을 간택할 터인데 주상은 어떤 중전을 맞이하고 싶으시오? 외모가 아름다운 여인이오? 아니면 마음이 아름다운 여인이오?"

농담처럼 던진 대비의 말에 아직 어린 왕은 똑 부러지게 대답했다.

"소자는 여염집 부부처럼 평생을 함께 의지하며 살아갈 부인을 얻고 싶사옵니다."

"뭐라?"

예상치 못한 소년 왕의 대답에 당황했던 대비는 곧 크게 웃음을 터트렸다.

"여염집 부부의 뜻을 알기나 하고 하는 소리요?"

"잘은 모르지만… 어머니께 들었사옵니다."

"가순궁이? 가순궁이 여염집 부부에 대해 뭐라 알려주었습니까?"

"여염집 부부라 함은… 부부가 서로의 마음을 나누고 의지할 수 있는 사이라 하옵니다. 사내는 그러한 여인을 일평생 단 한 명만 만날 수 있다고도 하셨사옵니다. 소자도 임금이기 전에 사내이니 그러한 여인을 부인으로 맞이할 것이옵니다!"

"사내…. 하하. 주상도 사내는 맞지요. 허나…."

대비가 작은 소년 왕의 손을 맞잡으며 허리를 숙였다.

"주상은 결코 그리 살 수 없을 것이옵니다."

"어째서요?"

왕의 눈이 휘둥그렇게 되었다. 대비는 그런 왕을 응시하면서 웃는 얼굴로 아무렇지도 않게 말했다.

"여염집 부부가 서로를 의지할 수 있는 것은 서로 외에는 아무것도 없기 때문이지요. 허나 주상께는 책임져야 할 이 나라와 이 왕실, 이 궁궐 안에서 오직 주상만 바라보는 수많은 나인들이 있습니다. 그들을 모두 챙기다 보면 여염집 부부처럼 중전만 챙길 수는 없을 것입니다. 불가능해요."

"음…."

소년 왕은 깊은 고민이 담긴 표정을 지었다.

"주상?"

대비는 아직 어린 왕이 결코 자신이 원하는 답을 찾을 수 없으리라 여겼다. 또한 그 답은 대비도 일평생 찾지 못한 것이었다.

"대비마마."

고민 끝에 왕이 고개를 들어 대비를 바라보았다.

"응?"

"소자는 할 수 있을 것 같사옵니다."

"할 수 있다뇨?"

"소자의 바람도, 또 이 나라 임금으로서도 해야 할 일들도 모두 함께 이뤄낼 수 있사옵니다."

대비가 어이없다는 듯 짧은 웃음을 흘렸다. 그러나 반짝이는 어린 왕의 눈동자는 조금의 흔들림도 내보이지 않았다.

"어떻게 그것이 가능하다는 거죠?"

"그것은 소자가 이 나라 임금이기 때문입니다."

"임금이라서?"

"예. 소자는 이 모든 것을 감당할 수 있기에 왕손으로 태어나 왕이 되지 않았사옵니까? 그러니 소자가 응당 감당해야 하는 것들에 소자의 바람을 끼워 넣으면 되옵니다. 이룰 수 있사옵니다."

"그러세요. 나도 주상이 이루는 것을 꼭 보고 싶으니."

어린 왕이 웃으며 고개를 끄덕이더니 저보다도 어린 누이를 안고 다가오는 어머니 가순궁을 향해 뛰어가버렸다.

멀어지는 왕의 뒷모습을 바라보는 대비의 표정이 싸늘하게 식어버렸다. 대비는 왕에게는 내색하지 않았던 자신의 본색을 중얼거리듯 말했다.

"주상의 아비가 이루지 못했듯 주상도… 결코 이루지 못할 것입니다."

한 여인의 지아비

나는 크게 심호흡을 했다. 그러자 내 옆에 서 있던 왕이 나를 돌아보며 방긋 웃었다. 보통 때라면 억지로나마 웃어주었을 텐데 지금은 도무지 긴장해서 억지웃음도 지어지지 않았다.

"대비마마. 주상전하와 중전마마께서 드셨사옵니다."

"드시라 하게."

"예. 대비마마."

나인이 양옆에서 문을 열자 곧 크고 넓은 대비전 안이 모습을 드러냈다.

꼴깍. 저절로 무거운 침이 삼켜진다.

처음 궁궐에 들어올 때부터 그랬다. 궁궐의 웅장함과 위엄

이 내가 과거 정주성이나 안주성, 평양성에서 보았던 것과는 비교도 할 수 없는 수준이었다.

난 정말 이 궁궐에서 수년을 살아왔던 것일까? 이런 압도적인 감정을 어떻게 기억하지 못하는 것일까?

왕이 성큼 안으로 들어서고 난 그 뒤를 따랐다. 앞에는 대비로 보이는 여인이 앉아 있었다. 그녀는 무표정한 얼굴로 우리를 향해 흔들림 없는 시선을 보내고 있었다.

"어마마마. 소자 인사 올리옵니다."

평양성에서 돌아온 후 첫인사. 표정이 밝아진 왕이 먼저 절을 올리며 인사했다. 나도 앞서 배운 대로 나인들의 부축을 받아 대비에게 큰절을 올렸다.

절을 올린 후 왕이 먼저 자리를 잡고 앉고, 난 그 옆에 나란히 앉았다. 그리고 또 역시 배운 대로 고개를 숙인 채 대비의 말을 기다렸다. 대비의 입에서 첫말이 나오기까지 내겐 참으로 살 떨리는 시간이 아닐 수 없었다.

"중전."

"예. 대비마마."

"이리 다시 보니 좋소."

조금 전까지 전혀 웃지 않던 대비의 입에서 나온 목소리는 의외로 상당히 밝았다.

"예에…."

난처하면 할수록 긴 말은 피하는 것이 좋다고 생각했다.

"그리고 주상."

"예, 대비마마."

"중전의 건강이 많이 좋아 보이는 듯한데, 어찌하여 도성에 들르지 않고 바로 평양으로 부르시었소?"

난처한 질문에도 왕은 막힘없이 대답한다.

"그것은 소자가 평양성에 머무르고 있었기 때문이며, 그 누구보다도 먼저 중전의 얼굴을 보고 싶었기 때문입니다."

왕의 애정이 드러나는 말이 못마땅한지 대비는 잠시 아무 말도 하지 않았다.

"중전. 어찌 그리 고개를 숙이고 계시오? 편히 하시오. 편히."

"네에…. 대비마마."

어깨가 잔뜩 움츠러든 상태로 난 고개를 들었다. 그러자 앞선 침묵이 무색하게 대비는 환한 얼굴로 나를 쳐다보며 웃고 있었다. 그러나 난 이번에도 웃을 수가 없었다.

'대비께서 모르시는 것은 없으시나, 당분간은 기억을 잃은 사실을 말씀드리지 마시오.'

대비를 알현하기 전 왕이 했던 말이 다시금 떠올랐다. 난 대비에게서 눈을 돌려 옆에 앉은 왕을 돌아보았다. 마침 내게 눈길을 주고 있던 왕은 나와 눈이 마주치자 그 누구보다도 환하게 미소 지었다.

난 그 미소에 안도하고는 다시 대비를 돌아보았다. 대비가 내 얼굴을 보며 말했다.

"내명부가 제 주인을 찾았구려."

"예에…."

여전히… 어렵고도 어색했다.

대비전 알현을 끝낸 후 중궁전으로 돌아왔다.

여기서는 평양성에서부터 함께한 복 상궁과 나인들 이외에 새롭게 중궁전에서 일하게 된 더 많은 지밀나인들의 인사를 받았다.

이 인사를 담당한 것은 제조상궁이었다. 제조상궁은 무언가 달랐다. 왕실의 일원처럼 행동 하나하나에 기품이 느껴졌고 내가 대비에게서 느낀 것과는 또 다른 위압감을 받았다.

그녀는 해주관사 출신인 복 상궁과 나인들을 처음부터 마음에 들어 하지 않는 눈치였다. 아예 대놓고 복 상궁과 나인들 앞에서 이런 말을 했다.

"중전마마께서 원하시면 언제라도 중궁전 지밀상궁과 나인들을 다른 이들로 대체하실 수 있으시옵니다."

평양성에서부터 나와 함께 온 복 상궁과 나인들의 얼굴이 빨갛게 달아올랐다. 이런 그녀들의 모습에 제조상궁이 데려온 지밀나인들이 큭큭거리며 웃었다. 물론 제조상궁이 눈치를 주자 곧바로 웃음을 그치긴 했지만 말이다.

"나는… 괜찮습니다."

"예…?"

"아니, 저는… 본궁은…."

오기 전에 분명히 배우고 되새기기까지 했던 궁중 말투가 제조상궁의 기에 눌려 잘 나오지 않으니….

그때 제조상궁의 옆에 앉아 있던 복 상궁이 나를 보며 입 모양을 보여주었다. 난 복 상궁의 입 모양에 맞춰 제조상궁에게 대답했다.

"충분하네."

제조상궁의 예리한 시선이 복 상궁을 향했지만, 복 상궁은 바로 고개를 다른 곳으로 돌려버리며 딴짓을 한다. 이 때문인지 나도 모르게 웃음이 터져 나오고 말았다.

"중전마마?"

이젠 웃는 나를 돌아보며 제조상궁이 의심스러운 눈길을 보냈다. 하지만 곧 내게 시선을 돌린 복 상궁이 또 다른 입 모양을 만들었다. 난 그 입 모양에 따라 제조상궁에게 말했다.

"그만 물러가게. 쉬고 싶으니."

"예에…. 그럼 내일 다시 찾아뵙도록 하겠사옵니다."

제조상궁이 물러가고 나서야 난 깊은 한숨을 내쉬었다. 복 상궁이 웃으며 말했다.

"잘하셨사옵니다!"

아직까지 기억을 잃었다는 건 복 상궁만 아는 정도. 물론 그녀도 그 외에는 다 알지 못한다.

"고맙네."

"고맙다뇨? 소인에게 그런 말씀은 마십시오! 소인은 오직 중전마마를 위해 존재하니까요."

"마마님. 그러시면 간신배 소리 듣습니다."

"뭐라고?"

"하하하!"

해주관사 출신의 나인들은 의리가 있어 좋았다. 어느새 그녀들과 익숙해진 나는 마음 편히 웃을 수 있었다.

"중전마마. 옹주마마께서 오셨사옵니다."

"옹주께서?"

내가 반가운 표정을 짓자 복 상궁이 이런 나를 보며 대신 답했다.

"어서 안으로 모셔라!"

"예."

문이 열리더니 어린 공주를 안은 옹주가 안으로 들어왔다.

하지만 옹주의 품에 안긴 공주는 나를 보자마자 옹주의 목을 힘껏 끌어안았다. 아직 어린아이지만, 내 곁에 오면 옹주의 품을 떠나야 한다는 사실을 본능적으로 느끼고 있는 것 같았다

"우리 공주님, 어찌 이러신데. 중전마마께 인사부터 올리셔야지요."

"싫어."

옹주의 품에서 단호하게 고개를 젓는 공주를 보면서 난 괜찮다는 듯 웃었다. 그러자 복 상궁이 나섰다.

"공주마마. 어마마마라고 불러보셔요. 어서요."

복 상궁의 요청에 공주는 이번에도 고개를 가로젓는다. 역시 난처해하는 것은 옹주다.

"도대체 누굴 닮아서 이러실까."

"아마도 날 닮았을걸요."

자진 시인에 옹주가 내게 묻는다.

"중전마마를요?"

"전하를 안 닮았으면요."

"호호, 그렇겠네요. 전하 오라버니를 안 닮았으면 공주님은 중전마마를 닮았겠네. 중전마마께서도 이런 고집이 있으신가요?"

'소희….'

'우리 끝까지 함께해요. 그러니 저도 데려가주세요, 원수님!'

'그러리다. 그러리다…. 소희.'

"고집이라…."

그때 공주가 울음을 터트렸고 모든 이들의 관심이 다시 공주에게 쏠렸다.

궁궐에서의 첫날밤. 평양성에서보다도 더 잠을 이루기가 어려웠다.

난 가만히 천장을 보고 누웠다가 고개를 돌려 옆에 누워서 잠든 왕을 바라본다. 왕은 내게 아무 짓도 하지 않았다. 그저 '잘 자.'라는 말과 따스한 웃음만 보이고는 그대로 누워 잠들었다. 궁궐 나인들에게는 왕의 중궁전 방문이 매우 익숙한 풍경인 듯싶었다.

오로지… 나만 제외하고는.

"휴우…."

저절로 터진 한숨에 곧바로 왕을 돌아보았다. 불이 꺼지고 한참 시간이 흘렀고 왕의 숨은 안정적으로 들려오고 있었다. 확실히 왕은 잠이 든 것 같았다. 난 안심하고는 잠에 들려고 눈을 감았지만… 잠은 오지 않았다.

결국 이불을 박차고 일어나 앉았다. 몸이 피곤했지만 머리에서 끊임없이 옛 기억들이 생각났다. 궁궐에서의 시간이 낯설게만 느껴질수록 반대로 산채에서의 시간이 자꾸만 떠올랐다. 마치… 망향병(향수병)같이.

그리고….

'그자가 있는 풀무재 인근에 광희문이 있어, 광희문 수문장에게 특별히 그자를 감시하라고 따로 명을 내린 것이 전부이옵니다.'

몽남이 도성에 있다. 내가 지금 있는 이곳에.

낙엽이 모두 떨어지고 날씨가 빠르게 추워지고 있었다. 그런데도 중궁전은 봄처럼 따뜻하기만 했다. 산채에서는 늘 계절의 변화를 달고 살았지만, 궁궐에서는 아니었다.

나는 중궁전이 답답해 후원으로 산책을 나왔다.

"곧 눈이 올 듯하옵니다."

낙엽 옷을 모두 벗은 나뭇가지들을 보며 복 상궁이 말했다.

"그런가…."

한양에 온 뒤로 날씨를 체감하기가 어렵다. 내가 살았던 북쪽은 여름을 제외하고는 모든 계절이 한겨울 같았다. 하지만 한양은 늘 따뜻하다. 지금이 가을의 끝물이라는 사실을 믿기 힘들 정도로 내겐 따스한 봄 날씨 같다.

"하온데 마마님. 소인 궁금한 것이 한 가지 있사옵니다."

나인의 질문에 복 상궁이 시선을 돌린다.

"무엇이 말이냐?"

"어찌하여 후원 숲속에 병사들이 있사옵니까?"

후원을 둘러싼 산과 숲. 낙엽이 떨어졌기에 붉은 옷을 입은 병사들이 눈에 쉽게 띄었다. 해주에서 온 나인의 눈에는 이런 것 또한 신기한 풍경인 듯했다.

"내가 어디선가 듣자 하니 후원의 숲은 방향에 따라 궐 밖으로도 이어지는 길이 있다고 하더구나. 아마도 혹시 그 길을 통해 들어올지 모르는 침입자를 대비하여 병사들이 있나 보다."

"아아…. 그렇구나."

복 상궁의 설명에 귀를 기울이는 나인을 보고 있자니 내 시선도 자연히 숲속을 향한다.

드문드문 서서 경계를 하는 병사들을 살피자니 어딘가로 향하는 방향이 자꾸 눈에 밟힌다.

산책로는 아니고 산속이라서 그쪽으로 직접 향하는 길은 없었다. 하지만 왠지 그곳에서 이곳 후원을 내려다보았던 것 같은 느낌이 들었다.

단순히 산채를 떠올리게 하는 후원 풍경 때문일까? 아니면 기억나지 않는 과거에 이곳에서 살았기 때문일까?

후원을 거닐고 있는 나래에게서 얼마 떨어지지 않은 곳에 왕이 있었다.

왕은 정자 위에 서서 깊은 시름을 안은 얼굴로 걷고 있는 나래의 얼굴을 응시하다 한숨을 내쉬었다.

"전하."

그런 왕의 뒤로 인영이 나타났다.

"듣자 하니 오늘 경연도 파하셨다 들었사온데…."

말을 계속 이어 나가려던 인영은 왕의 시선이 닿는 곳에 나래가 있음을 알고는 말을 멈췄다. 그리고 왕의 곁에 다가와 작은 목소리로 말했다.

"아침 조회에서 연신 하품을 하시기에 신은 간밤에 좋은 일이라도 있으셨는 줄 알았사옵니다."

"…훗."

그제야 왕이 짧게 웃는다. 그러나 웃는 왕의 표정은 밝아 보이지만은 않았다.

"환궁하신 후 매일 밤 중궁전에 드신다고 들었사옵니다."

"늘 그리했으니."

"…성사되었사옵니까?"

인영은 왕의 눈치를 보며 물었다. 왕은 또다시 짧게 웃으며 나래를 향했던 시선을 거두어들였다.

"인영."

"예, 전하."

"과인이 중전을 오랫동안 그리워해보지 않았는가? 그래서인지… 누군가를 그리워할 때 짓는 표정을 잘 안다네."

"전하?"

인영이 왕을 걱정스러운 표정으로 쳐다보았다.

왕은 그저 피식 웃고는 다시 나래가 있는 곳으로 눈을 돌리며 중얼거린다.

"만약에 중전이 잃어버린 기억을 영영 되찾지 못한다면…."

왕이 자신감 없는 표정을 드러냈을 때였다.

"전하. 김 찬선이 들었사옵니다."

내관의 목소리가 들리자 왕과 인영이 돌아섰다.

내관의 말대로 원근이 그들이 있는 곳을 향해 걸어오고 있었다.

"전하."

정자 앞에 이르러 원근이 왕을 향해 예를 올렸다.

"무슨 일인가?"

왕의 물음에 원근이 대답했다.

"전하. 긴히 드릴 말씀이 있사옵니다."

"원자가 왔다고?"

"예."

"그럼 어서 들어오라 하게."

"예, 중전마마."

후원 산책을 마치고 돌아오니 원자가 이미 중궁전에 와 있었다. 서연을 마치자마자 왔다는 원자는 내가 없다는 사실을 알고는 돌아가지 않고 빈 처소에서 나를 기다리고 있었다고 한다.

잠시 후 복 상궁이 원자를 데리고 들어왔다. 나는 원자를 보자마자 오랜만에 활짝 웃을 수 있었다.

"원자."

"중전마마."

여전히 '어마마마'라는 말은 하기 어려워하지만, 원자는 또 다른 중궁전 죽돌이가 되려 하고 있었다. 공부하는 시간과 자는 시간을 제외하고는 수시로 중궁전을 드나들고 있었던 것이다. 난 원자의 손에 들린 책을 보고는 물었다.

"오늘 배운 책입니까?"

"예. 소자, 중전마마께 읽어 드리려고 가져왔사옵니다."

"내게요?"

원자가 힘차게 고개를 끄덕이더니 말한다.

"오늘 김 찬선께 들었는데 소자가 어릴 적 중전마마 앞에서 책을 아주아주 많이 읽었다고 하옵니다. 그래서 오늘 배운 것도 중전마마께 읽어 드리려고 가져왔사옵니다."

"이리 와요, 어서."

난 원자에게 손짓했고 원자가 가까이 다가와 내 무릎에 앉았을 때였다.

"대비마마 납시오!"

예상치 못한 대비의 방문에 난 서둘러 원자와 함께 자리에서 일어섰다. 문이 열리며 대비가 안으로 들어왔다.

"마마."

복 상궁이 내게 눈짓을 주었고 난 서둘러 내가 앉아 있던 자리를 대비에게 내어주며 물러섰다. 대비가 먼저 자리에 앉고 나자 난 원자와 함께 대비의 앞에 자리를 잡고 앉았다.

"대비마마."

"중전. 우리 원자도 함께 있었구려."

"할마마마."

원자는 애교 있는 목소리로 대비를 부르며 옆으로 다가가 앉는다. 이런 원자의 행동이 익숙한 듯 대비도 웃으며 원자의 머리를 쓰다듬어주었다.

"우리 원자. 헌데 손에 낀 책은 무슨 책이오?"

"오늘 서연에서 배운 책이옵니다."

"원자가 이처럼 공부에 매진하니 나라에 경사가 아닐 수 없구려."

"헤헷."

대비의 칭찬에 원자가 활짝 웃는다. 아직 내게는 어렵기만 한 대비인데 원자와 함께 마주하니 조금은 안심이었다.

"중전."

원자와 대화를 끝낸 대비가 나를 돌아보며 말했다.

"오늘 이리 갑작스레 중전을 만나러 온 것은 내 알려줄 것이 있어서요."

"무엇을… 말이옵니까?"

"저 아이."

웃는 얼굴의 대비가 자신을 따라 들어온 대비전 상궁과 나인들이 있는 쪽을 쳐다본다. 자연히 내 시선도 그쪽을 향했다. 상궁 옆에 유독 눈에 띄게 꾸민 젊은 나인이 눈에 들어왔다. 대비가 가리키는 사람이 그 나인이라는 것을 깨닫고는 난 다시 대비를 돌아보았다. 대비가 내게 말했다.

"중전이 온양에 있던 시절, 주상의 시침을 들었던 아이요."

그러자 대충 보았던 나인의 얼굴이 다시 보인다.

"윤금아."

"예, 대비마마."

"어서 중전에게 인사를 올리거라."

"예."

대비의 명을 받은 나인이 앞으로 나서더니 내 앞에서 절을 올렸다.

"소인, 대비전 나인 박윤금이라 하옵니다, 중전마마."

인사를 마친 윤금은 다소곳이 고개를 숙이고 앉았다. 대비가 그런 윤금을 보며 내게 말했다.

"비록 하룻밤만 시침을 들었을 뿐이고 주상이 그 뒤로는 찾지 않았소. 허나 승은을 입은 나인을 언제까지 내 지밀로 둘 수는 없는 법. 무엇보다 이런 일은 중전이 나서야 할 일 같아서 부탁하러 온 것이오."

"신첩이… 어떻게 하면 되옵니까?"

"마음 같아서는 첩지를 내려주라 말하고 싶지만, 그리되면 주상에게 승은을 입은 모든 나인들에게 다 첩지를 내려야 하는 전례가 생기지 않겠소? 중전의 생각은 어떠하오? 어찌해야 할까?"

"이전에는… 어찌하였사옵니까?"

"이전에는…."

쭉쭉 잘만 나가던 대비의 입이 막힌 것은 그때였다.

"…승은을 입은 나인이 윤금이 하나뿐인지라 아직까지는 전례가 없소. 그러니 중전이 전례로 삼을 만한 판단을 내려주시오."

"신첩이…."

잘은 모르지만 고민해본 후에 대답하겠다고 말할 상황은 아닌 것 같다. 대비가 나를 부르지 않고 직접 중궁전까지 와서 말하는 상황을 보면 그러했다. 아마도 대비전 나인이었다고 하니 예외를 두어 윤금에게만 첩지를 내려주라고 대비가 압박하는 것 같은 느낌을 받았다.

"싫소?"

싫고 좋고는 없었다. 젊은 왕에게 아직까지 후궁이 없다는 사실이 더 이상한 거지. 이번 일로 저 나인이 첩지를 받고 후궁이 된다면, 왕은 매일 밤 중궁전만 찾을 수는 없게 될 것이다. 그렇지만….

'과인은 오늘 밤 그대를 안고 싶소.'

왕이 아직까지 나를 안지 않은 건… 언젠가 내 기억이 돌아오기만을 기다리고 있어서다. 그러나 영영 기억이 돌아오지 않는다면… 난 왕이 바라는 역할을 해낼 수 없을 것이다. 그러니 다른 여인의 존재는… 나를 위해서도 왕을 위해서도 필요한 게 아닐까?

"중전?"

머릿속에서는 대비의 속뜻을 받아들여 윤금에게 첩지를 내리라고 말하고 있었다. 그게 맞았고 그게 당연한 듯싶었다.

하지만 내 머릿속이 아닌 마음속에서 무언가가 자꾸 내가 해야만 하는 말을 막고 있었다. 그러나 마음은 생각이란 게 없어서… 자신이 품은 마음이 무엇인지 내 머릿속까지 전달하지 못했다. 이대로라면….

시선을 둘 곳을 잃어버린 채 난처한 표정으로 고개를 들었을 때였다.

대비 옆에서 싱글벙글 웃고 있던 원자가 어리둥절한 표정으로 나와 눈을 마주쳤다. 그러고는 대비의 얼굴을 본다.

대비는 웃고 있고 나인 윤금도 웃고 있다. 다만… 나만 웃지 못하고 있을 뿐이다.

"어찌하시겠소?"

재차 대비가 내게 물어오던 그때였다.

"아니 되옵니다!"

원자가 나섰다.

"원자?"

"그것은 절대 아니 되옵니다!"

"무, 무슨 말이오? 아니 된다니?"

"지금 할마마마께서는 윤금이에게 첩지를 내리려는 것이지요? 그렇지요?"

어린 원자에게까지 속내를 들킨 대비는 당황하면서도 침착하게 말을 했다.

"무슨… 원자. 이 일은 내명부의 일이에요. 아직 어린 원자가 나설 일이 아니랍니다."

"하오면 윤금이를 당장 중궁전에서 내보내주시옵소서."

"원자! 그 무슨 말이오?"

"윤금이는 절대 아바마마의 후궁이 되면 안 되옵니다."

원자의 표정이 울상이 되었다.

"원자…. 아직 어린 원자는 모르는 일이 있는 겁니다. 윤금이를 후궁으로 삼는 것은 중전이 할 일이지만, 그 뜻은 주상의 뜻이기도 합니다."

드디어 대비가 자신의 속내를 드러냈다. 대비는 윤금을 후궁으로 삼는 건 왕의 뜻이라고도 말했다. 그 말에 내 가슴이 철렁했다.

그러나 원자는 고개를 세차게 가로젓는다.

"아니옵니다. 아바마마의 뜻은 그것이 아니옵니다."

"아니라니?"

"아바마마께서 소자에게 말씀하시기를 중전마마와 여염집 부부처럼 평생을 함께하실 것이라고 말씀하셨사옵니다. 소자는… 여염집 부부가 무슨 말인지 그 뜻을 잘 몰라 아바마마께 물었사온데…."

원자가 기억을 더듬듯 천천히 말을 이어 나갔다.

"…중전마마께서 평생을 아바마마와만 함께하시는 것처럼

아바마마께서도 평생 곁에 두는 여인은 어마마마뿐이라고 하셨사옵니다. 그것이 여염집 부부처럼 사는 것이라고 하셨사옵니다. 하온데 윤금이가 아바마마의 후궁이 되면 여염집 부부가 아니옵니다. 그러니 안 되옵니다, 할마마마!"

대비의 얼굴이 차갑게 굳었다. 내 눈에는 대비가 끝까지 침착한 표정을 유지하려 애를 쓰는 것처럼 보였다.

"원자. 여염집과 궁궐은 다릅니다. 원자도 아시겠지만 선왕께서도 여러 후궁을 두셨지요. 허나 한평생을 이 할미와 함께 하셨어요."

대비가 적극적으로 어린 원자를 달래기 시작했다. 그러자 원자의 어깨가 축 처지더니 덩달아 시선도 바닥을 향했다.

"소자도… 그리 살고 싶사옵니다."

"원자?"

"소자도 아바마마와 같이…. 그러니 아니 되옵니다. 윤금이는 아니 되옵니다."

아직 후궁의 뜻이 무엇인지도 잘 모르는 원자는 왕이 자신에게 한 말과 대비가 하는 말이 상충되는 가운데서도 꿋꿋이 자신의 뜻을 지켜 나가려고 하고 있었다.

어린 원자는 이제 마냥 떼를 쓰며 고집을 피우는 나이를 지나 고집을 피워서 될 일과 안 될 일을 구별하기 시작하는 나이에 들어섰다. 그 작은 머리 안에서 대비의 뜻과 왕의 뜻이

어긋나니 결국 또르르 눈물이 흘러내린다.

"허허…."

대비는 이 상황이 어이가 없는지 더는 말도 않고 자리를 박차고 일어나 중궁전을 떠나버렸다. 대비가 나가자마자 원자는 엉엉 소리 내어 울더니 내 품으로 달려와 안겼다.

나는 우는 원자를 말없이 달래면서도 한편으로는 무거운 마음을 가눌 길이 없었다.

여염집 부부라…. 왕은 정말로 그런 생각을 품고 있었단 말인가? 왕이라면 응당 여러 후궁을 두고 그 외에도 많은 여인들을 가까이할 수 있는 사내였다. 그런 그가… 단순히 왕비 하나만을 바라보고 살기로 마음먹었다고?

난 도무지 믿을 수가 없었다.

당연히 오늘 밤도 왕이 중궁전에 올 것이라 여겼다.

"오늘 밤은 침전에서 주무신다 하시옵니다."

기대에 차 있던 복 상궁을 비롯한 나인들이 크게 실망했다. 그러나 나는 조금 담담했던 것 같다.

"허면 전하께서는 지금 어디에 계시는가?"

"선정전에 계시옵니다."

"알겠다."

내관을 보낸 후 복 상궁은 내가 바로 잠들 것이라 여겼는지 동온돌을 밝혀두기 위해 켜놓은 초를 하나씩 하나씩 끄기 시작했다. 이불 위에 앉아 이 모습을 가만히 지켜보고 있던 나는 마지막 촛불을 끄기 전 내게 인사를 하려고 돌아선 복 상궁을 향해 말했다.

"장옷을 가져오게."

"예? 무슨 일로…?"

"전하께 가보아야겠네."

"예, 알겠사옵니다."

잠옷 차림이었던 나는 복 상궁이 가져다준 장옷을 걸친 채 선정전으로 향했다.

"전하. 중전마마께서 드셨사옵니다."

"중전이?"

문 앞에 서 있던 내 귓가에 왕이 반문하는 소리가 들렸다. 이후 바로 안으로 들어오라는 명이 떨어질 줄 알았다. 문 앞을 지키고 서 있던 나인들도 왕의 명이 떨어지자마자 문을 열 준비를 하고 있었다.

그런데 발소리가 안에서 문 쪽으로 가까워지더니 닫혀 있던 문이 활짝 열렸다. 왕이 직접 일어나 문을 열고 나를 맞이한 것이다.

"중전."

왕은 평상시와 마찬가지로 환한 표정을 지으며 나를 바라보았다.

"전하."

그는 잠옷 위에 장옷만 걸친 채 선정전까지 온 나를 보며 물었다.

"무슨 일로 오시었소? 과인이 내관을 보내어 오늘 밤은 과인을 기다리지 말고 쉬라 하였을 텐데."

난 잠시 망설이다 왕의 눈을 응시하며 입을 열었다.

"전하께 묻고 싶은 것이 있어서요."

그러자 왕이 내 표정을 살피더니 미소를 지으며 말했다.

"들어오시오."

왕을 따라 들어선 선정전 안에는 읽어야 할 상소들과 읽다 만 상소들, 그리고 조금 전까지 무언가를 쓰고 있었는지 쓰다 만 종이와 벼루 위에 놓인 붓 한 자루가 눈에 띄었다.

왜 오늘 밤 왕이 중궁전으로 오지 못했는지를 알려주는 정황들이었다.

"중전이 올 줄 알았더라면 내관에게 일러 치우라고 하였을 텐데."

그는 조금 전까지 글을 쓰던 종이가 놓인 상을 옆으로 치운다. 나는 그런 광경을 보고 자리에 앉을 수가 없었다.

"제가 방해하였나요? 돌아갈까요?"

그 말은 진심이었다. 정말로 그가 하려던 일을 방해할 생각은 없었으니까.

"아니오. 어차피 오늘 밤 안에 다 해결할 수 있는 일은 아니었소."

그의 대답을 듣고 나서야 난 자리에 앉을 수 있었다.

"헌데 무슨 일이오?"

"저… 전하."

"상공."

"예?"

"지금은 둘만 있지 않소."

"아…. 상공."

상공으로 다시 부르자 그가 기분 좋은 웃음을 지었다.

"나래."

그리고 곧바로 응수하듯 부르는 내 이름. 나도 모르게 긴장이 풀려 웃고 말았지만, 지금 내가 온 이유는 그와 웃으며 담소를 나누기 위한 것은 아니었다.

"상공. 제가 오늘 이곳에 온 것은 묻고 싶은 것이 있어서예요."

"말해보시오."

"오늘 낮에 대비마마께서 찾아오셨어요."

"아, 들었소."

난 그를 바라보는 눈에 힘을 주었다.

"벌써요?"

"원자가 울었다지."

원자가 운 것도 알고 있었다.

"그럼 원자가 왜 울었는지도 아세요?"

"대비전 나인 윤금이 때문이 아니오. 대비께서는 그대를 찾아가 윤금이에게 첩지를 내리라고 하셨겠지. 언젠간 그러실 것이라 여겼소."

"그럼 상공의 뜻은… 제가 어찌하기를 바라세요?"

"음…."

왕이 잠시 고민하더니 말한다.

"후궁 첩지를 내리는 것은 대비마마 선에서도 충분히 하실 수 있는 일이오. 그 일을 그대에게 시키려 하시는 것은 그대가 박 나인에게 첩지를 내린다면 이후에도 박 나인을 투기하지 못할 테니까."

"전 투기하지 않아요. 상공이 후궁을 여럿 더 두신다고 해도요."

"과인은 투기하오."

"네?"

그가 한 말의 의미를 몰라 난 눈을 동그랗게 떴다. 그러나 그는 조금 전과 다름없이 나를 보고 웃었다.

왕인 그가 투기를 한다니.

그렇다면 그 대상은 누구란 말인가?

순간적으로 몽남이 떠올랐다. 어찌 보면 당연한 일이다. 난 과거 그가 왕인 줄 모르고 안주성에 나타났을 때, 몽남을 사랑하니 나를 잊고 떠나달라고 말한 적이 있었다. 몽남이 떠나고 그와 함께 도성까지 돌아오는 동안 난 단 한 번도 그의 앞에서 몽남에 대해 말을 꺼낸 적이 없었다.

하지만 그는 알고 있을 것이다. 내가 모르는 내 마음의 행방을….

난 멍하니 그의 눈을 바라보며 그가 '투기'한다는 대상을 찾았다. 답을 뻔히 알면서도 묻지 못하는 것. 그는 왕이었다. 내 남편이기 전에 이 나라의 왕.

아무리 그를 상공이라 부르며 여염집 부부처럼 행세한다 해도 그는 여전히 왕이었다. 왕인 그에게 투기하는 대상이 누구냐고 감히 농담으로도 물을 수가 없었다.

"그걸 묻기 위해서 온 것이오?"

그가 먼저 말을 돌렸다. 그제야 난 이곳까지 찾아온 이유를 기억해냈다.

"아니오."

"허면?"

"오늘 원자가 한 말 중에서 궁금한 게 있어서요."

"무엇이오?"

"원자가 말하기를 상공께서 저와 여염집 부부처럼 한평생을 살고 싶다 하셨다더군요."

내가 먼저 꺼낸 말이었지만 도무지 믿기지가 않아 웃음이 함께 나왔다. 그러나 이번에 나를 바라보는 왕은 웃지 않고 있었다.

"만약 원자가 들은 말이 사실이고 상공의 뜻이 맞다면, 저는 대비마마의 청이라도 후궁을 들이는 일에 반대해야 하는 것이 맞겠지요. 그래서…."

"원자의 말이 사실인지를 물으러 왔다, 이것이오?"

"예."

그를 향한 내 마음보다도 나를 향한 그의 마음을 알아야 했다. 적어도 내가 그의 아내로서 살아가는 한 대비의 뜻과 그의 뜻이 어긋나는 경우를 맞닥뜨렸다고 어린 원자처럼 마냥 울 수만은 없을 테니까. 여기서 중요한 것은 바로 왕인 그의 뜻이다.

"과인이 원자에게 그러한 말을 한 것은 사실이오. 허나 그것이 단순히 어린 원자에게 한 빈말이라면…. 헌데 그대의 그 물음은 만약 그 말이 빈말이라면 과인이 앞으로 후궁을 몇 명이나 두든지 첩지를 모두 내려주겠다는 소리처럼 들리는군."

"저는 상공의 뜻을 따를 거예요. 그게… 중전이자 아내의 도리라면요."

"나래."

왕이 한숨 섞인 목소리로 나를 불렀다..

"과거 대비께서 과인에게 후궁을 들여야 한다며 그대에게 간택 후궁을 들이겠다는 말씀을 하신 적이 있소. 그때 그대가 무어라 대답했는지 기억나시오?"

난 조용히 고개를 가로저었다. 역시 내게는 전혀 기억나지 않는 이야기였다. 이런 내 행동에 그는 애써 실망한 기색을 감추더니 내 손을 끌어당겨 잡았다.

"과인은 말이오. 비록 왕손으로 태어나 임금이 되었지만 훗날 백성들에게 선정을 베푼 임금이나 수많은 업적을 이룬 임금으로 기억되고 싶지 않소. 과인은 단지 한 여인의 지아비로 기억되고 싶을 뿐이오."

한 여인의 지아비. 그 여인이 다름 아닌 바로 나였다.

그는 왕으로 태어났지만 왕으로 기억되길 원치 않는다고 말한다. 나의 부군으로 기억되길 바란다고 말한다.

이처럼 그는 자신의 마음을 표현하는 데 적극적인데… 난 왜 그때마다 물러나는 걸까? 한때 몽남에게 마음을 표현하던 나는 절대 이렇지 않았다. 그렇다면 예전에 왕을 대할 때의 나도 지금과 같진 않았을 텐데.

"백성들을 더 챙기셔야죠. 백성들에게는 임금님이 필요하니까요."

결국 그가 적극적으로 드러낸 마음에 나는 원론적으로 화답할 뿐이었다. 그러나 그는 지지 않고 내 말을 받았다.

"여인에게도 지아비는 필요하오. 그 지아비에게도 아내는 필요하고. 그리고 보시다시피 과인도 이처럼 해야 할 일은 하오."

그가 밤늦게까지 붙들고 있던 상소들을 둘러보았다. 다시 그의 시선이 내게 돌아왔다.

"또한 그로 인해 오늘 밤 그대를 외롭게 할까 걱정하였는데, 그대 스스로 이곳까지 발걸음을 하지 않았소?"

날 잡은 그의 손에 힘이 들어갔다. 내 얼굴이 붉어졌다.

"오해 마세요. 제가 찾아온 이유는 단지…."

"과인에게 궁금한 것이 있어서였지. 이제 의문이 모두 풀렸소?"

얄밉게도 내가 할 말을 그가 해버리자 난 더 이상 할 말이 없었다.

"그만 돌아갈게요."

난 그의 손을 뿌리치고는 자리에서 일어섰다. 하지만 그는 웃을 뿐 일어나진 않았다.

"내일 봅시다."

짤막한 인사가 전부였다. 왠지 모르게 아쉬웠지만 난 왕인 그에게 예를 올리고는 몇 걸음 뒤로 걸었다. 그때 그는 이미 시선을 상소로 되돌린 후였다.

이를 확인하고 나서야 난 문으로 돌아섰다. 밖에 있던 나인들은 기다렸다는 듯 문을 열어주었다. 그대로 나가려는데 내 등 뒤에 대고 그가 무심코 한마디 던졌다.

"오늘 밤은 꿈에서 보고."

다시 그가 있는 곳으로 고개를 돌리니 상소를 보고 있는 줄 알았던 그가 나를 보며 싱긋 웃고 있었다.

이러한 그의 모습을 마지막으로 문이 닫혔다. 그리고 그의 마지막 말은 나뿐만 아니라 문밖에 서 있던 나인들 모두 들었다.

내 앞에서 문이 닫히자 나인들은 부끄러워하며 어쩔 줄 모르는 표정이었다. 정작 한숨은 나의 몫이었다.

첫눈이 내린 날이었다.

원자가 글 읽는 낭랑한 소리가 후원 애련지 인근 의두합을 울리고 있었다. 의두합은 애련지가 내려다보이는 언덕 위에 있는 단청을 입히지 않은 기와집이었다.

"중전마마께서 드셨사옵니다."

원자에게 글을 가르치던 이는 김원근, 김 찬선이다. 내가 왔다는 소식에 그는 원자와 함께 자리에서 일어나 나를 맞이했다.

"중전마마!"

원자는 나를 보자마자 체통도 잊고 치마폭으로 달려들었다. 이렇게 되자 오히려 민망한 것은 내 쪽이었다.

"스승님이 계시지 않습니까?"

"외숙부님이시기도 하지요. 헤헷."

글 읽을 때는 의젓하다가도 내 앞에서는 마냥 장난꾸러기가 되는 원자다.

"송구합니다."

"중전마마께서 어찌 소인께… 다 소인이 원자마마를 잘 가르치지 못한 탓이옵니다."

오히려 당황하는 것은 원근 쪽이었다. 난 원자를 돌아보며 말했다.

"보았습니까? 원자께서 이러시면 스승이 부끄러워하십니다."

"네에…."

원자는 금방 어깨가 축 처졌다. 그래도 순순히 내 말을 따르며 치마폭에서는 떨어졌다. 난 원근을 향해 정중히 물었다.

"잠시 원자를 쉬게 하시는 것이 어떻겠습니까?"

"중전마마의 뜻대로 하시옵소서."

원근의 허락이 떨어지자마자 원자는 재빨리 후원으로 뛰어나갔다. 조금 뒤에 눈밭 위를 뛰어다니는 원자와 이를 뒤쫓으며 어쩔 줄 몰라 하는 내관의 소리가 이어졌다. 원근과 나는 의두합 마루에 서서 그런 원자의 모습을 지켜보았다.

"전하의 뜻은 모르오나… 조금은 더 아이답게 자랐으면 합니다."

"예?"

무심코 꺼낸 내 말에 원근이 놀란 듯 나를 돌아보았다.

"어찌 그리 보십니까?"

원근은 우리 곁에서 조금 떨어져 있는 중궁전 나인들을 살피며 낮은 목소리로 조심스럽게 말했다.

"중전마마께서 아직까지 잃어버린 기억이 되돌아오지 않은 것은 잘 아옵니다. 헌데도 신은 적응이 되지 않사옵니다."

"어떤… 것이오?"

"예전 중전마마께서는 원자마마의 교육에 있어서는 그 누구보다도 열의를 품고 계셨사옵니다. 헌데 지금은…."

난 한숨을 내쉬며 다시 원자가 있는 곳으로 시선을 돌렸다.

"찬선의 말씀대로겠지요. 기억을 잃어서 그런 겁니다. 기억을 잃고 그 무수히 많은 일들을 겪으면서 원자 또래의 아이는 산과 들을 자유롭게 돌아다녀야 한다는 생각을 하게 되었습니다."

"옳으신 말씀입니다. 허면 오늘 원자마마의 공부는 여기까지 하도록 하지요."

그는 담담하게 펼쳐놓은 책들을 정리하러 안으로 들어가버렸다. 이런 그의 행동에 오히려 당황한 것은 나였다.

"전하께는 무어라 말씀을 드리시려고요?"

"중전마마의 뜻이었다 전하겠사옵니다."

"저를 놀리십니까?"

책을 챙겨 든 원근이 웃으며 나를 돌아보았다. 그제야 난 놀림을 당했다는 걸 알고는 그를 흘겨보았다.

"오라버니."

하지만 오라버니라고 부른 것이 그를 당혹스럽게 만든 모양이다.

"다른 이들이 있을 때는 몰라도… 신은 중전마마의 친오라버니가 아니옵니다."

"알고 있습니다. 허나 그 누구보다도 오라버니와 같은 일을 해주셨지요. 지난날…."

난 산채에서 처음 보았던 그의 모습을 떠올렸다.

"산채에… 저를 찾으러 오셨던 거지요?"

원근의 표정이 무거워졌다.

"중전마마를 찾으러 간 것은 아니었습니다. 그를 보았다는 사람이 있어서 확인코자 갔던 것이지요."

'그', 홍몽남이다. 몽남을 말하는 것이다.

"가까운… 사이셨습니까?"

"한때는요."

원근이 한숨을 내쉬며 말을 이었다.

"그 누구보다도 가까운 지기였습니다."

그러나 몽남은 우리 둘 사이를 갈라놓으려는 사람이라며 원근을 폄하했다. 그때는 마냥 믿었던 몽남의 말이 진정 무슨 뜻이었는지 이제는 안다. 지금처럼 내가 중전이 되어 궁궐로 돌아갈까 두려워했던 것이다.

나를 빼앗길지도 모른다고 여겼던 몽남에게는 우리를 제외한 모든 이들이 적일 수밖에 없었다. 정주성에서 수많은 동지들을 잃고도 겨우 목숨만 살아남은 그에게… 난 그의 전부였던 여인이다. 비록… 그가 처음부터 사랑했던 여인 김소희가 아니더라도.

"한양에 있다고 들었습니다. 잘 지내고 있습니까?"

"어찌 물으십니까?"

그런데 되돌아오는 원근의 목소리가 사나웠다.

"저는 그저… 안부가 궁금하여."

"잊으십시오."

"찬선!"

"다시 중전마마가 되어 궁궐로 돌아오시기까지 많은 일들을 겪으셨지요. 기억을 잃으시고도 이렇게 적응하시기까지 수많은 고비가 있으셨을 것이라 짐작되옵니다. 그런 중전마마의 곁에 누가 있었사옵니까? 전하가 아니시옵니까?"

"알아요. 아는데…!"

"지금 물으신 말씀은 그간 전하께서 중전마마를 위해 애쓰신 모든 것들을 물거품으로 만드는 것이나 마찬가지입니다."

과했다. 원근의 말은 분명 과했다.

하지만 원근이 몽남의 오랜 지기이기 전에 왕의 충성스러운 신하라는 사실을 잊고 있던 내 잘못이기도 했다.

"무슨 뜻으로 그런 말씀을 하시는지는 잘 압니다. 다만 그는 온양에서 제 목숨을 구했습니다. 이건 변하지 않는 사실이에요."

"동시에 사이좋은 부부를 갈라놓고 아이들의 어머니를 빼앗았으며 더 나아가 왕실에 위기까지 불러왔지요. 더는 말씀드리지 않겠습니다."

원근은 상당히 화가 났는지 내게 간단한 예를 올리고 돌아섰다. 바로 의두합을 떠나려는 것 같았다. 그런 그가 문 앞에서 잠시 걸음을 멈추더니 나만 겨우 들을 수 있는 작은 목소리로 말했다.

"오늘이 몽남이 혼례를 올리는 날입니다. 그러니 이제 그를 잊으십시오."

원근이 들려준 믿지 못할 말에 난 그의 팔을 잡아 돌려세웠다.

"혼인이라니오? 그가 왜? 아니, 누구와 혼인한다는 거죠?"

원근의 눈빛에는 자신이 방금 내뱉은 말을 후회하는 기색이 어려 있었다. 그러나 한번 내뱉은 말을 다시 돌이킬 방법은 없었다.

"산채에서부터 같이 지낸 정씨라는 여인이라 들었사옵니다. 그것뿐입니다."

"그럴 리가…!"

원근은 내 손을 조심스럽게 떼어내며 급히 자리를 떴다. 난 한동안 넋이 나간 얼굴로 의두합 기둥을 붙잡고 간신히 서 있었다.

"하하하!"

후원에서 들려오는 원자의 웃음소리에 난 화들짝 놀라며 고개를 들었다. 하지만 의두합을 둘러싼 낮은 담벼락 때문에 지대가 낮은 후원 공터에서 뛰어노는 원자의 모습까지는 보이지 않았다.

그 대신 내 눈에 보이는 것은 후원의 숲 너머 길 없는 산속.

언젠가… 분명 한 번쯤은 발을 디뎌보았을 것 같은 기억이 희미하게 존재하는 바로 그곳이었다.

"헉… 헉헉…!"

중궁전 나인에게 춥다고 가져오라고 시킨 솜장옷이 전부였다. 그 장옷이 내 머리부터 발끝까지 덮어주고 가려주고 있었다. 하지만 그것뿐이었다. 사람의 발길이 닿지 않는 눈 덮인 산길을 오로지 내 힘으로 걷고 있었다.

그럴 리가 없어! 몽남이 혼인할 리가 없어!

상대가 누구인지는 중요하지 않았다. 적어도 소희를 사랑했고 그래서 소희를 닮은 나를 사랑했던 몽남이라면… 이렇게 다른 누군가와 쉽게 혼인한다는 것을 믿을 수가 없었다.

휘익!

어디선가 휘파람 같은 소리가 들려왔다. 난 잠시 걸음을 멈추고 하늘을 쳐다보았다. 곧이어 매가 하늘 위에 나타나더니 산 너머로 빠르게 사라졌다. 내 추측이 맞다면 매를 기르는 병사가 부른 것이 분명했다.

들키면 안 돼!

이 길이 어디로 이어져 있는지는 모른다. 오롯이 본능이었다. 그리고 내 감각을 믿었다. 지금은 어떻게든 다른 이들의 시선을 피해 궁궐 밖으로 나가야 했다.

"아얏!"

몇 번을 발이 걸려 넘어지고 몇 번을 힘없이 주저앉았다. 산채에서 생활할 때는 먼 길을 오랫동안 걷는 것도 어렵지 않았다. 그러나 몽남의 칼에 다치고 오랫동안 병석에 누웠다 일어난 다음부터는 약간만 무리해도 쉽게 숨이 차곤 했다.

몽남을 만나야 해! 지금 드는 생각은 그것 하나뿐이었다.

조금 전 겨우 중궁전 나인들을 따돌렸다. 원자와 단둘이 있고 싶다는 핑계를 댔다. 아무것도 모르는 원자는 눈을 깜빡이며 나인들이 우리 곁에서 멀어지는 것을 지켜보았다.

'의두합에 가 계세요. 간식을 들고 곧 갈 터이니.'

'예, 중전마마.'

원자는 내 말을 의심 없이 믿었다. 곧 내가 가져올 간식을 기대하며 의두합으로 가버리는 원자의 뒷모습을 보며 마음이 아픈 것 또한 사실이었다.

그러나… 돌아올 것이다. 원근의 말이 사실인지 아니면 단순히 내가 몽남을 잊길 바라서 한 거짓말인지 알아내기만 한다면!

마침내 후원을 둘러싼 산비탈 위에서 궁궐과 바깥세상의 경계가 되어주는 담을 발견했다. 담은 외부인의 침입을 막기 위한 것이 아니었다. 저 담을 넘어가면 계속 산길이었다. 그곳에서 산짐승이 넘어올까 세워놓은 담에 더 가까웠다. 그래서 담의 높이는 내 허리 높이를 조금 넘는 수준이었다.

"하아… 하아…."

마침내 담 앞에 도착한 나는 두 손을 담벼락 위에 올리고 그곳을 넘어가려고 했다. 그때였다. 뒤에서 내 치맛자락을 잡아당기는 작은 힘이 느껴졌다.

"중전마마…."

원자였다!

"원자…?"

소리 낼 틈도 없이 나를 쫓아왔는지 원자의 얼굴은 숨이 차 파랗게 질려 있었다. 난 담을 뛰어넘으려다 말고 원자에게 다가갔다.

"여긴 어떻게 왔어요?"

"중전마마가… 산에 가서… 따라왔어요…."

"의두합에 가 있으라고 하지 않았나요!"

나도 모르게 아무런 잘못도 없는 아이에게 화를 내고 말았다. 내가 화를 내자마자 원자의 두 눈에 눈물이 그렁그렁 맺힌다.

"소자는…. 흐흑…. 소자는…."

"울지 말아요. 소리 질러서 미안해요."

나는 혹시라도 원자를 뒤따라온 나인들이 있을까 우는 원자를 끌어안고 주변을 살폈다. 다행히 겨울이라 앙상한 가지만 드러낸 나무들 사이로 사람의 그림자는 전혀 보이지 않았다.

"소자…. 흐흑…. 중전마마. 우리 돌아가요."

"그건…."

우는 원자를 보니 마음이 흔들렸다. 하지만 원근의 말이 사실이라면 한시가 급했다.

"자, 잘 들어요. 여기까지 올라온 길을 따라 어서 내려가요. 내려가서… 의두합에 가 있으면 내가 간식을 가지고 곧 갈 테니까."

원자를 달래보는데 아이는 울며 고개를 가로젓는다. 그리고 움켜쥔 내 치맛자락을 더욱 힘주어 잡았다.

"싫어요…. 싫사옵니다."

"원자…!"

답답한 마음에 또다시 목소리가 커졌다. 그러나 그것이 우는 아이를 더욱 겁주는 일이라는 것도 잘 알았다. 난 다시 한 번 마음을 다잡으며 말했다.

"금방 돌아올 테니까…. 응?"

그러나 원자는 계속 고개를 가로저었다. 이러다가 원자까지 사라진 것을 알게 된 동궁전 나인들이 소동을 일으킬지도 모를 일이었다.

난 치맛자락을 잡은 원자의 손을 쳐내고는 돌아서 담 위로 올라갔다. 그때, 원자가 큰 소리로 울며 나를 불렀다.

"어마마마! 소자를 두고 가지 마세요…. 엉엉…."

'원자마마. 중전마마께서는 도성에 계시옵니다. 도성에 가시면 중전마마를 뵐 수 있사옵니다.'

'싫어. 싫다…. 당장 어마마마한테 갈 것이다. 어마마마. 으아아앙.'

온양을 떠나던 날. 가마 안에서 보았던 어린아이. 그 아이가 바로 지금의 원자였다.

담벼락 위에 올라선 나는 그대로 넘어가지 못하고 멈췄다.

"으아아앙…. 어마마마! 어마마마!"

몇 년 만에 돌아와 기억까지 잃은 내게 살갑게 굴면서도 단 한 번도 '어마마마'라고 부르지는 않던 원자였다. 그런 원자가 처음으로 나를 '어마마마'라고 부른 순간이었다.

오늘이 평소와 같은 날이었다면… 나는 나를 '어마마마'라고 불러준 원자에게 고마워했을지도 모를 일이다. 내 기억이 되돌아오기도 전에 아직은 어린 원자가 나를 진짜 어머니로 받아들여주었으니까. 나도… 아직 하지 못한 일을.

"엉엉…. 어마마마!"

결국 난 담을 넘어서지 못하고 도로 원자에게 돌아왔다. 그러자 원자는 기다렸다는 듯 두 팔 벌려 내 목을 끌어안고 안겨왔다. 나는 우는 원자의 등을 쓸어내리며 말했다.

"같이 가요. 그 대신… 울면 안 됩니다."

"으응…. 소자, 흐흑. 소자… 안 울어요."

스스로 눈물을 훔치고 열심히 고개를 끄덕이며 약속하는 원자를 보고 나는 고개를 끄덕였다.

"가요."

대비전에서는 질문이 울렸다

"중전과 원자가 사라졌다니?"

놀란 대비를 앞에 두고 대비전 상궁이 아뢰었다.

"의두합에 계신 줄만 알고 다른 나인들은 모두 물러났사온데… 그사이에 사라지셨다 하옵니다! 이를 어찌하옵니까?"

"주상은?"

"막 경연을 시작하셔서… 우선 대비마마께 이 일을 알려드리려 밖에 중궁전 상궁과 동궁전 상궁이 기다리고 있사옵니다."

"도대체 멀쩡히 후원에 있던 중전과 원자가 어디로 사라졌단 말이냐?"

"나인들도 모른다 하옵니다."

"온양에서 있었다던 일이 이 구중궁궐에서 또다시 일어난 것도 아닐 것이고…."

대비의 표정이 어두워졌다. 일단 중전의 안위도 걱정이었지만 그 무엇보다도 대통을 이을 국본인 원자의 안위가 더욱 걱정이었다. 게다가 원자가 누구인가? 중전이 온양에서 돌아오지 않는 시간 동안 대비가 직접 대비전에서 친히 양육했던 아이였다.

"대비마마! 대비마마!"

그때 밖에서 나인이 급히 안으로 뛰어 들어왔다.

"무슨 일이냐?"

대비전 상궁이 나인에게 물었다. 그러자 나인이 손에 들고 온 무언가를 상궁에게 내밀었다. 상궁은 그것을 받아 대비에게 건넸다. 그것은 중전의 첩지인 봉황이었다.

"이것은…!"

대비가 놀란 표정을 짓자 상궁이 나인을 돌아보았다.

"어디서 난 것이냐? 어서 아뢰지 못하겠느냐?"

"후원 숲과 산을 수색하던 도중에 발견하였사온데… 발견한 곳이…."

"발견한 곳이 어디더냐?"

상궁이 물었다.

"궁궐 밖으로 이어지는 담 아래였사옵니다."

나인의 대답에 대비가 눈을 크게 떴다.

한양 광희문 인근에는 예로부터 대장간이 많아 풀무재라고 불렸다고 한다. 오늘 이 풀무재에 거주하는 사람들이 대장간이 아닌 어느 초가집 마당으로 모여들었다. 초가에서 열린다는 혼인에 너도나도 없이 구경을 온 것이다.

주변이 떠들썩해지고 사람들이 모이는 곳에 줄타기 묘기를 부리는 광대 패도 나타났다. 줄곧 내 손을 놓치지 않고 따라오던 원자의 걸음을 멈추게 한 것도 광대 패의 묘기였다. 어느새 원자의 손이 내 치맛자락으로 내려가 있었다.

"원… 영아."

그렇다고 밖에서 원자라고 부를 수도 없는 노릇. 내가 이름을 부르자 원자가 다시 나를 돌아보며 묻는다.

"조금만 더 보고 가면 안 되옵니까?"

바로 내 눈앞에 보이는 초가가 물어물어 찾아온 혼인이 열린다는 장소였다. 난 광대 패의 놀음에서 눈을 떼지 못하는 원자를 보며 말했다.

"그럼 잠깐만 이곳에서 구경하고 있어요. 절대 이 자리를 떠나면 안 됩니다. 알았지요?"

"네."

밝아진 표정으로 원자가 고개를 끄덕인다. 난 원자를 구경하는 아이들 틈에 앉히고는 재빨리 초가집 마당으로 향했다.

마당에는 많은 사람들이 모여 있어서 그 사람들을 뚫고 지나가는 것도 여간 쉬운 일이 아니었다. 마침내 사람들을 뚫고 들어간 마당에 차려진 초례상이 보였다. 조촐하지만 격식을 갖추고 있는 초례상에는 당연히 마주 보고 서 있어야 할 신랑과 신부가 없었다.

"혼례가 끝났나요?"

지나가는 여인을 붙잡고 물으니 고개를 저었다.

"아직이에요."

초조한 마음으로 신랑을 찾아 두리번거리던 그때였다.

"신랑이다!"

누군가가 소리치자 사람들의 시선이 모두 그쪽으로 향했다. 내 시선도 마찬가지였다. 신랑은 초가가 아닌, 초가 뒤편에서 걸어 나왔다.

조금은 낡은 혼례복을 차려입은 신랑은 체구가 늠름했다. 하지만 웃지 않는 표정과 덥수룩해진 수염 사이로 드러난 두 눈은 바로 내가 잘 아는 그 눈이었다.

홍몽남. 원근의 말대로 그가 바로 오늘 풀무재에서 열리는 혼례의 신랑이었다.

"신부네!"

닫혀 있던 초가의 문이 열리더니 고운 단장을 마친 신부가 수줍게 앉아 있는 모습이 잠시 들어왔다. 신부의 얼굴 역시 내가 아는 얼굴이었다. 은진이었다.

원근이 내게 한 말이 모두 사실임이 드러난 순간이었다. 나는 이 현실을 받아들일 수 없어 눈가에 눈물이 맺혔다.

울 수가 없었다. 보고도 믿기지 않는 일에 울진 않을 생각이었다. 하지만 차라리 우는 것이 나았을지도 모른다.

"신부는 아직 준비가 덜 끝났다고!"

오늘 혼례를 도와주는 늙은 수모가 신부에게 모인 사람들의 시선을 불쾌해하며 다시 문을 닫아버렸다. 그렇게 신부의 얼굴은 다시 볼 수 없게 되었다.

그러나 신랑은 아니었다. 나와 가장 가까운 곳에 선 그는 무표정한 얼굴로 자신의 앞에 차려진 초례상을 물끄러미 쳐다보고 있었다. 오늘의 주인공은 그인데도 동시에 그는 마치 방관자처럼 보였다.

"…도련님."

웅성거리는 사람들 틈에서도 그는 똑똑히 내 목소리를 들은 것이 틀림없었다. 무표정한 시선에 초점이 돌아오고 그는 놀란 눈으로 내 목소리가 들려온 곳으로 눈을 돌렸다.

장옷으로 머리부터 발끝까지 덮고 서 있었는데도 몽남은 단번에 내 존재를 알아차렸다. 한동안 우리는 말없이 사람들 틈에서 서로를 바라보고 서 있었다.

그 순간, 우리 사이에 서 있는 사람들의 존재도 소음도 전혀 느낄 수가 없었다.

그는 주변 사람들에게 양해를 구한 후 사모를 벗고 혼례복을 입은 차림 그대로 초가를 나섰다. 이러한 그의 돌발 행동에 잠시 사람들의 시선이 그에게 모였다. 그러나 곧 혼례에 참석한 이들을 위한 음식이 나누어졌고 사람들의 시선도 그에게서 멀어졌다.

그는 초가를 나와 인근 언덕 위로 걸어 올라갔고 나도 그 뒤를 따랐다. 그 언덕 위에서는 초가집 마당에 차려진 초례상이 눈에 아주 잘 들어왔다. 그는 나와 일정 거리를 두고 멈춰 서더니 초례상이 차려진 초가 쪽을 가만히 내려다보았다.

"그녀와 혼인하지 말아요."

안주성에서 헤어진 이후 처음으로 재회한 자리였다. 당연히 형식적이라도 안부 인사가 먼저 나올 줄 알았다. 그런데 내 입에서 나온 말은 내 마음이었다.

"하지 말아요…."

내 기억을 되찾진 못했다. 그러나 나는 산채에서도 그러했듯 궁궐에 빠르게 적응하고 소소한 행복을 찾아 나가고 있었다. 그런데도… 나를 속인 몽남을 용서하는 마음과 용서할 수 없는 마음이 뒤섞여 그를 놓지 못하고 있었다.

내 마음이 모두 정리되기도 전에 그가 혼인한다는 사실을… 난 결코 인정할 수도 받아들일 수도 없었다.

그가 초가집 마당을 내려다보던 시선을 돌려 나를 쳐다보았다. 그는 당혹스러움이 뒤섞인 미소를 지어 보이며 내게 물었다.

"그럼 나와 혼인하겠소?"

불가능한 이야기. 난 이 나라 중전이다. 내가 원하든 원하지 않든, 이것은 변할 수 없는 사실이다. 하지만 이 모든 사실을 알면서도 몽남은 한때 이 사실을 숨기고 나와 혼인하길 원했다.

난 대답하지 못했다. 그는 대답하지 못하는 나를 뚫어져라 바라보더니 다시 말문을 뗐다.

"그대가 나와 함께 궁궐을 떠나겠다면… 이 혼인을 하지 않겠소."

궁궐을 떠난다…! 내게 여전히 낯설기만 한 궁궐을 등지고 몽남의 손을 잡고 떠난다. 그곳이 어디든… 그것은 한때 내가 간절히 바라고 원해왔던 것이 아니었던가?

고심하듯 그의 말을 곱씹던 바로 그때였다. 언덕 아래에서 원자가 뛰어올라오며 나를 부른다.

"어마마마!"

원자는 그대로 내 치마폭에 매달리듯 안기며 동시에 몽남을 경계하는 눈빛으로 쳐다본다.

"영아…."

"어마마마…."

몽남의 눈빛에 기가 눌린 듯 원자가 더욱더 내 치마폭으로 안겨오던 그때였다. 나는 인정하기 싫었던 현실을 깨닫고 받아들여야 할 순간이 왔음을 알았다.

"…불가능하다는 걸 알잖아요."

원자와 공주는… 여전히 내 기억에 존재하진 않지만 분명한 내 아이들이다. 그리고 난 이 아이들의 어머니다. 또한 이 아이들에게는… 내가 필요하다.

"그리 말할 줄 알았소."

그때 언덕 아래 초가에서 신랑을 찾는 목소리가 들려왔다. 그는 다시 그곳에 눈길을 주더니 내게 선포하듯 말한다.

"이제 그대는 그대의 길을 가시오. 나는… 그대 없는 길을 가려 하니."

그는 내게서 돌아섰다. 그리고 묵묵히 언덕 아래로 걸어

내려갔다. 그러면서 그는 단 한 번도 나를 돌아보려 하지 않았다.

그리고 그는… 다른 여인의 사내가 되었다.

다시 돌아가는 길은 나오는 길과 마찬가지로 그리 어렵지 않을 줄 알았다.

하지만 무엇 때문인지 창덕궁 후원과 연결되는 산 입구에는 아까와는 달리 많은 병사들이 경계를 서고 있었다. 밖에서 머무른 시간이 그리 길지 않아서, 후원에서 길을 잃었다는 핑계라도 댈 참이었는데…. 이대로라면 궁궐로 돌아가는 게 지체되고 일이 커질 수도 있다는 생각이 들었다.

"어마마마…."

어린 원자도 나를 바라보며 무언의 신호를 보내고 있었다. 어서 궁궐로 돌아가고 싶겠지….

"영아."

무슨 방법이 없을까….

"중전마마."

등 뒤에서 나를 부르는 목소리에 깜짝 놀라 돌아섰다. 그곳에는 다름 아닌 원근이 서 있었다.

"역시… 중전마마가 맞으시군요."

"스승님!"

원자의 표정이 밝아지더니 원근에게 쪼르르 달려갔다. 하지만 난 원자처럼 원근에게 다가갈 수가 없었다. 그 대신 머리부터 뒤집어쓴 장옷을 힘주어 끌어당겼다.

"김 찬선? 설마… 궐에서도 우리가 출궁한 사실을 아는 것입니까?"

원근이 한숨을 내쉬었다.

"곧 다들 아시게 되시겠지요. 그러니 한시라도 빨리 환궁하셔야 합니다."

"내가 잘못했다는 건 압니다. 하지만…."

"아뇨. 신의 잘못입니다. 신이… 그자가 혼인한다는 사실을 중전마마께 말씀드린 게 오늘 이 사달을 만든 이유가 되겠지요. 모두 신의 책임입니다."

원근은 아무것도 모른 채 자신을 보고 방긋 웃는 원자를 한 번 쳐다보며 말을 이었다.

"중전마마께서도 힘드시다는 것을 신도 잘 압니다. 이전의 기억을 모두 잃으셨으니 당연하시겠지요. 허나 그렇다 하여 중전마마께서 이 나라의 국모라는 사실은 결코 변하지 않습니다. 이 역시 중전마마께서 선택하신 운명입니다."

원근이 말한 운명이라는 말에 왈칵 눈물이 났다.

"기억을 잃은 후 만난 첫 사람이 그였어요. 지난 시간 동안 내 세상에는 오로지 그만 있었다고요. 그렇지만 난 기억을 되찾으려고 노력했어요. 소용이 없었지요. 그런데 운명? 기억을 잃기 전이나 기억을 잃은 지금이나 매번 새 운명이라 여기고 받아들여야 하나요? 그건 내게 너무 잔인하다고요!"

내 목소리가 높아졌기 때문일까 원자가 겁에 질린 얼굴로 나를 돌아보았다.

나도… 이런 원자의 표정을 보고 싶지 않았다. 웃는 얼굴만 보고 싶어. 왕도…. 나를 볼 때마다 피하고 어색해하는 공주도. 내 주변에 있는 모든 사람이 웃고 행복하면 좋겠다. 하지만 그러기 위해서 기억에도 없는 내 삶을 포기하고 희생해야만 하다니!

잠시 침묵을 지켰던 원근이 입을 열었다.

"중전마마. 마마께서 기억을 잃기 전에도 그리고 기억을 잃으신 지금도… 전하의 세상에는 여인이란 오직 중전마마뿐이셨습니다."

알고 있었다.

'나래.'

그가 나를 부를 때마다 매번 느끼고 있었어. 나를 보고 웃음 지을 때도 느끼고 있고…. 하지만 몽남과의 기억을 송두리째 잃어버리기 전까지는… 왕을 위한 공간을 내 마음 안에 만들 자신이 없었다.

"어서 환궁하시지요. 가마를 준비해놓았습니다."

원근이 원자의 손을 잡고 돌아섰다. 원자가 내게서 고개를 돌리는 순간 기다렸다는 듯 한 줄기 눈물이 흘러내렸다. 난 혹시라도 원자가 볼까, 그 눈물을 서둘러 훔쳐내며 원근에게 물었다.

"그런데… 어떻게 우리가 여기에 있다는 걸 안 거죠?"

원근이 내게 고개를 돌리지 않은 채 답했다.

"몽남이 찾아왔습니다."

난 눈을 크게 떴다.

"그가…?"

"예. 일전에 이 길을 통해 중전마마를 환궁시킨 일이 있었다면서, 중전마마께서 분명 그곳을 통해 홀로 출궁하셨을 것이라고도 말해주었습니다."

"그가…."

"예. 혼례는 어찌하고 이곳까지 찾아왔느냐 물으니 이런 말도 하더군요. '안사람이 될 그녀는 언제까지고 자신을 기다려준다.'라고. 그 말이 무슨 뜻인지 아시겠습니까? 그도 자신의 자리가 어디인지를, 그리고 중전마마의 자리가 어디인지를 깨달은 것입니다."

'그대는… 나 홍몽남의 정인이었던 소희가 아니오. 이 나라

의 중전마마이시지.'

알아. 알고 있다.

"김 찬선…."

힘없이 부르는 목소리에 그가 나를 돌아보았다. 난 또다시 눈물을 흘리지 않으려 아랫입술을 살짝 깨물었다.

"내가 어느 한쪽을 선택하면 나머지 한쪽은 희생을 강요당하는 것만 같아요."

"그건 중전마마뿐만이 아닙니다."

그러나 돌아온 원근의 말은 무덤덤하게만 들려왔다.

"저 역시도… 그리고 모두가 그렇습니다."

그 모두에는 왕도 있다. 내가 돌아갈 자리에 한결같이 서 있는 사내.

그가.

"중전마마…!"

원자와 함께 가마에서 내려 중궁전 앞에 서자 복 상궁을 비롯한 나인들이 달려 나왔다.

"도대체 어디에 계셨사옵니까?"

"난…."

함께 중궁전까지 따라온 원근이 내게 눈짓을 보냈다.

“후원에서 길을 잃었네. 그러다가 궐 밖에까지 나가게 되었고….”

나인들이 믿어줄지는 알 수 없었다. 그러나….

“중전마마.”

대비전 상궁이 중궁전에 와 있었다. 그녀가 중궁전 나인들에게 둘러싸인 내게 다가와 아뢰었다.

“대비마마께서… 기다리고 계시옵니다.”

“대비…마마께서?”

대비가 기다리고 있는 곳은 대비전이 아니었다. 바로 내가 자리를 비운 중궁전. 그 안에서 지금 대비가 나를 기다리고 있었다.

대낮인데도 얼마 전 눈이 내렸던 추운 겨울이라 중궁전의 모든 창문을 닫아놓았다. 난방을 해서 안은 훈훈했지만 반대로 불을 하나도 켜두지 않아 침침함이 짙게 내려앉아 있었다.

분명 대비가 오자마자 중궁전 나인들이 불을 켜서 실내를 밝히려 했을 것이다. 그리고 이를 거절한 것은 분명 대비임이 틀림없다.

한지를 투과해 들어오는 빛을 옆에서 맞으며 대비는 하나의 얼굴에 빛과 어둠이 공존하는 양면을 띤 채 자리에 앉아 있었다. 그러나 빛을 받는 얼굴도 빛을 받지 못한 얼굴도 모두 어둠을 안고 있었다.

“중전.”

난 대비의 앞에 다가가 고개를 숙여 인사를 올린 후 자리에 앉았다. 그렇지만 도무지 고개를 들어 대비를 바라볼 용기가 나지 않았다. 입궐 전, 원근과 어떻게 대답하기로 합의를 보았는데도 말이다.

“어디를 다녀오시었소?”

“궐… 밖에….”

“궐 밖?”

대비가 살짝 비웃었다.

“예에….”

“중전은 이 나라의 국모이자 임금의 왕비이기도 하오. 그런데 나인을 하나도 대동하지 않고 원자와 함께 궐 밖을 나갔다? 그 말을 어찌 믿으란 말이오!”

대비가 이처럼 내 앞에서 큰소리로 화를 낸 것은 처음이었다. 사태가 매우 심각하게 느껴졌다.

“후원에서… 길을 잃었사옵니다. 그래서….”

“온양에서도 길을 잃으시었소?”

대비가 꺼낸 말에 난 크게 놀라며 고개를 들었다. 기다렸다는 듯 대비가 눈웃음을 지으며 나를 쳐다보았다. 그것은 아주 아주 무서운 웃음이었다.

"내가 이 구중궁궐에서만 지낸다 하여 밖에서 일어나는 일에 무심한 듯 여기시오? 중전. 이번 기회에 어디 한번 이야기를 해봅시다. 요양을 핑계로 온양에서 사라진 그 수년간 대체 어디에서 어떻게 지내신 것이오?"

"시… 신첩은 마마께서 무슨 말씀을 하시는지 이해가…."

"당연히 그리 말하겠지. 그리 말할 줄 알았소이다. 들어오너라."

대비가 누군가를 불렀다. 그러자 문이 열리더니 한 나인이 안으로 들어왔다. 나는 처음 보는 나인이었다. 그녀는 대비에게 인사를 올리더니 바닥에 몸을 납작 엎드렸다.

"네가 출궁하여 본 것을 중전 앞에서 소상히 아뢰어라."

"예, 대비마마."

그녀는 내게 눈길조차 주지 않은 채, 시선을 땅에 두고서 말했다.

"대비마마의 명을 받고 중전마마를 찾아 궐 밖에 나가 살피던 도중, 중전마마께서 풀무재 인근에 원자마마와 함께 계신 것을 보았사옵니다."

풀무재! 내 어깨가 조금씩 떨려왔다.

"그래서? 또 무엇을 보았느냐?"

"마침 오늘 그곳에 혼인 잔치가 있는지 많은 사람들이 있었사옵니다. 그래서 중전마마와 원자마마를 놓쳤사온데, 다시 중전마마와 원자마마를 찾아냈을 때는 누군가와 함께 계셨사옵니다."

"누군가? 그 누군가에 대해 말해보아라."

"젊은 사내였고… 차림새로 보아 사모를 쓰지 않은 신랑처럼 보였사온데…. 소인이 보기에는 중전마마와 아는 사이인 듯 보였사옵니다."

"알았다."

대비는 더는 들을 것도 없다는 듯 나를 돌아보며 물었다.

"풀무재에 있었던 것이 맞소, 중전?"

아니라고 말해야 하는지 답을 할 수가 없었다. 이미 작정하고 온 대비라면 분명 지금 저 나인이 아니더라도 충분히 나를 풀무재에서 보았다는 다른 이들을 불러들일 것이 틀림없어서였다.

"대답을 않는 것을 보아하니 저 아이가 본 것이 사실이란 말이군. 허면 같이 있던 사내는 누구였소?"

이번에도 나는 대답하지 못했다. 그러자 대비가 말했다.

"중전이 대답할 수가 없다면 함께 있던 원자는 알겠지. 원자를 들여라."

"예, 대비마마."

문밖에서 답하는 소리가 들려오더니 곧 밖에 있던 원자가 안으로 걸어 들어왔다. 들어서는 원자의 얼굴을 본 나는 초조해졌다.

원자는 아직 어린아이였다. 게다가 원자는 몽남을 경계하며 바라보았다. 그때 들은 말을 기억하지 못하더라도 상황은 충분히 설명할 수 있는 나이이기도 했다.

"원자. 이리 오시오."

대비는 원자를 보며 보란 듯이 환한 웃음을 보냈다. 그러나 오늘따라 분위기가 이상한 것을 느꼈는지 원자는 고개를 저으며 내 옆에 앉는다.

"어마마마의 곁에 있겠사옵니다."

"…그러든지."

대비는 원자에게 내밀었던 두 손을 허망하게 거둬들이며 웃음을 감춘다.

"원자. 이 할미가 원자에게 묻고 싶은 것이 있습니다."

원자가 고개를 끄덕이며 대비를 바라보았다.

"중전과 함께 궐 밖에 나갔지요?"

"예."

어린 원자는 순순히 고개를 끄덕이며 답한다. 대비의 얼굴에 다시 웃음꽃이 피어났다.

"어쩌다가 출궁하게 되었나요?"

"어마마마께서 후원에서 산길로 가셨는데 소손이 따라갔사옵니다."

내가 길을 잃어서 출궁하게 되었다는 말과는 조금 다른 말이 나왔다.

"그곳에서… 중전과 어떤 자를 만났습니까?"

"음…."

원자가 잠시 고민하더니 고개를 끄덕였다.

"예. 할마마마."

"원자도 아는 자였습니까?"

나는 눈을 질끈 감았다.

"예."

그런데 원자가 한 대답에 나는 감았던 눈을 다시 떴다. 그리고 원자를 돌아보았다. 대비는 당황한 듯 원자에게 물었다.

"원자가 아는 자였다고요?"

"예. 할마마마."

"그가 누구였습니까?"

"스승님요."

난 속으로 안도의 한숨을 내쉬었다. 그러자 대비가 인상을 쓰더니 다시 원자에게 물었다.

"허면 원자의 스승인 김 찬선을 만나기 전에 다른 이를 만나지는 않았습니까? 원자가 본 것이 있다면 소상히 말해보세요.”

“그건….”

원자의 눈동자가 옆에 앉은 내 얼굴을 향한다.

어느새 내 이마에서 식은땀이 흘렀다. 긴장된 순간이었다. 원근과 말을 맞췄으니, 이 사실이 거짓으로 드러나면 원근도 위험해질지 모른다.

“원자.”

내게 향한 시선을 대비가 자신에게로 끌어들이기 위해 원자를 불렀다. 그러자 원자가 대비의 얼굴을 보더니 말없이 고개를 한 번 끄덕였다.

“예. 보았사옵니다.”

나는 차마 눈을 뜨고 이 상황을 볼 수가 없어 시선을 아래로 내렸다.

“무엇을 보았나요?”

바로 그때였다!

“대비마마. 주상전하께서 드셨사옵니다.”

왕의 등장을 알리는 소리는 나를 구원하는 소리나 마찬가지였다. 하지만 대비가 대답했다.

“잠시 기다리시라고 해라.”

오직 대비만이 할 수 있는 말이었다. 대비는 막 도착한 왕을 안으로 들이지 않은 채 원자를 다시 돌아보았다.

"말해보세요, 원자. 무엇을 보았는지."

무언가 평소와는 다른 상황이 펼쳐졌다는 것을 알아차렸는지 원자가 나와 대비의 얼굴을 번갈아 쳐다보았다.

"원자?"

제발….

"한 사람이 있었는데…."

"있었는데?"

"그 사람이… 줄을 타고 있었사옵니다."

"줄?"

전혀 예상치 못한 원자의 대답에 난 다시 원자의 얼굴을 돌아보았다. 원자는 대비를 바라보며 웃는 얼굴로 고개를 끄덕였다.

"네. 하늘 위에서 줄을 타고 있었사옵니다. 어마마마는 계속 궁궐로 돌아가자고 하셨는데, 소손이 더 보고 싶어서 고집을 피웠사옵니다. 소손이… 잘못한 것이옵니까?"

"뭐?"

원자의 말에 대비가 잠시 할 말을 잃어버린 얼굴이 되었다. 하지만 대비는 곧 원자에게 화를 냈다.

"원자! 지금 쓸데없는 구경을 한 일을 묻는 것이 아니에요. 이 할미가 묻는 것은, 중전이 낯선 자와 같이 있는 모습을 보왔는지를 묻는 것입니다!"

"으앙…!"

겁에 질린 원자가 울음을 터트리며 내 품에 안겼다. 나는 그런 원자를 꼭 끌어안으며 다독였다.

"울지 마세요, 울지 마세요. 원자."

"흐아앙, 어마마마…. 어마마마…."

"원자. 어서 눈물을 그치고 할미의 말에 대답을 하세요!"

그때 닫혀 있던 중궁전의 문이 열리며 왕이 안으로 들어왔다.

"대비마마."

왕의 등장에 대비도 더는 어린 원자를 추궁하지 않았다.

"주상…."

"무슨 일이옵니까?"

"무슨 일이라뇨? 중전이 원자를 데리고 출궁하여 벌인 짓이 무엇인지 캐내려 묻고 있지 않습니까?"

대비는 흥분해 있었지만 왕은 침착하게 응수했다.

"소자가 듣기로는 중전이 원자와 함께 후원을 산책하다 길을 잃었다고 합니다."

"하!"

대비가 코웃음을 쳤다.

"지금 그 말을 나보고 믿으라는 겁니까? 중전이 이 동궐에서 산 세월이 한두 해도 아닌데 어찌 후원에서 길을 잃을 수가 있단 말입니까?"

"사람의 일이니 실수는 있을 수 있는 법이지요."

"실수? 허면 온양에서 사라진 시간도 실수였습니까, 주상?"

대비가 다시 온양에서의 일을 꺼냈다. 그러자 왕도 조금은 당황한 듯 바로 대답하지 못했다. 대비는 그런 왕의 모습을 보며 자신만만하게 말했다.

"참으로 궁금하더이다. 도대체 그 사라진 시간 동안 중전에게 무슨 일이 있었는지 말이오. 이제라도 중전의 입을 통해 직접 들어야겠소. 이 나라의 국모인 중전이 어느 날 갑자기 행궁에 나타난 침입자들과 사라졌던 그 시간 동안 있었던 일들을 말이오."

내 품에 안긴 원자의 울음소리는 잦아졌지만, 이제 대비는 원자가 아닌 나를 추궁하고 있었다. 하지만 온양에서의 일은 깨어나 몽남을 만난 순간부터 출발한다. 행궁에는 들어가본 기억도 그 안에서 있었던 일도 전혀… 기억이 나지 않는데….

"대답해보세요, 중전!"

'자장… 자장… 자장….'

그 순간 지금보다도 더 어렸던 원자가 곤히 잠든 모습이 떠올랐다. 그리고….

'어찌할까요?'

'대군을 데려간다.'

머리가… 아파.

난 원자를 끌어안았던 양손으로 머리를 움켜잡았다.

"중전?"

왕이 걱정스레 나를 부를 정도로 내 상태는 갑자기 나빠졌다. 그런데도 대비는 그런 내 모습이 지금 이 상황을 모면하려는 핑계처럼 보였나 보다.

"말할 수 없었던 일이 있었던 것이 아니오?"

"그만하시지요, 대비마마! 중전이 괴로워하고 있지 않사옵니까?"

"괴로워할 일이 무에 있다고?"

'왕비의 입을 다물게 해!'

'죽기 싫으면 입 닥치고 계시오.'

'놓아라! 왕자를 놓으란 말이다!'

'죽고 싶소?'

'어린 왕자가 무슨 죄가 있단 말이냐! 그러니 왕자를 놓아다오! 너희가 내어 달라는 것은 모두 내어주마! 그러니 왕자를… 왕자를…!'

마음이 깨질 듯이 아파왔다. 그 통증과 함께 복잡한 머릿속이 만든 고통, 그리고 뒤죽박죽 기억들까지 합쳐져 모두 나를 엄청난 무게로 짓누르고 있던 그때였다.

내 눈에서 톡, 하고 눈물방울이 떨어졌다.

"…어마마마?"

그때까지도 내 품에 안겨 있던 원자가 그 작은 손을 들어 내 한쪽 뺨에 올려놓았다.

감은 눈을 번쩍 뜨며 원자의 얼굴을 바라보았을 때였다. 저절로 무섭고 두려웠던 그 순간이 떠오르며 난 원자를 품 안으로 강하게 끌어안았다.

"아…."

정확히 언제 어디서 일어난 일인지는 모른다.

하지만 그날 일이 온양에서 일어났던… 기억을 잃기 전의 내 모습이라면…!

난 원자를 품에 꽉 끌어안은 채로 눈물을 흘리며 대비를 바라보았다.

"원자를 납치하려던 자들이 있었사옵니다."

나를 바라보던 왕의 눈이 커졌다.

"그들이 원자를 납치하여 해하려 하기에… 차라리 저를 대신 데려가라 하였사옵니다."

"중전…."

왕이 나를 부른다. 그러나 그 이상의 기억은 없다. 그러나 분명한 사실은 한 가지다.

"분명히 말씀드리지만 신첩은 하늘을 우러러 부끄러운 짓을 한 일은 결코 없사옵니다…!"

울면서도 강한 어조로 말하는 나를 보며 대비가 할 말을 잃었을 때였다. 왕이 말했다.

"그 뒤로 내금위장이 중전을 구해내어 무사할 수 있었습니다. 그러나 그 충격으로 중전이 큰 병을 앓아, 바로 환궁할 수가 없었던 것입니다. 대비마마."

"주상?"

왕의 말을 들은 대비가 어처구니가 없다는 표정을 지었다. 그러나 이번에도 왕은 흔들림 없는 눈으로 대비를 바라보았다. 그런 왕의 한 손은 원자를 끌어안고 있는 내 어깨를 감싸고 있었다.

"더 궁금하신 것이 있으시오면, 내금위장을 불러 친히 그날의 일을 물으시지요."

"주상. 내가 그리 못 할 줄 알고 그러시오?"

"아니오. 충분히 그러실 수 있습니다. 허나 중전을 이리 추궁하시는 일은 과인을 추궁하시는 일이며 또한 조정에 분란을 가져올 수 있는 일임을 잘 아시겠지요."

대비가 눈썹을 꿈틀거렸다.

"주상이 지금 조정 신료들을 앞세워 나를 겁박이라도 하시겠다는 게요?"

"아닙니다. 하오나 대비마마. 중전은 과인의 아내이자 이 나라 원자의 모후이며 또한 공주의 어머니입니다. 이 사실은 그 어떤 일이 벌어져도 변하지 않습니다."

"주상…!"

왕이 나를 지키겠다고 나서자 더는 대비도 아무 말 하지 못했다. 대비는 자리에서 벌떡 일어서더니 그대로 중궁전을 떠났다.

"자…."

밖으로 나온 왕과 나 그리고 원자를 마주한 옹주가 손을 잡고 있던 공주를 내게 밀었다.

"으응. 시러, 시러."

그러나 이번에도 공주는 내게 오려 하지 않았다. 결국 왕이 한숨을 내쉬더니 공주에게 두 팔을 벌렸다. 내게는 다가오지 않던 공주가 희한하게도 발걸음을 왕에게 향했다. 왕의 품에 안긴 공주는 두 팔로 왕의 목을 끌어안고는 나를 보며 혀를 쑥 내밀었다.

"어?"

나는 어이가 없어서 조금 전 울던 눈으로 피식, 웃고 말았다.

옹주를 돌려보낸 왕은 나와 원자를 데리고 후원으로 향했다. 그는 특이하게도 나인들이 쓸어서 만든 길이 아닌, 길 옆에 사람의 발길이 닿지 않은 눈길 위를 걸었다.

뽀드득, 뽀드득. 눈을 밟을 때마다 나는 소리에 왕의 목을 끌어안고 있던 공주가 재미있는지 계속 까르륵 웃어댔다. 왕도 그런 공주를 보고 함께 웃었다.

원자도 왕의 걸음을 따라 깨끗한 눈 위를 밟으며 일부러 뽀드득 소리를 냈다. 그러자 공주도 제 오라버니를 따라서 눈을 밟고 싶은지 내려가겠다며 투정을 부렸다.

왕은 순순히 공주를 땅에 내려주었고 두 아이는 손을 맞잡고 눈 위를 이리저리 걸어 다녔다. 그 모습을 한참 동안 지켜보던 내가 왕에게 말했다.

"원자가 말 안 한 게 있어요."

"알고 있소."

"알고 있으시다고요?"

왕을 바라보자 그가 웃으며 고개를 끄덕인다.

"과인이 원자에게 절대 말하지 말라고 했거든."

"그럼 대비마마 앞에서 원자가 끝내 말을 하지 않은 게…."

"과인과의 약속 때문이지. 아직 어리지만 사내답지 않소? 누굴 닮아서."

그는 장난처럼 말했지만 난 그 장난에 억지로라도 웃을 수가 없었다. 왕은 억지웃음은 바라지 않는다는 듯 내게서 고개를 돌려 공주에게 눈길을 주었다.

"당분간 옹주의 입궐을 막을 생각이오."

"왜죠?"

"그래야 그대와 공주가 더 가까워질 시간이 생길 것 같으니까. 그러다 보면 조금 전처럼 기억이 조금씩 돌아오지 않겠소?"

'원자를 납치하려던 자들이 있었사옵니다.'

"그 일이… 정말로 있었던 일이군요."

단 한 장면일 뿐인데도 떠올리는 것만으로 가슴이 미어지도록 괴롭고 아팠다.

"원자를 살리기 위한 선택이었소. 그 덕에 원자는 무사했지만…."

"전… 기억을 잃었고요."

힘없이 숙여지는 내 고개를 본 왕이 손을 뻗어 내 손을 잡았다. 동시에 난 다시 고개를 들어 왕의 얼굴을 바라보았다. 왕은 웃고 있었다.

"국혼 날, 그대의 손을 이리 몰래 잡았지."

또다시 기억나지 않는 날이다.

"그때 그대가 무어라 말했는지 아시오?"

난 말없이 고개를 가로저었다.

"과인은 포기하지 않을 거요. 그대의 기억이 언젠가는 돌아올 것을 믿으니까. 허나 돌아오지 않더라도 상관없소. 이처럼 과인이 하나씩 하나씩… 그대와 있었던 모든 일들을 들려줄 터이니."

왕의 말에 미안한 마음이 샘솟았다. 그 샘솟는 마음이 만들어낸 눈물이 흐르고 또 흘렀다.

"왜 제게 그리 잘해주시는 거죠?"

그가 아이들이 있는 곳을 바라보며 말한다.

"우리는 가족이니까. 그리고 그대는 내 아이들의 어머니이고…."

다시 나를 돌아본 그가 말을 이렇게 끝맺었다.

"과인의 아내이니까."

여염집 부부처럼 살고 싶다던 왕의 바람은 이미 이뤄진 것처럼 보였다. 그렇다면 내 바람은 무엇일까? 이렇게 기억을 잃은 채로 왕과 평생을 함께하는 것이 정답일까?

왕비의 자리. 난 정말 그것을 얻기 위해 입궐했던 걸까? 왕비가 되었어야 할 소녀는 따로 있었는데도 말이다. 난 도대체 무슨 생각으로 입궐을 결심하고 이 사내의 아내가 되기로 결심했던 것일까?

"제가 계속 왕비로 살아가는 것이 정답일까요?"

기억을 잃은 내게는 정말 크고 심각한 고민이었는데 그에게는 아주 간단한 물음이었나 보다. 그가 잔잔한 미소를 지으며 날 잡은 손에 힘을 주었다.

"이 길을 정답으로 만들면 되오. 과인이 그 길에 끝까지 함께해줄 것이니."

정답은 이미 있었다.

가족. 기억을 잃어버린 내 모습이 그리고 내 생각이 변하고 달라져도 절대 바뀌지 않는 것. 바로 내가 만들어낸 이 가족이었다.

오직 내가 함께함으로써 완성될 수 있는 세상. 그는 이 사실을 그 누구보다도 잘 알고 있었다.

"어마마마!"

원자가 나를 부르며 뛰어오자 덩달아 공주도 뒤를 따라온다. 원자는 내 치마폭에 안기고 공주는 왕에게 다가가서 안아달라고 칭얼댄다.

"아바마마. 나두. 나두."

왕이 웃으며 그런 공주를 번쩍 안아 든다. 그리고 나를 향한 그의 시선에 나도 안도의 미소를 지어 보일 수가 있었다.

처음부터 내가 돌아올 자리는 이곳이었다. 내가 이들이 있는 세상으로 돌아오는 길을 잃어버렸다고 해서, 이 세상이 사라지는 것은 결코 아니었으니까.

왕비를 위한 왕의 노래

빛이 사라지고 어둠이 세상을 뒤덮은 시간에 대비는 홀로 대비전에 앉아 있었다.

"천운이라면 천운이겠지."

온양에서 살아서 돌아온 것도. 왕비를 향한 왕의 마음이 변치 않은 것도.

대비는 바로 그것이 싫었다. 그녀가 일평생 가질 수 없었던 것을 가진 사람이 그 누구도 아닌 자신과 똑같은 중전이라는 사실이. 그리고 어느새 미움만 남은 채 늙어버린 자신의 모습도 싫었다.

"주상을 위하고자 한 일이 과연 누구를 위한 일이었는지 모르겠구나."

나이가 들면 자연히 지혜가 생긴다고 믿어왔다. 하지만 어린 원자가 자신의 추궁에 울던 모습을 되새기자 마음이 편치 못했다.

"조정도 주상도 모두 중전의 편이니…. 내가 할 일은 아무것도 없구나."

대비는 어둠 속에서 두 눈을 감았다.

"하오면 전하."

복 상궁이 자리에서 일어서더니 우리가 앉아 있는 금침을 둘러싼 불들을 하나씩 끄기 시작한다. 그사이 그는 벌써 잠들 준비를 모두 마쳤는지 평소와 다름없이 내게 싱긋 눈웃음을 보이더니 이불을 걷어 올리고 자리에 누웠다.

하지만 난 그러지 못했다. 복 상궁이 불을 끄기 시작하면서부터 내 심장은 터질 것처럼 뛰고 있었다. 이미 누워서 눈을 감아버린 그와 다르게 내 시선은 복 상궁이 일일이 불을 끄는 동작에 집중되어 있었다.

마침내 마지막 남은 하나의 촛불을 복 상궁이 끄려고 할 때였다.

"잠깐만."

"예?"

"내가 끌 것이니 두고 나가게."

"아…. 예."

아무것도 모르는 복 상궁은 불 하나만을 남겨둔 채 조용히 밖으로 나갔다. 이미 눈을 감고 누워 있던 그가 내게 물었다.

"아직 잠이 안 오시오?"

그의 가벼운 물음에 심장이 쿵쾅거리는 소리를 들으며 난 떨림을 담은 목소리로 입을 열었다.

"전하…."

"상공이라 불러야지."

그러면서 그는 입가에 미소를 그렸다. 하지만 눈을 뜨진 않았다.

난 감고 있는 그의 얼굴을 가만히 내려다보며 또다시 용기를 냈다.

"지금부터… 상공이 기억하시던 과거의 저와 다르다고 하더라도 실망하시면 안 돼요."

"무슨…?"

무언가 다른 분위기를 느꼈는지 그가 감은 눈을 떴다.

그와 눈을 마주친 나는 자리에서 천천히 일어섰다. 그러나 그와 나누고 있는 시선은 계속 유지하고 있었다.

"중전?"

일어나는 나를 보며 그도 몸을 일으켜 세워 앉는다. 나는 그런 그의 바로 앞에서 내가 입고 있던 옷을 속저고리부터 하나씩 하나씩 벗어 내리기 시작했다.

그런데 내가 예상했던 것과 다르게 일이 흘러갔다. 그는 잠시 놀란 듯 내가 하는 행동을 쳐다보더니 말했다.

"무리하지 마시오."

마치 이런 행동을 하는 나를 책망하는 것처럼 들려서 저절로 고개가 숙여졌다. 하지만 돌이키고 싶진 않았다. 오늘 밤 무슨 일이 일어나더라도 내일은 절대 후회하지 않을 테니까.

"상공에게는… 이게 무리인가요?"

그 말에 그가 한 손으로 자신의 얼굴을 덮었다. 마치 이런 나를 보지 않겠다는 듯 가리는가 싶어서 저절로 힘이 빠지려던 그때였다. 그가 자신의 얼굴을 덮었던 손을 거두더니 붉어진 얼굴로 내게서 고개를 돌린 채 말했다.

"무리가 아니오. 과인이 늘 바라왔던 일이지…."

"상공?"

그제야 그가 부끄러워한다는 생각이 들었다. 그가 부끄러워한다면 나도 부끄러운 마음이 들 수밖에 없다.

"부끄러워하지 마세요. 저도 부끄러우니까요."

"부끄럽지 않소. 그대가 내준 용기에 고마울 뿐이지."

그가 다시 나를 바라보았다.

"자."

그가 내민 손. 나는 한 팔로는 무방비로 드러난 가슴을 가린 채 다른 손으로 그가 내민 손을 잡았다. 그는 내 손을 잡자마자 자신의 품 안으로 끌어당겨 깊게 안았다. 그리고 내 귓가에 속삭였다.

"후회할 것이오."

여전히 나를 못 믿는 걸까.

"후회 안 해요."

턱 끝에서부터 점점 열이 올라오는 얼굴을 안고 투덜거리듯 말했다. 그러자 그가 작게 웃으며 내 뺨에 짧게 입을 맞추었다.

"그 뜻으로 한 말이 아니오."

"그럼요?"

"여긴… 듣는 귀가 아주 많거든."

말이 끝나기가 무섭게 그가 나를 끌어안은 채로 금침 위에 몸을 눕혔다.

머리는 기억하지 못해도 몸이 기억한다는 말이 바로 이런 것인가 보다.

내 복사뼈부터 시작해 부드럽게 쓰다듬고 올라온 그의 손길이 가슴 위를 배회했다. 살이 그의 손에 닿을 때마다 몸에 열이 오르고 내뱉는 호흡이 점점 짧아졌다.

"나래…."

내 목선을 쓸며 올라온 손이 얼굴을 감싸 쥐더니 숨 막힐 듯 뜨거운 입맞춤이 시작되었다. 타는 듯한 숨결이 입술과 입술 사이를 오가며 서로의 열을 더욱더 지폈다.

눈을 뜰 수가 없었다! 부끄러워서인지 아니면 다른 이유에서인지는 알 수 없었다.

단지 실오라기 하나 걸치지 않은 내 가슴을 움켜쥔 뜨거운 손길이 내 몸을 뜨겁게 달구던 그때였다.

내 입술을 떠난 그의 입술이 그 주변을 맴도는가 싶더니 순식간에 내 어깨를 깨물었다. 그사이 그의 다른 손이 내 몸을 더듬어 내려갔다.

"아…!"

미끄러지는 그의 손가락에 열이 더욱 올랐다.

"나래…?"

그가 조심스럽게 내 이름을 불렀다. 굳게 닫혀 있던 내 두 눈이 뜨였다. 이제… 서로가 서로를 제어하기 힘든 상황에까지 이르렀다.

"나래…. 나래…!"

반복해서 나를 부르는 그의 목소리에는 애절함이 있다. 이렇게 해서라도 내 이름을 부르지 않으면 혹여 자신의 기억 속에서 지워질지도 모른다는 그 마음이.

"아아앗!"

갈구하던 쾌감이 등을 타고 한순간에 전신으로 퍼지며 난 그의 어깨에 머리를 파묻었다. 한동안 숨을 내쉬는 것 말고는 아무것도 할 수가 없었다.

잔열이 남은 몸에 힘이 실렸다. 그러나 나를 안은 그의 움직임은 계속 이어졌다. 나는 숨을 고른 채 땀으로 젖어 있는 그의 몸을 끌어안고 다른 팔로도 여전히 그의 몸을 휘감고 있었다.

그 순간 난 여전히 그의 세상 안에 머물러 있고 그런 그의 세상은 온전히 내 것이라는 벅찬 감동을 느꼈다.

"나래."

멍하니 그의 세상 안에 잠겨 있던 나를 그가 슬며시 힘주듯 부른다.

"네에…."

고개를 들자 아직 풀어내지 못한 욕망에 젖은 그의 두 눈동자와 쾌감이 남긴 나른함에 젖은 내 눈동자가 마주했다.

"괜찮겠소?"

그가 묻는 말이 무슨 의미인지는 몰랐지만….

"네에…."

나는 그대로 응수하듯 대답했다. 그는 대답을 듣자마자 내 허리를 잡더니 그대로 금침 위에 나를 눕혔다. 그러고 나서

자연스럽게 자리를 잡았다.

"으읏…!"

서로의 몸이 떨어지고 자세만 바뀌었을 뿐인데도 신음이 새어 나왔다.

문득 그와 떨어진 거리에 뒤늦게나마 정신이 조금 되돌아오자, 닫힌 문밖의 고요한 침묵이 신경 쓰였다. 분명 밖에서는 이걸 다 듣고 있을 텐데!

늦었지만… 또다시 자연스레 터져 나오는 신음을 막아보려 두 손으로 입을 틀어막았다. 그러자 그가 이런 나를 내려다보며 미소를 지었다.

"이제야 아셨소?"

"으음…!"

난 입을 막은 채로 난처한 표정을 지으며 고개를 가로저었다. 그런데 정작 그는 이런 내 모습에 흥분된 얼굴이었다.

"막지 마시오. 소리를 듣고 싶으니까."

"하, 하지만…!"

"이 순간 과인과 함께 있는 여인이 그대라는 사실을 느끼고 싶으니."

"상공…."

난 입을 막고 있던 손을 천천히 내려 이불을 그러잡았다.

몸은 익숙한 듯 반응하지만. 머리로는 모든 것이 낯설게만 느껴지는 처음인 밤.

서로의 몸이 부딪힐 때마다 아픔을 품고 있는 쾌감이 반복해서 내 몸을 찾아온다.

왜일까, 눈가에 눈물이 맺힌다. 분명… 아픔 때문은 아닐 텐데.

빠른 숨과 함께 내 안으로 강하게 밀어붙이던 그가 어느 순간 모든 움직임을 멈추었다.

그리고 이어지는 깊고 낮은 왕의 신음에 내 손이 그의 어깨를 힘주어 잡았다.

"상공…."

난 울먹이며 그를 불렀다. 그의 눈동자가 내 얼굴로 찾아왔다.

"기쁘게 해 드리고 싶었어요."

"그대가 옆에 있어서 과인은 충분히 기쁘오."

"전하를 행복하게 해드리고 싶어요…."

그가 내 허리와 이불 사이에 팔을 집어넣어 나를 들어 올려 안았다. 나를 자신의 가슴 깊이 끌어안은 그가 웃는 목소리로 속삭였다.

"그 역시…. 과인은 이미 행복하다오, 나래."

조금씩 부분적으로 돌아오면서도 완전히 돌아오지는 않는 기억. 이것은 현재를 선택한 내게 아주아주 중요한 부분이었다.

반복해서 또다시 생각하고 곱씹고…. 이러한 내 고민을 들어주고 끝까지 함께 고민해줄 수 있는 사람. 지금 내 옆에 있는 단 한 사람이다.

"기억이 영영 돌아오지 않으면요…."

그의 손을 잡고 눈 덮인 후원의 길을 걷던 내가 불쑥 꺼낸 말. 그가 걸음을 멈추었다.

"자, 중전."

그가 나의 다른 손도 끌어당겨 맞잡았다.

"그대가 기억하지 못하는 과거의 기억도 물론 중요하오. 허나 그 과거의 기억을 되살리고자 지금 중요한 순간을 놓쳐서는 안 되지 않소?"

"전하는 너무 희망적이세요. 신첩이 이러는 건… 신첩이 기억하지 못하는 것들에 대해 전하께 미안한 마음이 들어서예요."

그는 결단코 미안한 것이 아니라는 듯 나를 안심시키는 미소를 지었다.

"과인은 말이오. 과인을 기억하지 못하는 그대의 모습까지도… 전부 사랑하오."

그는 내 고민에 답을 주면서 몇 배의 감동도 함께 주었다. 나는 그래서… 행복한 사람이었다.

"신첩이…."

행복해서 흘리는 눈물이 존재하는 줄 몰랐다. 한 사람에게 이토록 사랑을 받아서… 그래서 흘리는 눈물이 있었구나. 사랑받아서 행복한 어느 왕비님의 눈물이.

"중전?"

우는 나를 걱정스레 부르는 그의 목소리. 난 행복감에 감싸여 눈물을 흘리면서도 그를 향해 활짝 미소 지었다.

"…신첩이 이 세상에 태어난 이유가 있다면… 그건 바로 전하의 아내가 되기 위해서였나 봐요."

사랑한다는 고백은 아니었다. 이미 충분히 사랑하고 있으니까.

그리고 그 마음이 그에게 전해진 것이 확실했다. 사랑한다는 고백보다도 더 많이 감동받은 그의 얼굴이 모든 것을 말해주고 있었으니까.

"중전."

그가 잡고 있던 팔을 자신 쪽으로 가깝게 끌어당겼다.

"전하?"

"어서, 과인의 뒤로 서보시오."

"왜요?"

"어서."

나는 영문도 모른 채 왕의 몸 뒤로 가서 섰다. 그러자 우리 뒤에 일정 거리 이상 떨어져 걷던 나인들이 그의 큰 키와 넓은 가슴, 내 눈가에 닿는 그의 어깨 높이에 가려 보이지 않게 되었다.

바로 그 순간…! 돌아선 그가 내 얼굴을 끌어당겨 입을 맞추었다.

후원의 추위를 모두 잊어버릴 만큼 그런 뜨거운 입맞춤을.

그리고 지금 나는… 행복했다.

왕비라서. 그리고 왕의 아내라서.

궁궐에 따스한 봄이 찾아왔다.

"흐앙! 흐아아앙!"

이런 궁궐에서 아침부터 가장 시끄러운 곳. 그곳은 다름 아닌 공주의 처소다.

"공주마마. 뚝, 뚝 하시어요."

"흐아아앙! 고모마마한테 갈 거야. 흐아아앙!"

옹주와 떨어진 지 석 달째. 공주는 지치지도 않는지 하루가 멀다 하고 매일 운다.

이런 공주가 걱정되어 가끔씩 옹주를 궐로 불러 시간을 보내게 해주었더니, 공주는 더 떼를 쓰는 것처럼 울어댔다. 그렇게 하면 옹주가 입궐해서 자신을 만나러 온다고 믿는 것 같았다.

"공주마마…."

"흐앙!"

원자가 왕의 장점이란 장점은 죄다 가져갔다면…. 공주의 저런 고집은… 도대체 누구에게서 온 것인지 의문이기만 하다.

"중전마마 납시오!"

내가 등장하자 공주의 처소에 있던 유모와 나인들이 모두 자리에서 일어섰다. 하지만 공주는 나를 보자마자 더 크게 울어댔다.

"흐앙! 흐아아앙!"

눈물을 흘리진 않았다. 평소와 다르게 지쳐 보이지도 않는다. 그저 이렇게 하면 내가 또다시 옹주를 입궐시켜줄 것이라 믿기에 저러는 것이었다.

"공주."

"흐아앙! 앙앙!"

우는 건지 화를 내는 건지 모를 공주의 모습에 피식 웃음이 새어 나왔다. 그러자 공주는 우는 것을 멈추고 나를 흘겨보았다. 아니, 노려보는 건가?

"고모마마! 고모마마한테 갈래!"

"안 돼요."

"흐아아앙…!"

"전하께서 더는 안 된다고 하셨어요."

"앙! 앙!"

작은 새끼 강아지가 짖는 듯한 공주의 울음소리에 난 또다시 웃음이 새어 나올 것 같았다. 하지만 그러면 공주는 내가 자신을 놀린다고 생각할 테니까.

"자, 울지 말고 뚝. 궐에서 잘 지내면 이 어미가 전하께 잘 말씀드려서 옹주를 궐로 불러줄게요. 됐죠?"

"흐응!"

붉게 충혈된 눈으로 공주가 단호히 고개를 가로저었다. 그리고 슬그머니… 보는 내 눈치. 다시 울기 직전 때를 쓸까 가늠하는 것 같다. 분명… 공주는 아직 어리지만 보통 머리가 아니다. 저런 꾀는 도대체 어디서 배운 걸까?

"공주…. 응? 어미의 말을 들어요."

나는 또다시 공주를 달래보려고 손을 뻗었다. 그러나 자신의 몸에 내 손이 닿자마자 공주는 때리듯이 내 손을 쳐냈다.

찰싹!

"공주마마!"

당황한 유모가 재빨리 공주의 손을 잡았지만 이미 때는 늦어버렸다. 그런데 이번에는 자신이 혼나기라도 할까 정말 큰 소리로 울기 시작했다.

"엉엉…. 고모마마한테 갈래. 고모마마…. 마마…. 엉엉…."

방 안을 떼굴떼굴 구르며 울어대는 공주를 보자니 도무지 나는 감당할 자신이 없었다. 마음 같아서는 정말 옹주를 당장 입궐시키고만 싶었다. 적어도 옹주가 있을 때는 공주가 저리 울진 않으니까.

"소인이 공주마마를 잘 어르겠사옵니다."

공주의 잘못은 유모와 나인들의 책임. 방금 전 공주의 행동으로 유모와 나인들은 중전인 내 눈치를 보느라 우는 공주를 달래지도, 그렇다고 다른 행동을 취하지도 못하고 있다. 그런 나는 이 처소 안에서는 불편한 존재.

"알았네."

나는 속으로 한숨을 삼키며 밖으로 나섰다.

탁. 내 등 뒤로 공주의 처소 문이 닫히는 소리가 들리자 저절로 내 발걸음도 멈추었다. 마치 나를 향한 공주의 마음의 문도 함께 닫히는 것처럼 느껴져서… 마음이 편치 않았다.

"중궁전으로 돌아가시옵니까?"

밖에서 기다리던 복 상궁이 내게 물었다. 나는 고개를 끄덕이고는 공주의 처소를 떠나려고 마루 아래 놓인 신에 한 발을 내려놓았다.

바로 그때였다.

"사랑해, 사랑해, 사랑해…."

익숙한 음색에 신을 신으려던 발이 멈칫했다. 정확히 이 노랫가락은 방금 내가 나온 공주의 처소 안에서 들려오고 있었다. 그리고 노래를 부르는 이의 목소리는 유모 같았다.

"중전마마?"

내 옆에서 복 상궁이 나를 불렀지만 그보다도 더 떨어진 공주의 처소 안에서 들려오는 노랫가락이 내 발걸음을 붙잡았다.

난 도로 공주의 처소로 갔다. 문 앞에 서 있던 나인들이 다시 돌아온 나를 보며 내가 왔음을 알리려 했다. 하지만 복 상궁이 빠르게 나서 그녀들을 제지했다.

"흑… 흐흑…."

"우리 나희 공주님, 사랑해, 사랑해."

이번에는 처소 안의 나인이 불렀다.

"이게 무슨…."

"송구하옵니다, 중전마마…."

난 단지 이 노래가 무엇인지 물었을 뿐인데 공주 처소의 나인들은 모두 바닥에 엎드리며 잘못했다고 난리였다.

그렇다. 궁궐 안에서 노랫가락을, 그것도 궐 나인들이나 유모가 부르다니. 내시부로 끌려가고도 남을 일이다.

궁중 연회에서도 음악은 있어도 가락은 없다. 가락을 부르는 이들은 모두 천대받는다. 가락은 오직 궐 밖 백성들의 마음을 위로하는 데나 쓰일 뿐. 궁궐 안에서는 결코 들려서는 안 되는 것이다.

"흑… 흐흑."

그런데 거짓말처럼… 공주의 울음이 잦아들고 있었다.

"문을 열어라."

"예."

복 상궁이 나서서 닫혀 있던 공주의 처소 문을 열었다. 유모의 품에 안겨 있는 공주가 보이고 나인들이 공주의 곁에서 웃으며 노래를 불러주고 있었다.

"주, 중전마마!"

하지만 나를 보고 기겁한 듯 유모는 물론이고 나인들도 모두 바닥에 납작 엎드렸다. 그들 스스로도 방금 전 자신들이 부른 노랫가락을 내가 들었다는 걸 깨달은 것이다.

"흐앙!"

유모가 엎드리면서 바닥에 내려놓아진 공주가 다시 크게 울음을 터트렸다.

"방금… 무엇이었느냐?"

"송구하옵니다! 용서하여주시옵소서, 중전마마!"

"방금 부른 것이 무엇이냐고 물었다."

추궁하는 내 목소리가 화가 났다고 여겼는지 유모는 고개조차 들지 못한다.

"송구하옵니다. 소인은 그저… 옹주께서 가르쳐주시기에 그대로 따랐을 뿐이옵니다. 결단코 다른 뜻이 있어서 부른 것이 아니옵니다!"

"옹주께서 가르치다니?"

"옹주께서… 공주마마께서 심히 우실 때 부르면 잠잠해지신다 하여… 그러니까…! 공주마마께서 어릴 적부터 잠들 때마다 불러주셨다고 하셨사옵니다…."

"흐아아앙…!"

다시 커진 공주의 울음소리를 들으며 난 유모에게 말했다.

"불러라."

"예?"

"그 노랫가락. 불러보아라."

"하, 하오나…!"

"어서. 어서 공주에게 불러주래도."

"아…. 예에…."

유모가 내 눈치를 보더니 다시 공주를 품에 안았다. 그러고는 조심스럽게 입을 열어 노래를 부르기 시작했다.

"사랑해, 사랑해… 나희 공주님을 사랑해… 사랑해…."

"흑… 흐흑."

정말 거짓말처럼 공주의 울음이 잦아들었다. 나는 믿기지 가 않아서 놀란 얼굴로 유모의 곁으로 다가가 앉았다. 그러자 잠잠해진 공주가 유모의 어깨에 머리를 기댄 채 눈물이 그렁 그렁한 눈으로 나를 가만히 쳐다보았다.

"참말이로구나…."

"예에…."

난 놀라면서도 한편으로는 기뻤다. 공주를 달랠 묘책을 알아냈기 때문이다.

"좋다. 허락하마. 앞으로 공주가 울면 그 노래를 불러라. 전하께서 허락하진 않으시겠지만…. 본궁이 잘 말하면 이해해 주실 것이다."

"전하께서는 이미 허락하셨사옵니다."

유모의 말에 난 눈을 크게 떴다.

"그게 무슨 말이냐? 전하께서… 허락하셨다니?"

그러자 유모가 조심스럽게 내게 말한다.

"정녕 모르시옵니까?"

"모르다니. 무엇을 말이냐?"

"이 가락은 중전마마께서 지으신 것이옵니다."

내가 지었다고?

“예. 그러하옵니다. 이 궁궐 안에서뿐만 아니라 궁궐 밖에서도 이 가락을 모르는 여염집 여인들이 없사온데….”

신이 나서 떠드는 나인을 향해 복 상궁이 크게 꾸짖었다.

“그 입 다물지 못하겠느냐!”

“송구하옵니다…!”

하지만 난 당황스럽기만 했다. 내가 가락을 지었다면 분명 기억을 잃기 전 일이겠지. 문제는 이 나라 왕비이자 중전인 내가 백성들이 부르는 노랫가락을 지었다는 말을 받아들일 수가 없다는 것이다.

“본궁이…?”

“예에.”

유모는 물론이고 나인들도 합심해서 나를 보며 고개를 끄덕였다.

그리고 유모의 품에 기대어 나를 뚫어져라 쳐다보고 있는 공주의 두 눈. 마치 나에게 이 노래를 아느냐고 묻는 것만 같았다.

“본궁은….”

나는 왜 이런 노래를 지은 거지? 기억을 잃기 전에 어린 공주를 위해 지은 노랫가락일까?

“그러지 마시고 중전마마께서 친히 불러주시는 것은 어떻겠사옵니까? 공주마마께서도 좋아하실 것이옵니다."

이번에도 눈치 없이 나서는 공주 처소의 나인 때문에 복 상궁의 눈이 사나워졌다.

"중전마마. 아니 되옵니다."

복 상궁의 태도에 또다시 나는 의문에 빠졌다.

이 노래가 내가 지은 것이라면 그래서 옹주가 불러주었고 이를 왕도 허락했고 백성들까지도 알고 있다면… 왜 정작 노래를 지은 나는 부르지도 못하고 또 기억하지도 못하는 걸까.

"중전마마."

복 상궁은 단호했다.

그녀의 이러한 태도는 내가 이미 공주에게 불러주려고 마음먹었다는 걸 눈치챘기 때문인 것 같았다.

복 상궁은 공주의 처소 안에 있는 나인들에게 눈치를 주어 밖으로 내보냈다. 이제 공주를 품에 안고 있는 유모와 복 상궁 그리고 나만 남은 상황. 복 상궁이 내가 노래를 불러서는 안 되는 이유를 설명했다.

"이 가락은 중전마마께서 지으신 가락이 맞사옵니다."

"자네도… 알고 있었는가?"

"얼마 전에야… 워낙 궐 안팎으로 알게 모르게 파다하게 퍼져 알게 되었사옵니다."

복 상궁이 나를 속여왔다는 사실에 약간 화가 나면서도 침착하게 물었다.

"헌데 어찌 본궁에게는 말하지 않았는가? 우는 공주를 이리 잘 달래는 노래라 옹주가 불렀다는데, 진작 알려주었으면 그간 공주를 울릴 이유가 없지 않았겠는가?"

"하오면 어찌 옹주께서는 이 가락을 중전마마께 알려드리지 않았겠사옵니까?"

"그거야…."

복 상궁의 말이 맞다. 처음부터 공주를 위한 가락이고 우는 공주를 달랠 수 있는 가락이라면 내게 제일 먼저 가르쳐주었을 옹주다.

더욱이 옹주는 내가 기억을 잃었다는 사실을 알고 있는 몇 안 되는 사람이다. 당연히 내게 알려주었을… 아니, 왕도 내게 알려준 적이 없었다.

"이 가락은 처음부터 공주마마를 위해 중전마마께서 지으신 것이 아니기 때문이옵니다."

"그럼 누구를 위해 지었단 말인가?"

"바로 전하이시옵니다."

"봄꽃이 흐드러지게 피었구나…."

경연을 끝낸 왕의 걸음이 창덕궁 후원에 닿아 있었다.

"꽃을 보시려 조강을 일찍 끝내셨사옵니까?"

그리고 도승지 인영이 그의 곁에 있었다. 왕은 꽃나무에 다가가 향기를 맡으며 고개를 저었다.

"꽃은 이미 보았다. 어젯밤도 그리고 오늘 아침에도…."

왕은 웃는데 인영은 얼굴을 붉혔다.

"너무 대놓고 그리 말씀하시면… 안 그래도 그 노랫가락이 문제인 듯하옵니다."

인영이 꺼낸 노랫가락 이야기에 왕이 꽃나무에서 돌아서 인영을 바라보았다.

"그 노랫가락이라니?"

"수년째 도성 안에 파다한 그 노랫가락 말이옵니다. 그 가락에 무슨 힘이 있는지, 어째 기방이 장사가 안 되고 새로이 첩을 들이는 사내가 없다 하옵니다."

"그럼 자네가 도성 안에서 제일 먼저 첩을 들이는 사내가 되는 것은 어떻겠는가?"

"그리 말씀하시는 전하께서 먼저 후궁을 들여보시지요."

왕이 한쪽 눈썹을 찌푸린다.

"한 여염집을 파탄 내려는가?"

"이미 다른 여염집을 파탄 낼 법한 말씀을 먼저 하지 않으셨사옵니까?"

"피차…."

왕이 피식 웃고 말았다. 인영도 그제야 안심한 듯 웃으며 말한다.

"중전마마의 기억이 돌아오는 것이 무섭지 않으시옵니까?"

"무엇이 말인가?"

"기억이 돌아오신다면 분명 그 노랫가락이 도성 안에 파다하다는 사실도 알게 되실 것이니…."

궁궐 안에서 가장 내밀하고도 은밀한. 바로 왕비의 침실 중궁전에서.

왕을 품에 그러안은 왕비가 불렀다던 그 가락. 왕의 마음을 일편단심으로 만들어버렸다는 그 마성의 가락.

"허나 전에도 자네가 말하지 않았는가? 그 가락을 처음부터 끝까지 아는 백성은 그 어디에도 없다고."

"하오면 오늘 신에게 알려주시겠사옵니까?"

"자네 부인이 그토록 닦달한다지."

"예. 안 그래도 지쳤사옵니다. 이제는 그만 답을 알려주시지요."

"…하하!"

왕은 소리 내어 웃었으나 인영이 원하는 답은 끝내 알려주지 않았다.

매일 밤 중궁전에서 사랑을 속삭이던 왕과 왕비. 그리고 왕비가 왕의 귓가에 대고 은밀하게 불러주었다던 그 가락. 수백 명의 궁녀 사이에 둘러싸여 일생을 살아온 왕의 마음을 단번에 사로잡게 만든 그 가락이….

"본궁이… 전하께…!"

떠오르지 않는 가락이었지만 나도 모르게 얼굴이 화끈거렸다.

내가 왕에게 몰래 불러준 가락이 궁궐 나인들의 입에서 입을 오가다 결국 도성 안 모든 여인들이 알게 되었고…. 그녀들은 매일 밤 자신의 지아비의 귓가에 속삭인다고 했다.

"이제라도 이 가락을 옮기는 자들을 잡아내어 엄벌에 처하셔야 하옵니다."

성격 좋은 복 상궁도 이건 못 참겠다는 식이었다. 그러나 난 화끈거리는 얼굴에 찬 손을 가져다 대며 고개를 저었다.

"전하께서도 공주에게 부르는 것을 허락하셨다지. 또 그 가락을 불렀다 하여 또는 부르는 자들을 잡아내어 벌을 주신 적도 없으시지. 그렇다면 사람의 힘으로는 막을 수 없는 일이 되었다는 뜻이니, 본궁도 벌을 줄 생각은 없네."

"중전마마!"

내 대답에 당황한 복 상궁을 뒤로하고 난 웃으며 유모의 품에 안긴 공주와 눈을 맞췄다.

"이제라도 우는 공주를 달랠 비법을 하나 알게 되었으니, 본궁은 그것이 기쁘네."

"하, 하오나…!"

"복 상궁 자네의 우려는 본궁이 충분히 알겠으나, 물러가 있게."

공주를 향해 환한 웃음을 짓는 나를 보며 복 상궁은 조용히 물러서 밖으로 나갔다.

"예에…. 중전마마."

복 상궁이 나가자 난 유모의 어깨를 붙들고 있는 공주의 손을 잡았다. 아니나 다를까, 공주는 바로 내 손길을 피해 유모의 목을 강하게 끌어안으며 또다시 울먹거린다.

"어서 그 가락을 불러보게, 어서."

"예에…."

유모가 다시 공주의 귓가에 대고 노래를 불렀다.

"사랑해, 공주님을 사랑해, 사랑해."

그러자 울먹대던 공주가 거짓말처럼 잠잠해졌다. 이 모습을 지켜보던 내 얼굴에도 흐뭇한 미소가 떠올랐을 때였다.

'사랑하오.'

'그럼… 노래 불러주세요.'

기억.

'사랑하신다면서요. 그러니 신첩이 늘 불러주던 노래를 불러주세요.'

이 기억은….

'좋소. 불러주리다.'

'꺄아.'

'이 역시 일생에 한 번이오. 그러니 잘 들으시오.'

'네. 신첩은 벌써 두 귀를 활짝 열었어요.'

'공이는 나래를….'

"공이는… 나래를… 사랑해…. 나래는 공이를… 사랑해…."

마치 거짓말처럼 한순간에 되살아나는 기억들. 오랫동안 묻히고 잊혔던 기억들이 순식간에 되살아나 머릿속을 빼곡히 채웠다.

'…전하….'

부서진 돌 틈 사이로 꼼짝도 할 수 없이 쓰러져 있던 그 순간에도. 붉은 피가 흘러내려 눈앞을 덮어가던 바로 그 순간에도. 나는….

'과인은 이 나라의 국모이자 중전인 그대와 여느 평범한 여염집 부부처럼 서로 존중하며 사랑하며 살고 싶소.'

나를 보며 웃는 왕의 모습이… 점점 기억에서 떠나는 것을 두려워했다.

숨이 멎어간다고 느끼던… 그 낭떠러지 아래에서.

"흡…!"

"중전마마?"

갑자기 와락 터진 눈물에 유모가 당황한 듯 나를 불렀다. 하지만 오랜 시간 동안 내 안 깊숙이 묻혀 있던 기억의 샘이 터져 나오는 것을 스스로도 제어할 수가 없었다.

"흡… 흐흑!"

난 흐느낌만이라도 막으려 한 손으로 입을 틀어막았지만 소용없었다.

'사랑하오. 나래.'

'저도… 사랑해요, 전하. 사랑해요.'

생사의 갈림길에서… 내가 마지막으로 생각하고 되뇌었던 그 말.

'영원히요.'

영원히 그를 사랑한다는 말이었다.

영원히….

공이만을….

사랑해.

"아흑!"

복받치듯 흘러내리는 눈물을 막을 수 없어 그대로 쏟아내던 그때였다.

"…어마마마?"

어린 공주가 내 앞에 다가와 울고 있는 나의 얼굴 위에 두 손을 올려놓았다.

"나희야…."

"어마마마…."

영문을 모른 채 나를 쳐다보는 공주를 난 있는 힘껏 끌어안았다.

"나희야…!"

공주는 당황해하면서도 나를 밀어내려 하지 않았다. 그저 내 품 안에서 얌전히 안겨 있다가 두 팔로 내 목을 끌어안았다. 그러고는 내 어깨에 머리를 기댄 채 아주 작은 목소리로 말했다.

"사랑해…."

훗날에 공주는 이 일을 전혀 기억하지 못했다. 하지만 우는 나를 달래려던 공주의 노랫가락은 일평생 내 마음 안에서 되풀이되고 되풀이되어… 영원히 기억되었다.

봄은… 겨울을 녹인다. 스스로가 품고 있는 따뜻함과 부드러움으로.

"전하는? 전하는 어디에 계시느냐?"

공주의 처소를 나선 나는 바로 왕이 있는 곳을 찾았다. 이 나라의 임금인 이공은 후원에 있었다.

"전하."

함께 있던 인영이 나를 발견하고는 그를 불렀다. 왕이 돌아서더니 후원에 나타난 나를 보며 활짝 웃었다. 평소와 다름없는 모습으로.

하지만 내 마음은 급했다. 내 걸음이 빨라졌다. 그에게 당장 알려주어야 하는 사실이 있었기 때문에….

"전하!"

체통마저도 모두 잃어버린 왕비가 왕을 향해 빠르게 달려갔다.

"중전? 무슨 일이 있소?"

"저…. 그러니까… 신첩은…!"

무엇부터 그리고 어디서부터 이야기를 꺼내야 할까?

그러나 말을 시작하기도 전부터 눈물이 차올랐다. 흘릴 수 있는 모든 눈물은 조금 전 공주의 처소에서 다 흘렸다고 생각했는데….

"신은 이만 물러가겠사옵니다."

우리의 상황을 지켜보던 인영이 조용히 고개를 숙이며 물러섰다. 그제야 왕의 걸음이 내게 조금 더 가까워졌다.

"중전?"

"기억이…."

목이 메어서.

"돌아왔어요…."

"중전…."

"전하…! 다… 모두 다 생각났어요!"

단순히 기억이 돌아왔다는 사실에 눈물을 흘리는 것이 아니었다. 그 기억이 품고 있는 소중한 추억들. 그 추억마다 내가 그와 함께 나누었던 모든 감정들이 다시 내게 돌아온 것이다.

"그대의 기억이…."

그도 크게 놀란 듯 말을 잇지 못했다.

"혼란스럽지만 전부 다요. 전하와 함께한 모든 날들이… 이젠 다 기억난다고요."

국혼을 치르던 날. 몰래 내 손을 잡아주며 웃던 그의 미소와….

'오늘을 절대 잊으시면 안 돼요, 전하.'

온양에서의 추억들. 영원히 잃어버려서는 안 되는 그 모든 것들이… 기억났다.

"나래…."

"기억이…. 흐흑…."

그에게 이 사실을 알려줄 때는 울지 않고 마냥 행복하게 웃을 줄 알았다. 그런데 자꾸만 눈물이 났다. 웃어야 하는데 눈물을 흘리고 있으니… 지금 그가 보는 내 얼굴은 아주 엉망일 것 같다.

"나래."

가만히 내 이야기를 듣고 있던 그가 수줍게 웃으며 내 두 손을 맞잡았다.

"과인이 말하지 않았소? 반드시 기억이 돌아올 것이라고."

"네…. 맞아요. 전하…. 전하의 말대로 돌아왔어요."

왕이 잡은 내 손을 자신 쪽으로 당기더니 자신의 이마를 내 이마에 가져다 대었다.

"과거는 돌아오고 현재는 잊은 거요?"

서로 이마를 맞댄 채 그가 묻는 말에 난 울며 대답했다.

"상공."

"그래야지."

내게서 이마를 떼어낸 그가 나를 바라보았다.

그의 미소. 다시 돌아온 내 모든 기억 속 장면마다 존재하는 그의 미소와 같은 미소였다. 그 오랜 세월이 흘렀어도 그의 미소는 늘 한결같았다.

어쩌면 공주 때문이었을 수도 있다. 어쩌면 노래 때문이었을 수도 있다.

그러나 나는 이 순간 생각했다. 내 기억이 되돌아온 것은… 반드시 돌아올 것이라 믿으며 나와 함께 기다려준 그의 노력 때문이라고. 난 그렇게 믿고 싶었다.

"자…. 잘 들으시오."

"네?"

"그대의 일생에 한 번뿐일 것이니."

'이 역시 일생에 한 번이오. 그러니 잘 들으시오.'

노래. 온양에서 듣지 못했던… 그의 노래다.

"…흠흠."

그가 긴장한 듯 잠시 하늘을 올려다보았다. 때마침 불어온 바람에 꽃잎들이 우리를 향해 비 오듯이 쏟아져 내렸다. 무대는 모두 마련되었다.

"공이는 나래를… 사랑하오. 사랑하고 또 사랑하고… 영원히 사랑할 것이오."

어느 봄날, 창덕궁 후원.

조선의 왕 이공의 특별한 노래가 오직 그의 단 하나뿐인 왕비를 위해 잔잔히도 울려 퍼졌다. 그 후로도 아주 오래도록.

오래도록 말이다. 오래…. 그리고 오래….

종막. 연경당 이야기

순조 21년(1821년) 창경궁 자경전.

칠순을 눈앞에 둔 대비의 병세가 심상찮았다.

내의원에서 의관들이 밤새 숙직하며 약을 올렸지만 효험이 보이지 않았다.

조정 일에 바쁜 왕을 대신해서 대비의 곁을 며칠째 지키고 있는 것은 나였다.

"흐음…."

내의원에서 올린 약을 먹은 후에는 계속 잠만 자던 대비가 눈을 떴다. 대비가 편안하게 휴식을 취할 수 있도록 대낮인데도 대비전 창문을 모두 닫고 발을 내렸으며 불을 켜지 않았다. 이 때문에 발 사이로 희미하게 새어 들어오는 빛만이 누워 있는 대비의 얼굴을 비추고 있었다.

"정신이 드셨사옵니까?"

대비가 눈을 뜨는 것을 본 내가 물었다. 대비는 몇 번 더 눈을 깜빡이더니 입을 열었다.

"거기 누구냐?"

"신첩이옵니다."

"중전…."

누워서 몸을 꼼짝도 하지 못하는 상태로 대비는 계속 '중전'이라는 말만 반복해서 중얼거렸다. 잠시 후 그녀가 긴 한숨을 내쉬며 말했다.

"나는 이제 곧 죽을 것이오. 선왕의 곁으로 가겠지…. 그리되면 중전의 세상이 올 것이오…."

난 대비가 하는 말에 귀를 기울이며 곁을 지켰다. 이제 그녀의 숨소리가 조금씩 가빠지고 있었다.

"중전은 주상의 마음을 사로잡아 반평생 주상의 마음을 소유하였소. 그것은 결코… 왕비로서 해서는 안 되는 일이었지."

"신첩은 전하의 마음을 사로잡은 것이 아닙니다. 단지 전하의 아내였을 뿐이지요."

내 대답에 천장을 바라보던 그녀가 고개를 서서히 돌려 나를 보았다. 그곳에 열 살 나이에 입궐해 수십 년의 세월을 궐에서 보내고 생의 마지막을 맞이한 여인이 있었다.

"아내?"

"예. 아내가 되어 전하의 소망을 이뤄드렸을 뿐이옵니다."

대비가 어처구니가 없다는 듯 나를 보더니 말했다.

"그리 말할 수 있는 중전의 생이 부럽구려…."

왕은 단 한 명의 왕비를 원했다. 그리고 난 그의 유일한 여인이 되었을 뿐이다. 왕비가 되었을 뿐이다.

"중전…. 내 오래전부터 중전에게 묻고 싶은 것이 한 가지 있었소."

"말씀하시옵소서."

"다시 태어나도… 다음 생에 말이오. 그때도 기회가 온다면 왕비가 될 것이오?"

내게는 너무나도 간단한 이 물음이 대비에게는 일생에 걸쳐 품고 살아야 했던 물음이다. 나는 그것을 알기에 더욱 솔직하게 답을 주었다.

"신첩에게 다음 생이 있다면… 왕비가 되는 것이 아니라, 이공이라는 사내의 아내가 될 것이옵니다."

대비는 한동안 넋을 잃은 듯한 표정을 지었다. 그녀는 고개를 다시 천장으로 돌리며 혼잣말처럼 중얼거렸다.

"아아…. 내가 그간 무엇을 잘못하였는지 이제야 알겠구려…. 선왕께서도 임금이기 전에 사내였던 것을…."

대비의 주름진 뺨을 타고 눈물이 흘러내렸다.

"다음 생이 있다면 여염집 아낙으로 태어나… 지아비의 사랑만 받다… 그리고 살다… 죽고 싶소…."

그것이 대비의 마지막이었다. 그녀는 생의 마지막 순간이 와서야 잘못을 깨달았다. 그렇게 되돌릴 수 없는 자신의 과거를 품에 안은 채 숨을 거뒀다.

그리고… 또다시 많은 세월이 흘렀다.

초가을인데도 유독 따뜻한 날이었다. 맑은 물이 창덕궁 후원 옥류천을 따라 졸졸 흘러내렸다.

옥류천의 평평한 바위 위에 얇은 돗자리가 깔려 있고 내가 자리를 잡고 앉았다. 그런 나의 무릎을 베고 왕이 누워 햇살을 쬐고 있었다.

"덥지 않으세요?"

혹시라도 그가 더울까 난 상궁에게 부채를 받아 들었다.

그러나 그는 눈을 뜨지 않은 상태로 하늘을 향해 누운 채 말했다.

"곧 겨울이 올 터인데…. 그전까지는 이리 중전과 시간을 보내고 싶소."

난 손에 쥔 부채를 다시 상궁에게 건네주고는 그들을 뒤로 멀찍이 물렸다. 잠시 후 그가 내게 물었다.

"중전."

"네, 전하."

"이곳에서도… 연경당이 잘 보이오?"

"…아직은요. 아직은 보이지 않아요."

아직 낙엽이 다 떨어지지 않았다. 낙엽이 떨어지고 겨울이 오면 우리 부부는 창덕궁 후원을 찾지 않는다. 울창한 숲이 앙상한 가지로 변하는 순간 후원 그 어디에서나 연경당이 아주 잘 보이기 때문이다.

연경당. 여염집 부부처럼 살겠다는 우리를 위해 세자 영이가 지어주었던 기와집이다. 궁궐의 다른 전각들과 달리 단청을 칠하지 않은 평범한 한옥.

연경당이 처음 지어졌을 때 우리는 얼마나 기뻐하였던가? 1년 열두 달 대부분의 시간을 연경당에서 보냈다. 세자 부부도 함께 연경당에서 시간을 보낼 때는 더할 나위 없이 평범하고 화목한 가정이었다. 왕의 오랜 바람을 이뤄주었던 세자.

그러나 몇 년 전 병으로 세자가 세상을 떠났다. 어린 아들 하나만을 남긴 채…. 세자가 죽고 우리 부부는 연경당을 폐쇄해버렸다.

희로애락. 그 모든 순간에 우리 부부는 함께였다.

"전하."

"으응?"

"만약 신첩의 기억이 그때 돌아오지 않았더라면… 다른 이를 정인이라 여기고 평생을 전하의 곁에 머물렀다면 어쩌셨겠어요?"

"후훗…."

조용히 웃던 왕이 슬그머니 눈을 떴다.

"그랬다 하더라도 과인은 기다렸을 것이오."

"어째서요?"

"과인에게 여인은 일평생 그대 하나뿐이니…"

세월이 흘러도 변함없는 왕의 두 눈이 부드러운 곡선을 그리며 나만을 바라보았다. 내게서 눈을 떼지 않았다.

"중전을 과인의 비로 맞이하겠다고 결심하고 또 왕비로 삼았을 때, 무슨 일이 있더라도 끝까지 함께하기로 마음먹었소. 그러니 그대가 사라진 시간에도 과인은 기다렸던 것이오. 그대의 기억도 그대의 마음도 마찬가지요. 어디론가 떠났다면 돌아올 때까지… 과인은 기다릴 것이오. 혹여 그대가 그릇된 짓을 하더라도 과인만은 끝까지 그대의 편이 되어줄 것이오. 그것이… 과인이 아는 부부의 도의요."

"전하…."

순조 이공의 선택은 늘 나 황나래였다. 그리고 그는 항상

변함없는 마음을 지닌 좋은 남편이자 좋은 아버지였다.

"과인이 살아 숨 쉬는 동안 그대를 만나 함께하고 그대를 지켜줄 수 있어서 행복했소."

이 사랑을 지킬 수 있어서 참으로 다행이다. 살아오며 힘든 일도 있었지만 그만큼 좋은 일도 더 많았다.

"과인은 이제… 모든 소원을 이루었소. 그대도요?"

왕의 손길이 내 뺨에 닿았다. 나는 그의 손 위에 내 손을 포개며 고개를 끄덕였다.

"네. 신첩도… 이루었어요."

내 대답에 왕이 평온한 미소를 지으며 눈을 감았다. 다시 휴식에 들어간 그를 바라보던 나는 우리에게 익숙한 노래를 흥얼거렸다.

"사랑해… 사랑해…."

나래는 공이를 사랑한다.

그리고 공이도… 나래를 사랑한다.

영원히.

그리고… 언제까지나.

〈끝〉

국립중앙도서관 출판시도서목록(CIP)

왕과 왕비님의 신혼일기. 3 / 지은이: 유오디아. ——
고양 : 위즈덤하우스미디어그룹, 2018
p. ; cm

ISBN 978-89-97414-78-9 04810 : ₩12000
ISBN 978-89-97414-75-8 (세트) 04810

한국 현대 소설[韓國現代小說]

813.7-KDC6
895.735-DDC23 CIP2017035215

왕과 왕비님의 신혼일기 3

초판 1쇄 인쇄 2018년 1월 3일 **초판 1쇄 발행** 2018년 1월 10일

지은이 유오디아
펴낸이 연준혁

웹소설사업본사 이사 정은선
책임편집 양은경

펴낸곳 (주)위즈덤하우스미디어그룹
출판등록 2000년 5월 23일 제13-1071호
주소 경기도 고양시 일산동구 정발산로 43-20 센트럴프라자 6층
전화 031-936-4000 **팩스** 031)903-3893
홈페이지 www.wisdomhouse.co.kr

값 12,000원
ISBN 978-89-97414-75-8 04810 왕과 왕비님의 신혼일기(세트)
978-89-97414-78-9 04810 왕과 왕비님의 신혼일기 3